Poet, Gangster

시인, 조폭

김율도 장편소설

율도국

세상의 모든 예술가와 투사들에게 바친다

목차

책을 내며 6

원시림과 야만인 8

왜 때렸을까? 13

시인학교 15

'말뚝 박기' 20

백일장이 끝나면 '짜장'을 먹어야 하지 26

촛불에 머리카락을 태워먹다 34

수학 시간에 시 쓰기 38

처벌은 도서관에서 43

아침에 일어나니 유명해졌다 45

펜은 칼보다 강하다 50

폭력은 역할 놀이가 아니야 55

신고식 혹은 희망가 63

3각의 합은 180도다 69

한서정 콤플렉스 73

끝까지 가보는 것 82

생활관에서 전야 86

그날, 문학의 밤 91

전봉수 선생님 사라지다 99

아마추어 테러리스트 102

겨울병원, 피를 토하다 106

가난한 사랑노래   110

성남으로의 불시착   120

100장의 편지   123

말초적인 시   132

사랑과 고문   137

미리 쓴 당선소감   143

미혼모   147

몸으로 시 쓰기   155

무너져야 하리라   160

보도블록 하나로 감옥 가다   167

몰래 먹는 사과가 맛있다   179

독립을 유지하는 것   184

불가능한 꿈을 간직하자   197

서정, 그 이름   209

나의 시는 법보다 위   218

시조테   223

시 쓰는 캡장   229

필리핀으로 떠나며   233

처단은 해야 해   237

너는 범했다 간통을   241

시를 읊는 테러리스트   246

대통령이 되면 안 돼   251

암살의 계절   255

겨울이 전하는 시   260

책을 내며

 더 이상 미룰 수 없었다. 30여년 동안 수십 번 고치고 만지던 글. 이제는 내놓아야 한다.

 제임스 조이스는 '율리시즈'의 하루 내용을 쓰는데 8년이 걸렸다고 하고, 마가렛 미첼은 '바람과 함께 사라지다'를 쓰기 위해 자료수집만 20년이 걸렸다고 한다.

 3년 같았던 30년 동안 붙잡았던 소설을 완성해야 치기와 열정과 무모함으로 범벅된 열여덟부터 최근까지의 덧없음을 떠나보낼 수 있을 것 같다.

 문학은, 나에게 있어서 도망치고 싶었으면서 돌아서면 다시 찾는 애인같은 존재여서 다시 그립고 다시 돌아오고, 그리하여 삶의 밑바닥을 만드는 원천이 되었다. 문학이 있었기에 아픔과 어두운 시간을 견디고 이겨낼 수 있었다고 고백한다.

 왜 시인이 시인으로 살지 못하고 조폭이 되었나?

 왜 시인이 시로 세상을 바꾸지 못하고 조폭이 되기로 결심했나? 왜 시인이 시를 못 쓰고 조폭이 되었다가 테러리스트가 되고 혁명가가 되는 꿈을 꾸었나.

 결국 시인은 매국노를 처단하는 과정 속에서 다시 시를 쓰기 위해 영어를 배우기 위해 외국으로 떠났어야 하나?

 그 과정을 통해 나, 우리, 여기, 예술가에 대해 아픈 질문에 답을 기다리며 더 질문해 볼까?

한국에서 천재들은 왜 자살하거나, 감옥에 가거나, 아무도 모르게 살아가나?

여성 예술가들은 왜 남자들의 들러리가 되거나 재능도 발휘하기 전에 무참히 싹이 꺾여야 하나?

문학계에서도 친일파들은 청산이 안되고 주류로 이어지고 부귀영화를 누리나?

그리고 왜 나는 시를 쓰지 못하고 소설을 써야했나?

이 소설은 한국의 현실과 한국어에서 벗어날 수 없는 나약한 예술가들에게 바치는 헌정시이다.

천재를 죽이는 사회, 예술가의 현실을 비틀어 건달 세계에서 테러리스트로 변화하는 시인의 모습을 통해 비애와 희망을 동시에 보여주고자 한다.

갈아엎지 않는다면 현실은 여전히 답답하다.

우리 삶의 결말은 환타지지만 그러나 그냥 환타지일 수만은 없고 강한 현실 돌파력으로 마음 속에 불을 지펴야 한다.

조폭은 현실에서 좋지 않은 모습으로 나타나지만 조폭 정신은 때로 필요하다. 시인과 조폭의 공통점은 포기하지 않고 끝까지 밀고나가는 것이다.

이 소설이 어디까지가 사실이고 어디까지가 허구인지 알아맞추면서 읽은 것도 재미있을 것이다.

2018. 10. 김율도

원시림과 야만인

오월 어느 날 그 하루 무덥던 날, 틀이 맞지 않는 목재 문이 삐이익, 신음하듯 열리고 남루한 남자가 불쑥 문학반 교실로 들어왔다.

그는 다 헤진 양복을 입고 낡은 슬리퍼를 신고 있었다. 거의 거지 행색이나 다름없었다. 그가 거지가 아니라는 것을 알 수 있는 것은 단지 옆구리에 낀 시집과 대학노트 때문이었다.

그의 눈빛은 살아있었다. 집시 남자는 나무로 만든 교단 위로 휘청휘청 올라가 우리들 앞에 서서 시낭송 하듯, 혹은 연극 대사를 외우듯 말했다.

"반갑다. 난 너희들의 선배다. 문학의 밤 연습을 하는데 내가 좀 도울 일이 없을까 하고 왔다. 너희들이 부르지는 않았을 것이다. 나는 주로 부르지 않는 곳에 잘 가는 사람이니까, 흐흐흐."

집시 선배는 문어체로 말하는 것이 특이했다. 공허한 웃음소리 뒤, 창문 밖에는 불타는 석양빛이 눈부시게 흐느적거렸다. 그 빛 때문에 눈을 찡그리는 아이들이 있었다. 약간은 긴장된 아이들의 모습들 위에 거지꼴은 계속 말을 이어갔다.

"내 이름은 원시림이다. 오늘은 너희들에게 시란 무엇인지 가르쳐 주겠다. 여기 문학반장 누구냐?"

껄떡쇠 회만이 반사적으로 손들며 일어섰다.

"이리 나와 봐."

껄떡쇠 회만이 교탁 앞으로 성큼성큼 나갔다.

"집이 어디냐?"

"휘경동입니다."

원시림은 짐짓 부드럽게 말했다.

"그래, 너 담배 피냐?"

껄떡쇠 회만은 잠시 망설이니까 원시림은 더욱 부드러워졌다.

"괜찮아, 솔직하게 말해 봐"

그 말에 껄떡쇠 회만은 안심한 듯 말했다

"네. 핍니다."

원시림은 껄떡쇠 회만에게 담배를 하나 주었다. 껄떡쇠 회만이 머뭇거리자, 괜찮아 받아, 하고 원시림은 손을 더 앞으로 쑥 내밀었다. 껄떡쇠 회만은 어쩔 수 없다는 듯 담배를 받자 원시림은 우리들을 향해 말했다.

"너희들 중에서도 담배 피는 사람 손들어 봐."

몇 명이 손들자 원시림은 그들에게도 불을 붙여주고 자신도 한 대 피웠다.

담배를 피우는 동안 우리들은 운동장에서 들리는 구타 소리를 듣고 있었다. 운동장에는 아마 체육 수업을 하고 있었을 것이었다. '야만인' 이라는 별명으로 불리는 체육교사는 공수부대 출신이었다. 그는 2년 전에 벌어진, 남쪽의 왼쪽 대도시에서 풍문으로 들려오는 '대규모 시위'를 진압하고 왔다며 활약상을 자랑했다. 첫 수업은 교실 수업이었는데 칠판에 분필로 팍팍 찍어가며 낙하산을 타고 내려와 진압 정황을 묘사했다.

 문학반 교실 밖, 운동장에서 벌어지는 일은 안 봐도 비디오를 보듯 뻔했다. 체육 교사 '야만인'은 짐승 같은 목소리로 소리 질렀다.

 "차렷, 열중 쉬엇, 차렷, 이 좆만한 놈들이… 차렷, 열중 쉬엇, 차렷, 헤쳐 모엿! 야 이 좆만한 놈들아, 느네들 정말 그 따위로들 밖에 정신 못 차리겠어, 엉?"

 훗날 박남철이라는 시인이 욕으로 시를 썼는데 위 구령이 바로 '독자놈들 길들이기'라는 시와 똑같았다.

 "이 새끼들, 왜 이리 늦어? 엎드려."

 '야만인'은 수업 1분 늦었다는 이유로 늦은 아이들의 엉덩이를 야구 방망이로 개 패듯 두들겼다.

 퍽퍽, 무식하게, 미친개처럼 거품을 물며 패면 아이들은 픽픽 나가 쓰러졌다. 아이들이 서너 대 맞고 쓰러지자 '야만인'은 기괴한 목소리로 울부짖었다.

 "내가 누군지 아나? 나는 대한민국 공수부대 출신이다. 개새끼들아, 일어나라 새끼들아."

 '야만인'은 아이들을 커다란 발로 짓이겼다. 비명을 지르고 못 일어나는 아이, 비명도 못 지르고 온몸을 웅크리고 발길질을 피해보려고 안간 힘을 쓰는 아이들의 모습이 보였다. 아수라장, 지옥 같은 난장판이 바로 이곳이었다.

 며칠 전 학교에서 일어난 사건은 신문에 날만한 사건이었지만 결코 신문에 나지 않았다.

 '야만인'은 그날도 뭐가 그리 화가 나는지 씩씩거리며 아이들을 죽어라 짓이겼다. 한 아이가 땅바닥에 널브러져 기절하자 행동을 멈추었다.

그 아이는 그날 병원 응급실로 실려 갔고 전치 4주의 상해를 입었지만 학교는 아무 일 없는 듯 조용했다. '야만인'은 다음날도 여전히 때리는 것을 재미로 삼고 있는 것 같았고 학교에서는 아무 제재가 없었다.

담배를 다 피우고 나서 원시림 선배가 다시 물었다

"담배 맛 어때?"

"맛있습니다."

그러자 원시림 선배는 느닷없이 위엄 있게 말했다

"엎드려뻗쳐!"

껄떡쇠 회만은 놀라며 "네?" 하고 되물었다.

원시림 선배는 진지하고, 조금은 무섭게 말했다.

"엎드리란 말야!"

아이들도 놀라는 모습이 역력했다.

껄떡쇠 회만은 칠판에 손을 잡고 엉덩이를 대자 원시림 선배는 밖으로 나가 어디서 구했는지 바로 몽둥이를 들고 왔다. 원시림 선배는 그 몽둥이로 껄떡쇠 회만의 엉덩이를 때렸다.

퍽, 퍽, 둔탁한 소리가 들렸다. 1대, 2대, 3대……. 때릴 때마다 고통에 몸을 비비꼬는 회만, 공포스러운 아이들의 얼굴과 때리는 손, 맞는 엉덩이가 필름처럼 교차 편집되어 눈에 들어왔다.

운동장에서 들리는 야만인의 구타소리와 교실에서 들리는 원시림의 구타소리는 묘하게 어우러져 리듬감이 생겼다.

노을이 노란 색으로 변해가다가 붉게 물들었다.
그 하늘 위로 시가 흐르는 것 같았다.

원시림 선배는 10대를 때리고 멈추었다.
"내가 때린 이유를 알겠나?"
"........."
껄떡쇠 회만이 대답이 없자 더 다그치듯 물었다.
"알겠어, 모르겠어?"
"잘 모르겠습니다."
"잘 생각해봐. 그것을 알면 진짜 시인이 될 수 있을 것이다."
원시림 선배는 몽둥이를 휙 던지고 문을 쾅 닫고 나갔다.
"씨벨리우스"
교주 세준이 음악가를 빙자한 새로운 버전의 욕을 했고 우리는
원시림 선배의 행동이 이해가 되지 않아 아무 말도 하지 않은 채
오랫동안 책상에 앉아 있었다.
나는 그날 저녁, 집에 가서 노트에 적었다.

야만인과 원시림. 문명세계와는 거리가 먼 이름이여!
시는 문명 세계와는 먼 이름인가?
씨블라이제이션.

왜 때렸을까?

다음날, 학교 화장실 안에는 소변보는 아이들보다 담배 피는 아이들이 더 많았다. 낭만메뚜기 철남은 교련 선생인 부엉이가 오나 보초를 섰다.

화장실 안에 연기가 자욱했다. 나는 담배를 피우지 않았다. 매캐한 연기에 목이 아파 피고 싶지 않았다.

"몽도야, 너도 담배 펴봐."

희봉이 담배를 권했다.

"아직 담배 못 끊었냐? 지금 몇 살인데 담배를 아직 못 끊었어?"

나는 으스대듯 과장스럽게 말했다.

"넌 끊었냐?"

시비조로 나온 것은 역시 껄떡쇠 회만이었다.

"응, 내 몸에 들어와 자양분이 되지도 못하는 담배 내 몸 안에서 너구리 잡을 일 있을까?"

"너, 금연 협회에서 나왔냐?"

"담배 피운다고 시 잘 써지는 거 아니야. 술 마신다고 어른 되는 거 아니야."

"또 시 얘기야? 너 언제부터 폈는데 벌써 끊었어?"

"중학교 1학년 때 입학했고 4년 만에 졸업했다."

"헉, 미친놈! 혼자 튀지 말라니까. 거짓말하지 말고 한 대 피워."

"씨블라이제이션."

유혹의 소리들이 들려왔지만 나는 멋이 있든 없든 피울 수가 없었다. 피우고 싶지 않았다.

"원시림 선배가 왜 때렸을까?"

희봉이 아무나 대답하라는 듯 허공에 대고 물었다.

"선배 앞에서 맞담배 피지 말라는 거겠지."

껄떡쇠 회만이 먼저 대답했다.

"건강에 나쁘니까 피우지 말라고 때렸을까?"

"설마, 더 심오한 뜻이 있을 거야."

그때, 망을 보던 철남이 갑자기 소리쳐서 우리들의 대화는 중단되었다.

"야, 인민군 온다!"

우리 앞에 등장한 것은 교련 담당 교사 '부엉이'가 아니고 뜻 밖에도 윤리 담당 '인민군'이었다. 그는 이북 출신으로 북한의 김일성이 자주 입고 공식석상에 나타났던, 인민복이라 불리는 양복을 입고 다녔기에 '인민군'이라는 별명을 얻었다.

아이들은 담배연기를 손으로 휘휘 저으며 연기를 없애보려고 하다가 연기가 빨리 사라지지 않자 후다닥 도망치기 시작했다.

어느새 '인민군'이 쳐들어와 험상궂게 소리쳤다.

"이 간나 새끼들! 담배 연기 봐라? 연기 봐. 앙? 이놈들아"

때르르릉! 수업 시작을 알리는 종소리가 울리고 아이들을 잡으려는 '인민군'의 손을 피해 아이들은 필사적으로 뛰어 나갔다.

시인 학교

　문학반 교실은 체육관 건물 4층에 있었다.

　우리는 가을에 있을 '문학의 밤' 연습을 위해 수업이 끝나면 '우주선'이라 불리는 문학반교실로 자연스럽게 모여들었다. 연습한다는 핑계로 가끔은 수업을 빼먹는 것은 남들은 누리지 못하는 작은 기쁨이었다.

　체계는 없었다. 되는대로 그 날 그 날 즉흥적으로 글도 쓰고 낭송도 하고 선배들도 보고……

　오후 4시, 수업이 끝나고 나는 습관처럼 문학반실 문을 열고 들어섰다. 분필가루가 묻어있는 칠판에 난데없이 못 보던 시가 깨알 같은 글씨로 써 있었다.

　시인학교 / 김종삼

　공고 // 오늘 강사진 // 음악 부문 / 모리스 라벨 // 미술 부문 / 폴 세잔느

　시 부문 / 에즈라 파운드 // 모두 / 결강.

김관식, 쌍놈의 새끼들이라고 소리 지름. 지참한 막걸리를 먹음.
교실 내에 쌓인 두터운 먼지가 다정스러움.

김소월 / 김수영 휴학계

전봉래 / 김종삼 한 귀퉁이에 서서 조심스럽게 소주를 나눔.
브란덴부르크 협주곡 제5번을 기다리고 있음.

校舍. / 아름다운 레바논 골짜기에 있음.

글씨체가 철사를 꼬아 만든 것처럼 부드럽고 획이 삐침 없는 절
제된 글씨체였다. 나중에 알게 된 것은 그 글씨체는 '나그네는 길
에서도 쉬지 않는다' 라는 소설을 쓴 소설가의 글씨체와 거의 흡
사했다.
"이거 누가 써 놓은 거니?"
교실 안에는 1학년 여러 명과 2학년 7명이 있었다. 2학년은 모
두 별명을 가지고 있었다. 교주 구세준, 개그맨 남희봉, 에로틱 예
로수, 센티멘탈 우수찬, 행동대장 장덕산, 낭만메뚜기 양철남, 반
장 껄떡쇠 기회만.
그들은 뭔가를 끼적거리거나 책을 읽고 있었다. 그들은 모두 모
른다고 했다.
나는 그 시를 가만히 읽어 보았다.
"쌍놈의 새끼라고 소리 질러."
아주 묘한 기분이 들었다. 반복해서 몇 번을 읽었다. 어디서 들어

본 듯한 이름들과 그들이 행하는 행동이 다정스러웠다.

먼지 쌓인 교실에, 강사들은 모두 결강이고, 학생들은 욕하고 술 마시고.... 부연 설명 없이 명사 위주로 쓴 시 뒤에 많은 것이 있고 상상하게 만들었다.

그런데 몇 가지 의문점이 생겼다.

시에 등장하는 인물들은 모두 같은 반인데 왜 술만 마실까. 무슨 이유 때문에 5명 중 2명이 휴학계를 내고 1명은 막걸리를 마시고 2명은 소주를 마실까.

왜 강사들은 모두 서양인이고 학생들은 모두 한국인일까.

왜 강사들은 모두 결강일까. 그야말로 대책 없는 학교다.

왜 시인학교에서 미술도 가르치고 음악도 가르칠까.

"재미있는 질문이다."

내가 아이들에게 이런 질문을 하자 아이들도 반응을 보이며 연구해 보겠다고 했다.

"교과서에 실린 교훈적이고 모범적인 시가 아닌 삐딱한 인생들을 보니 이상한 쾌감이 든다."

"시에 욕을 쓰니까 새로워 보인다. 그런데 우리나라에 없고 왜 레바논에 있지?"

"그건 실제의 공간이 아니고 마음속의 공간이야."

껄떡쇠 회만이 교과서적인 풀이를 했다.

"넌 항상 분석을 하드라, 느낌대로 읽자. 실제 레바논에 있을 수도 있잖아."

나는 모범 답안 같은 말에 불만이 생겨 퉁명스럽게 말했다.

"분석도 필요한 거야."

"시가 화학이냐 ? 성분 분석을 하게."

나는 문학반을 정규 수업 시간에 배운 것과는 다른 별식 같은 것으로 생각하고 있었고 껄떡쇠 회만은 정규 수업의 연장선, 보충학습으로 생각하고 있는 것 같았다.

껄떡쇠 회만이 부연설명을 했다.

"휴학계는 죽음을 말하는 거고 술은 그 시인들이 좋아하는 술이겠지. 강사가 서양인인 것은 서양인의 영향을 받은 거고 강사들이 결강인 이유는 서양에서 들어온 사상이 불완전하게 왜곡되었다고 것이고 시인이 음악이나 미술에 영향을 받은 거지."

물론 나도 그렇게 생각은 다 해 보았다. 하지만 다른 해석도 생각해 볼 수 있는데 마치 수학의 정답처럼 이것 외에는 없다는 듯이 말하는 것이 불만스러웠다.

어디선가 들어는 봤지만 자세히는 모르는 이름들, 모리스 라벨, 폴 세잔느, 에즈라 파운드, 김관식, 김수영, 전봉래. 게다가 멀어서 아름다운 골짜기. 그 이름들을 가만히 불러보았다.

레바논 골짜기.

그곳은 정말 얼마나 아름다운 곳이기에 시에서 이렇게 표현했을까. TV 뉴스나 신문에서는 이스라엘이 레바논의 수도 베이루트를 침공하여 처참하게 파괴된 도시의 사진과 기사들이 실렸다.

'나의 조국' 합창하며 투쟁다짐.

PLO 떠나던 날 '우리는 조국 땅에 다시 온다.'

팔레스타인 혁명군 최고사령관 아라파트의 사진이 자주 실려 그 얼굴이 친근해졌고 소년 병사가 소총을 들고 찍은 사진이 한국 전쟁 때 사진과 비슷한 것 같기도 하여 낯설지는 않았다.

아름다운 곳에서는 전쟁이 많이 일어났던 것일까. 아니면 처참한 전쟁을 표현하는 반어법인가.

중동전쟁은 멀리서 일어난 전쟁이라 잘은 몰랐다. 열여덟 살의 내가 알 바 아니라고 생각했다. 하루하루 등교하고 시험공부하고 도시락 까먹기도 바쁜 내가 멀리서 저들끼리 싸우는데 신경 쓸 시간이 없었다. 내 앞에 떨어진 내 일도 버거웠다. 가족과의 전쟁, 학교와의 전쟁, 아이들과의 전쟁, 나 자신과의 전쟁을 수습하느라 나는 바빴다.

단지 중동전쟁은 종교, 인종 전쟁으로만 알고 있을 뿐, 누가 나쁜 놈이고 누가 좋은 놈인지는 몰랐다. 그러나 확실한 것은 사람을 죽인다는 것은 나쁜 일이다. 그러므로 사람을 더 많이 죽인 놈이 나쁜 놈이라고 결론 내렸다.

라디오에서는 보니 엠의 'by the rivers of babylon'이 연일 흘러나오고 있었다.

영어가 우리 귀에는 이렇게 들렸다.

'다들 이불 개고 밥 먹어.'

그래서 이 말이 바이러스처럼 유행어로 번지고 있었다.

이스라엘이 영국의 승인을 받고 미국의 지원을 받아 수천 년 동안 살아왔던 팔레스타인에 나라를 세우고 자기네 땅이라고 우기며 레바논의 베이루트를 폭격하고 있을 때 우리는 교실에서 '짤짤이'라고 불리던 동전 따먹기가 유행병처럼 번지고 있었다.

'말뚝 박기'

　원시림 선배는 자주 찾아와 시를 읽어주었다.

　원시림 선배는 1년 전에 신춘문예로 등단한 시인이었다. 그가 직접 말하지 않아 몰랐는데 졸업한 다른 선배가 찾아와 이야기하면서 알게 된 것이다. 시인이라면 보통 사람과 달리 뭔가 특별한 사람이라고 평소에 생각하던 있던 나는 묘한 흥분을 느끼며 그의 구타는 잊어버리기로 했다.

　원시림 선배가 당선된 시를 읽어보았는데 시는 전혀 폭력적이지 않고 여성적이며 철학적이었다.

　　식물을 기르다보면
　　내가 식물을 기르는 것이 아니고
　　식물이 나를 기르는 것 같다
　　하루에 한 번 물을 주지 않으면
　　식물이 잎을 말며
　　안타까운 몸짓을 한다
　　목말라, 목말라, 보챈다
　　그래, 미세함을 알아채는 것이 세상을 구한다

식물은 나에게 산소를 주고

나를 숨 쉬게 하지만

식물이 사라지기 전에는 모른다

세상은 언제나 왕복길이라는 것을

처음엔 너를 길들이려 했었다

이제는 네가 나를 길들이고 있다

그래, 사람이란

누가 누구를 지배하는 것이 아닌

서로 통하는 것

뭐 이런 시였는데 생각보다 시시했다. 고도의 비유도 없었고 긴 장감도 없었다. 차라리 시보다 당선소감이 더 마음에 들었다. 나는 그것을 소리 내어 읽어보았다.

"나는 위대한 시인이기보다는 영원한 시인이 될 것이다. 아무도 찾지 않는 구석에 처박혀 울고 싶지는 않아. 많은 사람을 만날 거야. 시답잖은 시는 정말 시시해. 나는 교과서에 실리기보다 사람들 마음속에 실리고 싶어. 나는 시의 단단한 껍질을 깨기 위해 손에 피가 맺힐 때까지 계속 할퀼 거야. 나는 멋지게 사람들의 뒤통수를 때릴 거야."

어느 화창한 날, 원시림 선배는 야외 수업을 한다며 아이들을 모두 데리고 운동장으로 나왔다. 서쪽에서 담채화처럼 해가 지고 있었다. 모두들 뺨이 붉게 물들었다.

원시림 선배는 우리에게 운동장 담벼락에 자유롭게 있으라고 했다. 서있든 앉아있든 그것은 자유라고 했다. 나는 어떤 공부를 하게 될지 자못 기대를 가지고 그의 다음 말을 기다렸다.

"잠깐 기다리고 있어. 잠깐 갔다 올게."

원시림 선배는 그렇게 교문 밖으로 사라졌다. 1시간이 지나도 2시간이 지나도 원시림 선배는 오지 않았다. 아이들의 욕하는 소리가 터져 나왔다.

"골탕 먹이는 건가?"

"짜증난다."

나는 이게 뭔가, 트릭이 아닌가 생각되었다.

"혹시 이거 기다림을 배워야 한다. 뭐 이런 거 말하려고 그런 거 아냐?"

3시간 쯤 지나자, 주위가 급격히 어두워지고 수위 아저씨가 빨리 집에 가라고 난리를 쳤다. 우리도 의견이 여러 가지로 나왔다. 그냥 집에 가자는 의견, 좀 더 기다려보자는 의견 등등. 어쨌든 결론은 여기서 밤을 새울 수는 없다는 것이었다. 1시간을 더 기다리다가 우리는 터덜터덜 교문을 빠져나왔다.

다음날 원시림 선배는 다시 찾아와서 이렇게 말했다.

"어제 거기서 무엇을 보았고 느꼈나?"

아무도 선뜻 대답하지 않았다. 평범한 말을 했다가는 혼날 것 같았기 때문이었다. 나도 뭔가 심오하고 철학적인 말을 해야 할 것 같은데 멋있는 말이 생각나지 않았다.

"반장, 뭘 느꼈어?"

"저…. 선배님 기다리다가 그냥 갔습니다."

껄떡쇠 회만의 대답은 너무나도 평범하여 짜증나는 말이었다.

"다른 사람들은 무엇을 느꼈니?"

나는 멋있는 말을 찾아 아무 말이나 말했다.

"저는 기다림의 자세에 대해 생각해 보았습니다. 기다림은 오지 않는 것과 올 것에 대한 기다림은 다르다고 생각합니다. 올 것에 대한 설렘, 끝내 오지 않아 느끼는 실망. 하지만 두 가지 감정 다 아름다운 것이라고 생각했습니다."

그러나 원시림 선배는 칭찬은커녕 질타를 하기 시작했다.

"시시한 녀석. 네 솔직한 심정은 그게 아니다. 오지 않은 사람에게 욕하거나 지루했을 것이다. 그러나 나는 거짓말하지 않았다. 잠깐 기다리라고 했는데 나에게 잠깐이란 하루가 지난 시간이다. 너희들에게 잠깐은 10분인지 모르지만. 시란, 문학이란 그런 것이다. 절대적인 것은 없다. 모두 상대적인 것이다. 무엇을 보고 무엇을 생각했는지가 중요하지 언제 집에 가고, 집에 갈지 안 갈지는 중요하지 않다. 사람들은 쓸데없는 신경 쓰느라고 주변의 나뭇잎이 뭐라고 말하는지 듣지 못한다. 과연 그가 올까, 안 올까 그 생각 때문에 진정 소중한 주변의 풍경을 느끼지 못한다. 어제 다르고 오늘 다른 이 풍경을. 나뭇잎에 대해 쓰려면 나뭇잎이 되어보아야 하는데 쓸데없는 생각 때문에 나뭇잎이 되지 못하는 것이다."

그 말을 듣고 보니 내가 한 말을 내가 생각해도 무슨 말인지 모르겠다. 그냥 멋있는 말을 하려고 했는데 그것을 지적한 것이다. 마음이 조금 움직이려고 했다.

원시림 선배는 시를 가르칠 때 이렇게 행동으로 체험을 통해 가르쳤다.

어느 날은 또 건물 뒤편으로 데려가더니 '말뚝 박기'를 하자고 했다. 두 편으로 나누어 가위 바위 보로 말을 할 팀을 정하고 말이 된 팀이 앞 사람의 가랑이에 머리를 끼우고 길게 엎드리면 기수 팀은 말을 타고, 말들이 쓰러지면 다시 하고, 안 쓰러지면 가위 바위 보를 해서 지는 팀이 말이 되는 단순한 놀이다.

'말뚝 박기'를 몇 번 하고 나서 원시림 선배가 우리에게 물었다.

"무엇을 보았니?"

어느 아이가 대답했다.

"말이 되었을 때는 애들 다리 밖에 안보였고 기수가 되었을 때는 등판하고 말머리가 보였습니다."

"다른 애들도 모두 똑같냐?"

다른 아이가 대답했다.

"저는 말이 되었을 때는 달려오는 기수가 보였고 말머리가 되었을 때는 기수의 몸이 보였습니다."

"'말뚝 박기'에서 배우는 세상은 3가지 관점이 있다. 말의 관점, 기수의 관점, 말머리의 관점. 모두 다 역할이 다르고 보이는 것도 다르다. 시를 쓸 때도 똑같은 사건을 놓고 입장에 따라 다르게 쓸 수 있지. 기수 입장에서는 즐겁고 신나지. 말 입장에서는 괴롭고 힘들지. 말머리 입장에서는 말과 같은 심정으로 가위 바위 보를 하지. 인생도 똑 같은 거야. 놀이가 끝나면 아무 일 없었다는 듯이 모두 똑같이 일상으로 돌아가잖아. 이 세상은 역할놀이에 불과해."

그리 심오한 이야기는 아니지만 직접 체험을 하고 나서 설명을 들으니 피부로 '역할놀이'라는 단어가 스며드는 것 같았다.

그날 이후부터 나는 교실에서 아이들의 모습을 관찰하는 버릇이 생겼다. 아이들은 저마다 역할놀이를 하고 있었다.

어떤 아이는 폭력배 역할을 하고 있었고, 어떤 아이는 경찰 역할을 하고 있었고, 어떤 아이는 첩보원 역할을 하고 있었고, 어떤 아이는 피해자 역할을 하고 있었고, 어떤 아이는 증인 역할을 하고 있었다.

그렇게 생각하니 모두 다 연극배우 같았다. 천상병 시인은 삶이 소풍 나온 것 같다고 했지만 나는 삶이 연극 같았다.

백일장이 끝나면 '짜장'을 먹어야 하지

대학교 주최의 백일장에 가는 날은 가장 즐거운 날이었다. 백일장의 묘미는 정규수업을 빼먹을 수 있다는 점, 그리고 장원했을 때의 쾌감을 느낄 수 있다는 점이었다. 이런 것을 이미 여러 번 경험했던 터라 나는 백일장 가는 날은 아침부터 가슴이 뛰었다.

그런데 서울대는 왜 백일장이 없는 것일까? 옛날에는 장원하면 급제해서 출세하던데 왜 요즘엔 장원해도 그걸로 끝나는 거지?

나는 이런 시험에 안 나오는 문제를 생각하며 버스에 올랐다. 다른 아이들도 이런 생각을 할까?

나는 버스 안에서 누군가 불러주어 받아 적는 것처럼 마구 나오는 시를 메모지에 적었다. 시를 10편쯤 썼을 때 버스는 목적지에 다다랐다.

글제는 5월.

여러 학교에서 온, 글 제법 쓴다는 아이들이 삼삼오오 모여서 열심히 쓰고 있었다. 커다란 느티나무 주위에 모여 남녀 학생들이 자기 나름의 방법으로 구상을 하고 있었다.

하늘을 올려다보며 생각을 가다듬는 아이, 머리를 쥐어뜯으며 나오지 않는 시상을 꺼내려는 아이, 마음에 안 드는지 종이를 마구 구기는 아이, 옆에 아이가 쓴 것을 슬쩍 쳐다보는 아이들이 보였다. 평화롭고 아름다웠다.

나는 버스에서 쓴 시 중 생각나는 구절을 적당히 짜깁기하여 5분만에 시를 써내고 여학생들을 바라보았다.

긴 머리, 교복치마를 보자 마음이 설레고 심장이 뛰기 시작했다. 나는 여학생들이 모여 있는 곳으로 갔다. 용기도 없고 마음은 떨리지만 나도 모르게 그쪽으로 발걸음이 가는 것은 어찌할 수 없었다.

멀리서 껄떡쇠 회만 녀석이 못마땅한 얼굴로 쳐다보고 있었으나 나는 이를 무시하고 여학생들 쪽으로 가서 말을 걸었다. 내 시의 원천은 혹시 여자가 아닐까, 하는 생각마저 들었다.

떨리는 목소리를 감추려고 빨리 말했다.

"뭐 썼어요? 장원은 쉬워요. 어떻게 써야하는지 다 알고 있어요. 좀 있다가 내가 장원 먹으면 축하해 줄 거죠?"

아주 건방지고 재수 없다고 생각할지 모르지만 내가 천재라는 사실 때문에 기쁘기보다는 요절할까봐 겁난다, 고 말했다.

여학생들이 우~ 야유 비슷한 소리를 냈지만 결코 싫어서 내는 소리는 아니라고 생각했다. 그저 장난기 어린 제스처일 뿐이다.

나는 계속 떠벌였다. 이상도 그러지 않았는가, 하고. 박재된 천재를 아느냐고.

지난 1년간 교내외에서 내가 상을 탄 것을 합치면 열 손가락이 모자라고 이젠 상 타는 것도 이골이 났을 텐데 신기한 것은 상을 받을 때마다 떨림과 쾌감은 여전하다는 것이다.

주절주절 여학생들과 한참동안 잡담을 나누다 보니 입상자 발표 시간이 되었다.

결과를 발표하는 그 짧은 순간의 떨림은 그때까지 체험한 여러 가지 짜릿한 체험 중 가장 첫 번째로 꼽을 수 있는 순간이었다.

결과는 역시 내가 장원이었고 껄떡쇠 회만은 입선에 머물렀다. 우리 학교는 단체상도 받았다. 모두 나에게 쏠리는 시선을 즐기며 단상에 올랐다. 박수치는 아이들이 모두 나를 위해 존재하는 것 같았다.

심사위원 조병화 시인과 악수하고, 독립만세 부르듯 두 손을 번쩍 들고 나는 외쳤다. 그만 외쳐버리고 말았다.

"만세! 만세! 꼬레아 우라. 대망고등학교 만세."

목이 터져라 외치다가 나 혼자만 외친다는 것을 느끼고 주변의 시선이 따갑게 느껴져 빨리 팔을 내렸다. 단체상 타면 다함께 외치기로 해놓고 배신한 녀석들이 원망스러웠다. 단상에서 내려오니 치기 부린 것이 창피해지기 시작했다.

백일장마다 나가서 상을 타고 그 희열을 느끼다 보니 어쩌면 내가 시를 쓰게 되는 힘이 백일장 때문이 아닌가 하는 생각이 들었다. 이유야 어쨌든 나는 시어 하나 하나에서 품어져 나오는 향기, 이미지로 나는 전율을 느낄 수 있었다.

백일장이 끝나고 의례 들리는 곳은 '짜장면 집'이었다. 우리는 누가 먼저라고도 할 것 없이 자연스럽게 '짜장면 집'에 들어갔다. 남들은 다 공부하고 있을 시간에 '짜장면 집'에서 여유를 부리는 것만으로 우리는 대단한 호사를 누리는 것 같았다.

신발을 벗고 방으로 들어가 기다란 상을 가운데 놓고 3학년, 2학년 동기들, 1학년 후배들이 죽 둘러앉았다.

"우리의 소원은 통일, 짜장면으로 통일한다."

3학년 선배가 독재자처럼 선포했다.

"난 짬뽕 시키겠습니다."

모두 자장을 시킬 때 역시 껄떡쇠 회만은 남과 묻어가는 것은 죽기보다 싫어했다. 꼭 존재감을 느껴야 하는 녀석이었다.

선배는 그러는 회만을 예외적으로 봐주며 소주도 시켰다.

"야, 더운 청춘의 위장에 알콜을 부어 타버린 자리를 확인하자."

어떻게 들으면 개그맨의 어설픈 개그처럼 들리기도 하겠지만 그때는 이런 설익은 시가 입에서 마구 쏟아져 나왔다.

낮에 술을, 더구나 고등학생이 술을 마시다니?

그러나 우리는 알고 있었다. 딱 한 잔씩만, 아니면 따라놓고도 먹지 않으리라는 것을.

"남보다 1년 먼저 경험한다고 생각하면 되는 거야."

사실 술은 졸업한 선배들과 같이 있을 때 선배들이 마시면서 한잔씩 주면 받아먹는 수준이었다. 그러나 그날은 달랐다.

"백일장 단체우승 기념비를 세우듯 건배하자."

나는 소리 높여 외쳤다.

"좋지."

"기분 좋으니까 짱개 맛도 좋다."

모두들 기분이 좋아 보였지만 껄떡쇠 회만만은 아무런 표정이 없었다. 나는 애써 그를 쳐다보지 않았다.

나는 몇 잔 안 마셨지만 이상하게 취하는 기분이었고, 다른 아이들도 어느 정도 취기가 올라오는 것 같았다.

"나이만 많다고 음주, 흡연을 허용하는 것은 잘못이야. 술은 어른

이든 학생이든 구분하지 않고 1인당 1병씩만 팔아야 돼."

"그건 맞는 말이야."

어른들에 대해, 학교에 대해, 비판을 쏟아내고 있을 때 갑자기 껄떡쇠 회만이 진지하게 물었다.

"근데 몽도야, 아까 장원한 시 좀 읽어줄래?"

"갑자기 무슨 시 타령이야. 술 맛 떨어지게. 뭐 먹을 때는 시 얘기는 하지 말자. 한꺼번에 많이 먹으면 체한다. 그리고 베껴 놓은 게 없어서 잘 기억이 안나."

사실 나는 남의 시는 잘 외우지만 내가 쓴 시는 잘 외우지 못했다.

"그래도 기억나는 대로 좀 읽어줘라."

"됐어 그냥 오랜만에 낮술의 위대함을 느껴보련다."

나는 귀찮다는 듯이 퉁명스럽게 말했다.

"장원이라고 너무 으스대지 마라. 새끼야"

껄떡쇠 회만은 질투가 났고 심술이 난 것이 분명했다. 나는 여기서 멈추어야 했다. 그러나 이미 출발한 폭주기관차는 누구도 함부로 세울 수 없는 법이다.

"뭐, 언제 내가 공작새처럼 자랑질 했어? 임마!"

"방금 그랬잖아. 수학이 4점짜리가........"

나는 그 말을 듣는 순간 내 치부를 들켜버린 것처럼 얼굴이 확 달아올라 몸이 부르르 떨렸다. 참을 수 없는 모욕감, 치밀어 오르는 감정을 어떻게 해야 할지 몰랐다.

지금 수학 이야기가 왜 나오는가. 수학과 문학은 무슨 관계가 있을까. 수학을 못하는 것과 문학은 아무 관련이 없다고 믿으면서도 저 깊은 곳에서는 수학이 낙제점수라는 것에 대해 괴로워하고 있다는 사실을 껄떡쇠 회만이 안 것일까?

나는 왜 수학 점수가 낮은 것에 대해 괴로워해야 하는가. 이런 복잡한 생각이 스치면서 나도 모르게 반사적으로 반격했다

"뭐? 이 씨블라이제이션. 시도 졸라 못 쓰는 새끼가……."

나는 교묘하게 욕이 아닌 것처럼 위장하며 영어단어로 말하자 회만은 보다 욕처럼 들리도록 말했다.

"씨벨, 백일장용 시 주제에……."

씨벨, 이라는 욕보다 백일장용 시, 라는 말을 듣는 순간 나는 누구에게 한 대 얻어맞은 것처럼 아찔했다. 맞는 말이기 때문이다.

"넌 평소에 쓰는 스타일과 백일장에서 쓰는 스타일이 다르잖아."

그것도 맞는 말이다.

나는 평소에는 강하고 투박한 남성적 스타일로 썼고 백일장에서 장원을 타는 작품들은 밝고 교훈적이고 기교가 많고 감각적인 시들이었다. 껄떡쇠 회만의 말은 일관된 자기 세계 없이 상에 연연하여 시를 만들었다는 나에 대한 비판이었다.

나는 숨고만 싶었다. 나를 부수고 싶을 정도로 화가 나고 창피했다. 시를 자유자재로 여러 형태로 쓸 수 있다는 점을 능력이라고 생각하고 있었는데 그것을 도덕적으로 타락한 사람처럼 말하니 나는 갑자기 얼굴을 들 수 없었다.

그러나 정작 나는 껄떡쇠 회만의 말 때문에 화가 난 것은 아니었다. 이죽거리는 껄떡쇠 회만의 표정에 참을 수 없었던 것이다. 나도 모르게 앞에 놓인 빈 소주병을 집어 껄떡쇠 회만에게 휙 던졌다. 빈병이 날아가 껄떡쇠 회만의 옆머리를 스치고 벽에 부딪치며 파편이 튀었다. 껄떡쇠 회만의 머리에서 잉크 같은 피가 주르

릌 흘렀다.

나는 왜 그 피를 보는 순간 아름답다고 생각했을까.

껄떡쇠 회만도 빈 소주병을 집더니 내 쪽으로 던졌다. 몸을 피하자 병은 벽에 맞고 부서지면서 병조각이 얼굴로 튀었다. 얼굴에 피가 비치고 발바닥도 찔려 붉은 액체가 튀었다.

이번에는 껄떡쇠 회만이 짬뽕 국물을 집어 들더니 허공에 확 뿌렸다. 다른 아이들이 일어나 말리고, 상이 흔들리면서 그야말로 아수라장이 되었다.

이때 우리의 싸움을 멈추게 한 것은 주인아저씨도 아니었고 경찰도 아니었다. 갑자기 한 쪽 구석에서 쿵쿵 탁탁, 쿵, 쿵 요란한 소리가 들렸다. 돌아보니 철남이 바닥에 누워 입에 거품을 물고 몸을 부르르 떠는 것이었다. 그것은 말로만 듣던 간질이었다.

우리는 그 때에서야 싸움을 멈추고 철남에게 시선이 고정되었다. 1분 정도 철남은 온몸을 부르르 부르르 떨더니 발작이 멈추었다. 교주 세준이 철남의 몸을 주무르고, 괜찮아? 괜찮아? 하며 살펴보았다.

철남이 간질이 있다는 소문은 들어서 알고 있었지만 직접 목격한 것은 처음이었다. 처음 본 간질의 모습이 공포스러웠지만 철남 자체가 공포스러웠던 것은 아니었다. 자기도 주체할 수 없는 기운을 가지고 있는 철남이 오히려 안타까웠고 정겨웠다.

결과적으로는 철남이 큰 화를 면하게 해 주었던 것이다. 철남 아니었으면 더 큰 불상사가 일어났을지 모른다. 우리는 아마 싸움이 더 길어졌을 것이고 모르긴 몰라도 경찰서까지 갔을 것이다.

그 날 이후부터 철남의 별명은 낭만메뚜기가 되었다. 언제 튈지 모른다는 유아적인 발상이었고 약점을 상징하는 별명이었지만 낭만메뚜기 철남은 자기 별명을 싫어하지 않았다. 자기도 별명이 생겼다는 것에 뿌듯해 했다.

백일장이 끝나고 돌아오면서 하나의 생각이 공장의 굴뚝처럼 솟구쳤다.

빨리 졸업이나 했으면 좋겠다. 학교에서 배운 거라고는 사람 패는 것, 싸움하는 것, 까라면 까는 거. 1년이면 다 배울 거를 3년씩이나 배우고 앉아있어.

다음날 조회 시간에 나는 전교생이 보는 앞에서 상을 받았다.

학교를 욕하고 빨리 졸업하고 싶었지만 상 받을 때만은 그런 생각은 잠시 뒤로 밀려났다. 벌보다는 상을 자주 주고 하루에 1명씩 상을 주는 학교가 있다면 그 학교로 바로 전학가고 싶었다. 이중적인 나 자신이 혐오스럽기보다는 인간적이라 괜찮다고 생각했다.

상은 기분 좋게 만든다. 이 세상에는 벌보다 상이 많아야 한다. 학교와 세상은 규제와 처벌이 많은데 잘못했을 때 벌을 주기보다 잘 했을 때 상을 더 많이 주어야 한다.

나는 그날 집에 돌아와 라디오를 들으며 노트에 썼다.

상을 받으니 세상이 레바논 골짜기처럼 아름답다.

라디오에서 존 레논의 이미진(imagine)이 흘러나오고 있었다.

데얼즈 노 헤븐 잇츠 이지 이프 유 트라이.... 이미진 올 더 피플 리빙 포 투데이 아하~하하

촛불에 머리카락을 태워먹다

열여덟 살, 고등학교 2학년의 시간은 시로 점철된 시간, 시의 폭탄에 맞아 엉망진창, 뒤죽박죽, 시에 미쳤던 시간이었다. 이런 일들이 벌어지곤 했으니까.

어느 날 나는 시험 공부하려고 도서관에 갔었다. 많은 학생들이 열심히 공부하는 모습에 자극을 받아 책을 펴고 노트를 폈다. 나는 책을 보며 열심히 쓰면서 공부하기 시작했다. 그러나 얼마의 시간이 지나면 노트에는 공부 내용이 아닌 시가 씌어 있는 것이었다. 참으로 알 수 없는 일이었다.

다른 아이들은 수학, 영어를 공부할 때 나는 시를 자습했다. 아니 시가 막 나와서 그냥 적었다. 그때 당시 유일하게 마음을 잡을 수 있는 것은 다름 아닌 시였다. 가난과 실연과 막연한 불안감을 잊는 길은 시를 쓰는 일이었다. 다른 문학반 아이들은 모르겠는데 적어도 나에겐 그랬다.

여름 밤, 창신동 산동네. 금방이라도 무너질 것처럼 금이 가고 낡은 시민아파트 4층.

남산이 손에 잡힐 듯 보이고 서울 시내가 훤히 내려다보이는 그

곳에서 나는 창문을 열어놓고 시를 썼다.

시는 나의 탈출구이고 나의 안식처였다.

열려있는 창문으로 시원한 바람이 불어와 시 쓰기가 더욱 좋은 그런 밤, 밖은 깜깜해 아무것도 보이지 않아 더욱 신비로운 밤, 밖에 가로등이 약하게 빛나고 있었다.

비록 좁은 방에 엄마, 아버지, 누나, 동생, 이렇게 다섯 식구가 엉켜 자도, 거꾸로 누워 서로의 발 냄새를 맡으며 자는 식구들의 웃기고 슬픈 모습이 처참하지 않았다. 팔과 다리가 엉켜 레슬링 하듯 자는 식구의 모습을 보며 시를 쓰는 동안만큼은 행복했다.

어느 새벽 1시.

그날도 나는 러닝셔츠만 입고 창문 옆에서 시를 쓰며 꾸벅꾸벅 졸고 있었다. 졸다가 연필에 이마를 찔려 확 잠이 깼다. 다시 또 시를 쓰기 시작했다. 그러다 갑자기 주위가 깜깜해졌는데 내가 눈을 뜬 건지 눈을 감은 건지 알 수 없었다. 분명 나는 눈을 뜨고 있는데 아무것도 보이지 않았다. 왜 그러지? 눈이 어떻게 됐나? 갑자기 실명 되었나?

정전(停電)이었다. 그 당시 정전은 이상한 일은 아니었다. 무슨 이유인지는 몰라도 1980년대 한국에서는 생각난 듯 수시로 전기가 나갔으니까.

나는 항상 예비로 둔 양초를 찾기 위해 서랍 쪽으로 조심조심 걸어갔다. 자고 있는 식구들의 몸을 밟지 않기 위해 조심스럽게 천천히 발을 떼어야 했다. 그러나 엉켜서 자고 있는 식구들의 몸이 겹쳐있기에 빈공간이 없었다. 식구들이 깨지 않게 하려고 몸을 비집고 발을 살살 내딛었다.

그때 들려오는 소리가 있었다.

"아이고로!"

충청도 사투리로 내지르는 목소리의 주인공은 엄마였다.

"이누무 새끼. 또 잠 안자고 그 시 나부랭이 쓰고 있냐?"

그러고는 그냥 푹 쓰러져 잤다. 잠꼬대는 우습기도 하지만 서글픔을 불러일으켰다.

나는 양초를 찾아 불을 붙이고 책상에 촛불을 켜놓고 시를 썼다. 가물가물 타오르는 촛불이 아늑했다.

얼마의 시간이 지났을까 찌지직, 소리와 함께 머리카락 타는 냄새에 화들짝 놀라 고개를 드니 내 앞머리가 촛불에 그슬려 매캐한 냄새가 났다.

으악, 머리카락의 반이 이미 불에 타버렸다. 다행히 식구들은 깨지 않아 큰 소란은 없었지만 다음날 나는 이발소에 가서 머리를 빡빡 밀 수밖에 없었다.

그 머리로 학교에 가니 아이들이 신기한 물건을 만난 것처럼 흥미를 보였다.

"무슨 결심이라도 했냐, 머리까지 밀고 공부하기로 했냐?"

두발 자율화가 실시되기 불과 1년 전만 해도 대부분 스포츠형 머리였고 삭발도 가끔 있었는데 이제는 삭발이 이상하게 보이는 것이다.

선생님들도 이상한 눈초리로 쳐다보았다.

"반항하지 마라 !"

자연스러웠던 삭발이 불과 1년 만에 반항의 상징이 되어 버렸다.

"그렇다면 스님들은 어떤 반항을 하는 것일까?"

이런 궤변을 친구들에게 늘어놓으면 친구들은 궤변으로 답했다.

"조선시대 숭유억불 정책에 반항했잖아."

어정쩡한 머리를 가지고 어정쩡하게 살아야 한단 말인가. 나는 어정쩡한 것이 싫었다. 삭발 아니면 장발이 내 머리 스타일이었다.

나는 부득이하게 삭발을 한 것인데 다른 사람 눈에는 이상하게 보였는지 나에게 4차원이라고 했다.

4차원과 관련해서 이런 일이 있었다.

문학반 교실에서 어디가지 말고 시를 쓰라고 하고 선배가 나갔을 때 나는 슬그머니 일어나 교실 뒤쪽에 가서 한참을 엉거주춤 서 있었다. 아이들은 의아하게 생각했다.

쟤는 시상을 저런 자세로 떠올리나?

이윽고 다시 돌아와 자기 자리에 앉는 나에게 물었다

"몽도야, 왜 그래? 어디 아퍼?"

"아니, 방구 끼고 왔어?"

아이들의 폭소가 터졌다.

"엄마가 남에게 피해주지 말라고 하셨거든."

그 말에 다시 한 번 폭소가 터졌다.

실제로 엄마는 그런 말씀을 자주 하셨고 나는 아이들에게 피해주는 것이 싫어 멀리 가서 방귀를 뀌었는데 아이들은 이해를 못하니 4차원이라 했다. 그렇다. 남들과 조금 다르고 이해를 못하면 4차원이라고 했는데 3차원으로는 이해할 수 없겠지.

수학 시간에 시 쓰기

이 세상에서 수학이 없었으면 좋겠다고 생각했다.

수학 담당 '무대뽀'가 칠판에 수학 문제를 풀어주고 돌아보며 나를 가리키며 말했다.

"야, 스님 ! 너 이리 나와서 이 문제 풀어봐!"

나는 갑자기 시키는 '무대뽀'의 게릴라 공격에 한 대 맞고 비틀거리며 칠판 앞으로 나왔지만 아무 것도 생각이 안 났다. 하지만 뭐라도 써야할 것 같아서 아무 숫자나 쓰긴 썼는데 당연히 답과는 거리가 멀었다.

"노트 가져와 봐."

'무대뽀'는 총칼로 대통령이 된 장군처럼 위협하듯 말했다. 그는 그렇게 말해야 권위가 서는 줄 아는가 보았다.

나의 수학노트에는 수학 문제가 아닌 다른 것이 씌어 있지만 그냥 '무대뽀'에게 갖다주었다.

수학 노트에는 이렇게 씌어 있었다.

나의 삶은 나의 광기보다 크거나 같고
나의 사랑은 나이 무모함보다 작거나 같다.

아 졸리다.

삶 ≧ 광기

사랑 ≦ 무모함

노트에는 그림까지 그려져 있었다. 사람의 여러 가지 얼굴 표정을 무심코 그린 것들이었다.

'무대뽀'는 반사동작을 실험하는 것처럼 바로 나왔다.

"이게 뭐야?"

"제가 생각하는 삶의 수학 등호입니다."

"뻔뻔하게 대답은 잘 해. 이놈이 장난치고 있어."

장난처럼 보일 수도 있지만 나는 결코 장난은 아니었다.

"생긴건 귀엽게 생겨가지고."

'무대뽀'는 이렇게 말하며 나의 머리를 막대기로 탁, 때렸다. 나는 순간 머리가 핑 돌고 아무 생각이 안 났다. '무대뽀'는 뭐가 그렇게 화가 나는지 씩씩거리며 나의 뺨을 처...ㄹ썩 철석, 처얼썩 쫙 갈겼다. 연속해서 철석, 처얼석 쫘 때린다 부순다 무너버린다. 나의 큰 힘 아느냐 모르느냐 호통까지 치면서. 제비 날아들 듯 파도처럼 갈겼다.

폭력을 쓰는 그의 얼굴에 기쁨이 환하게 번졌다. 이 순간 폭력배와 교사가 뭐가 다르단 말인가.

수학 시간에 때리지 않는 날이 없었다. 누구든 걸리기라도 하면 한 명씩 때려야 직성이 풀리는 '무대뽀' 수학이었다. 다른 과목 선생님들도 자주 때렸지만 수학은 특히 더 심했다. 교실은 때리고 맞는 것이 일상이 된지 오래였다. 그 시절, 우리는 모두 맞으면서 컸고 맞으면서 세상을 인식했다.

"아, 쌔디즘의 화신이여!"

왜 그 순간, 신문에서 많이 본 어느 19금 성인 영화 카피 문구가 떠올랐던 것일까.

그렇게 계속 맞다보니 나는 정신이 혼미한 가운데 야릇한 억울함과 함께 화가 치밀었다.

왜 삶이나 사랑은 등호로 나타낼 수 없는가. 비록 수학 문제는 풀지 못했지만 수학노트에 삶과 사랑, 광기, 무모함을 등호로 나타낸 것이 이토록 화가 나는 일인가. 수학시간에 시를 쓰는 일이 맞을 만큼 잘못한 일인가. 이런 생각이 들자 나는 갑자기 화가 치밀어 올랐다.

할 수만 있다면 나의 머리로 '무대뽀' 수학 선생을 받아버리고 싶었다. 하지만 행동으로 옮길 수는 없는 일이었다.

"부모가 불쌍하다. 으하하하하."

나는 '무대뽀'의 입에서 이 말이 나왔을 때 겁이 났다. 나 자신이 어떤 짓을 할지 몰라, 나 자신도 통제할 수 없어 덜컥 겁이 났다. '군사부일체'가 무엇인지 배웠기에 행동은 자유롭지 못했다. 임금과 스승과 아버지의 은혜는 모두 같다. 하지만 스승이 부모를 욕하는 것이 옳다는 것은 어디서도 배우지 못했다.

순간, 문 옆에 걸려있는 전신 거울에 기괴하게 비쳐진 내 모습이 눈에 들어왔다. 그 모습을 보자 나 자신이 싫어졌다. 거기에 거울이 없든지 내가 없었으면 싶었다. 나는 거울 속에 있는 나를 깨부수고 싶었다.

정신을 차려 보니 머리에서 피가 흘렀다. 내가 무슨 짓을 한거지? 중간에 내가 한 행동이 기억에 없는데 나중에 들은 내용을 보면 나는 황소처럼 '무대뽀' 쪽으로 달려들었다, 고 한다. '무대뽀'를 살짝 지나쳐 벽에 걸린 거울에 머리를 부딪쳐 거울을 박살낸 것이다.

머리에 흐르는 피가 바닥으로 뚝뚝 떨어질 때는 야릇한 쾌감이 솟았다. 나는 몸을 덜덜덜 떨고 있었고, 우우우..... 동요하는 아이들...... 움찔 놀란 표정으로 보는 '무대뽀'는 약간 당황하는 듯 했다. 그 순간만큼은 '무대뽀'가 아니라 '무대책'으로 보였다. 그는 어찌할 줄 모르고 서 있었다.

"새끼, 성질 더럽네."

그 소리를 뒤로 하고 나는 아이들의 부축을 받아 양호실로 향했다. 여자 양호선생님의 부드러운 손길로 응급치료를 받을 때는 가끔은 이런 짓도 괜찮겠다는 생각을 했다. 나는 계속 양호실에서 여선생님의 간호를 받고 싶었으나 병원으로 옮기라고 성화를 부려 어쩔 수 없이 병원으로 실려 갔다.

씨블라이제이션.

전날 자크 프레베르의 '열등생'이라는 시를 읽지만 않았어도... 하고 나는 속으로 생각했다.

그는 머리로 아니라고 하지만
가슴으로는 그렇다고 말한다
그는 사랑하는 것에게는 그렇다고 하지만
선생에게는 아니라고 한다.
그가 자리에서 일어나자 선생이 질문을 한다

별별 질문을 다 한다.

문득 그는 폭소를 터트린다

그는 모두를 지운다

숫자도 단어도 날짜도 이름도

문장도 함정도

교사의 위협에도 겁먹지 않고

우등생들의 야유도 무시하고

모든 색의 분필을 들고

불행의 칠판에

행복의 얼굴을 그린다

고백하자면 사실 나는 그렇게 대담한 사람이 아니었다. 오히려 소심하고 수줍음을 잘 타는 사람이었다. 말로 하기보다는 글로 내 감정을 표현하는 것이 더 편하고 잘하는 사람이었다.

그런데 숨어있던 어떤 광기가 나를 한순간에 폭발시켰을 뿐이었다. 화산이 그렇듯이 평상시에는 있는 듯 없는 듯 조용하다가 한꺼번에 쌓여있던 에너지가 분출하여 터진 것이다.

우울한 표정으로 먼 데 하늘을 쳐다보는 나에게 교주 세준의 한마디가 위로해 줄 뿐이었다.

"랭보도 수학을 못했다."

처벌은 도서관에서

찢어진 이마 때문에 하루 쉬고 그 다음날부터 나는 교실로 가지 못하고 학교도서관으로 등교했다. 1주일 동안 '근신'이라는 처벌을 받은 것이다.

그런데 의아한 것은 도서관에서 책 읽는 것이 처벌이라는 것이다. 나에게는 천국 같은 도서관이 처벌의 장소라니... 청소하는 것도 아니고 책 읽는 것이 처벌이라니.... 그렇다면 매일 책을 읽고 공부하는 우리들은 매일 처벌받는 것인가?

나에게는 처벌이 아니라 상처럼 느껴졌다. 이것이 처벌이라면 나는 자주 유리를 깨고 싶었다. 하지만 일부러 그럴 필요는 없다. 유리를 깰 때는 머리가 아프고 피를 봐야 하니까.

근신 첫째 날 오후에 전봉수 문학반 담당 선생님이 도서관으로 찾아왔다. 전봉수 선생님은 등단한지 10년 된 시인이지만 아직은 무명이었다.

훗날, 1989년 종로의 영화관에서 29세에 요절한 시인이, 대구는 시인이 우글거리는 이상한 도시라고 했지만 바로 내가 다녔던 고등학교가 시인들이 우글거리는 이상한 학교였다.

"죄송합니다. 선생님."

"거울에게 죄송하게 생각해라. 죄가 없는 거울을 깼으니. 이게 무슨 짓이니? 우리 교육은 무슨 짓을 하고 있는 거니? 사회에 나와서 실제로 쓰지 않는 것을 너무 깊이 배우고 있어. 어떤 아이들은 배울 필요 없는 것을 배우니 이게 무슨 짓이니?"

처음엔 나를 질책하는 듯 했으나 자연스럽게 사회와 교육을 질책하는 화법이 참 절묘했다.

하루 종일 도서관에 있으면 이 세상에 나 혼자인 듯 고즈넉하고 신비로웠고 나는 도서관에서 책 속의 사건, 사람, 사상과 만났다. 그 날 이후 남들은 도서관에 공부하러 온다지만 나는 도서관에 공부하지 않기 위해 갔다.

붕대를 감고 다시 교실로 간 다음날부터 나는 비교적 자유롭게 수학시간에 시를 쓸 수 있었다. 수학선생 '무대뽀'는 나를 더 이상 괴롭히지 않았다. 제발 거울만 깨지 말았으면 하는 듯 한 표정이었다.

껄떡쇠 회만은 매번 수학 문제를 잘 풀어 칭찬받았다.

"회만이도 문학반이지? 문학을 한다고 해서 꼭 수학을 못하라는 법은 없어. 뭐든 잘 하면 좋은거야."

'무대뽀'는 이렇게 돌려서 말했지만 거울을 깬 나의 행동에 대한 질책이었다. 하지만 나는 아랑곳하지 않고 한 번도 고개를 들지 않고 시만 썼다.

이 사건으로 내가 배운 것은 한국에서는 가만히 있으면 무시당하니 당시 대세 코미디언 이주일의 유행어처럼 "뭔가를 보여주어야 한다"는 것이었다.

아침에 일어나니 유명해졌다

아침에 일어나니 유명해졌다는 말을 한 사람은 영국의 꽃미남 형님, 바이런이던가. 내가 바이런이 한 말을 직접 듣지 못했지만 모두 다 그렇다고 하니 믿을 수밖에.

내가 거울을 머리로 박살냈다는 소문이 전교에 퍼지고 어떤 녀석이 나를 찾아오자 이 말이 더욱 실감났다.

'뭐 이런 새끼가 다 찾아와.'

나를 찾아온 녀석은 생각지도 못한 녀석이었다. 그 녀석은 교내 음성 서클 '블랙홀' 캡장이었다. '캡장'이라는 말은 아마 영어의 captian 과 한자의 길 長을 합성한 말일 것이다. 누가 만들었는지 의미를 반복적으로 한 강조용법으로 창의적인 작명이라 생각했다.

'음성 서클'이라는 말이 조금 이상하지만 그 때는 모두들 그렇게 불렀다. 양성의 반대말 음성은 암 진단결과 등에 주로 쓰였지만 모든 사람들이 그렇게 부르니 그냥 그렇게 부를 수밖에 없었다.

모든 것을 빨아들인다는 '블랙홀'. 우주적인 이름의 그 음성 서클은 교내에는 세력이 가장 큰 2개 중 하나였다.

"소문 들었다. 무시무시했다며 ?"

전형적인 남반구 민족의 얼굴로 날카롭게 찢어진 눈을 가진 캡장 녀석은 잔인하고 난폭하다고 소문이 파다했다. 흔히 하는 말로 '깡다구'가 있었다. 나는 다소 긴장하여 말을 못하자 녀석이 먼저 짐짓 부드럽게 말을 했다.

　"누군지 얼굴 좀 보러왔다."

　나는 관심이 없어 대답을 안했는데 녀석이 빤히 나를 쳐다보더니 말을 이었다.

　"자식, 생긴 건 지지배처럼 생겼네."

　"나를 찾는 사람이 있어서 기뻐. 나는 이 세상 사람을 다 만나고 싶어."

　"찾아온 손님한테 대접도 없어?"

　녀석이 웃으면서 말했으므로 대접하라는 말은 농담반 진담반으로 들렸다.

　"줄 건 없고 시 한편 줄게."

　나는 비웃음을 각오하고 말했다. 그리고 갑자기 녀석이 폭력을 쓸까봐 떨리는 마음을 가다듬고 그날 쓴 시가 적힌 노트에서 하나를 찢어 그에게 주었다. 녀석은 시를 가만히 쳐다보더니 말했다.

　"시 좋은데. 나도 시 쓰고 싶은데 어떻게 써야하냐?"

　뭐? 나는 소리 지를 뻔 했다.

　나는 녀석이 진심으로 말하는 것이 아니라고 생각했다. 그냥 해보는 소리라고 생각했다. 하지만 나는 진지하게 말했다.

　"자기 감정을 솔직하게 쓰되 되도록 직접 표현하지 말고 어떤 사물이나 자연을 통해 간접적으로 표현하면 돼."

　나는 중학교에서 이미 배운 상식적이고 기초적인 내용을 말했다.

"그래 고맙다. 우리 서클에 한 번 놀러 와라."

서클이 어디에 있어? 하고 물으려다가 나는 그냥 응, 하고 대답했다. 하지만 역시 진지하고 성의 있는 말투로 대답했다.

"그리고 싸움할 때 한 번 올래?"

난데없는 제안에 나는 깜짝 놀라는 말투로 말하려다가 짐짓 침착하게 말했다.

"난 문학반이야. 싸움 안 해."

"꼰대 같은 고정관념은 버려. 문학은 싸움이야. 새끼. 겁먹기는..... 우리는 달라."

"문학은 싸움?"

녀석의 입에서 그런 말이 튀어나올 줄은 몰랐다. 나는 지금까지 문학이란 언어예술로 알고 있었는데 새로운 문학관을 들으니 확 잠이 깨는 느낌이었다. 제법 문학적인 표현 쓰네, 하고 생각하면서 나는 물었다.

"무엇이 다른지 알고 싶어."

"우리는 아무 이유 없이 싸움 안 해. 나쁜 놈들하고만 싸우지. 선생도 얄짤 없어. 그래서 네가 필요해."

녀석의 말투와 눈빛에 카리스마가 있었지만 나는 이에 굴하지 않고 나의 소신을 말했다.

"어쨌든 폭력은 안 키워. 차라리 데모대에 끼었으면 끼었지 패싸움은 나의 언어가 아니야."

"펜은 칼보다 강하다."

녀석은 식상하지만 의미심장한 마지막 말을 하고 일단 물러갔지만 나는 그 말을 믿을 수 없었다. 폭력 서클의 캡장인 녀석이 한 이 말은 진심으로 한 말이라고 생각하지 않았다. 나를 비아냥거리는 말이라고 생각했다.

펜은 칼보다 강하다.

이 말을 처음 한 사람은 1839년 영국작가 에드워드 리턴이라는 사람이라는 것을 알고 나서 얼마 후 미국 대통령이 될 뻔 했던 맥아더 할아버지는 그 반대의 말을 했다는 것도 알았다.

'글의 힘이 총보다 위대하다고 믿는 사람은 아마도 최신무기를 경험하지 못한 사람일 것이다.'

나는 맥아더를 존경하지도 않았고 맥아더의 말을 믿지 않았다. 하지만 많은 시간이 흐른 후 현실적으로는 맥아더가 한 말이 통한다는 것을 알게 되었다.

나의 행동이 음성 서클의 스카우트 제의까지 유발하게 된 점에 대해 새로운 생각을 갖게 했다. 충격적인 행동이 사람들의 관심을 끌게 한다는 점이 새삼스러운 일은 아니지만 직접 겪고 보니 실감났다.

나는 운동장 밖, 거리에서 대학생들의 가두행진 소리, 독재정권 철폐, 군부독재 물러가라, 이런 소리를 들으며, 그 광기에 묘한 흥분이 일었다. 하지만 거리로 뛰쳐나갈 수는 없었다. 학교는 밖의 분위기와는 정반대로 조용하고 차분한 분위기였기 때문이었다. 나는 조용히 빈 깡통처럼 찌그러져 시만 쓸 수밖에 없었다.

"저놈 새끼들, 하라는 공부는 안하고 또 데모야!"

선생들은 짜증을 내며 공부, 공부, 공부 타령이었다. 그 어떤 선생도 세상 걱정을 하는 사람은 없었다.

서로서로의 어깨를 걸어 스크럼을 짜고 먼지를 일으키며 도로를 행진하는 대학생들의 모습을 보며, 요란한 함성소리가 너무 우렁차 심장이 툭툭 뛸 정도로 사람을 흥분케 했지만 나는 뛰쳐나갈 수 없었다. 아무도 뛰쳐나가는 사람이 없었다. 그것은 대학생들만의 일로만 느껴졌다.

가끔 악, 하는 소리가 들려 아이들이 우- 몰려가서 보면 낭만메뚜기 철남이 발작하고 있었다. 입에 거품을 물고 누워서 온몸이 딱딱하게 굳어지고 눈이 돌아가고 공포스럽기까지 했다.

대학생들이 데모를 할 때마다 낭만메뚜기 철남의 발작하는 장면을 몇 번 보고 그해 여름은 뜨거운 함성을 들으며 지냈다. 그것은 내 마음 속에서 끓어오른 함성 같기도 했다. 나도 소리 지르고 싶어 답답해 미칠 것 같았다.

낭만메뚜기 철남은 내 마음을 몸으로 표현해 주었다.

펜은 칼보다 강하다

'블랙홀' 캡장이 나를 불렀다.

"내일 청량리 애들하고 패싸움 있는데 네가 우리 애들한테 좋은 글 좀 읽어줘라."

나는 선뜻 내키지 않았다. 내가 폭력배들에게 용기나 주는 사람으로 전락한 것 같아 피하고 싶었다. 하지만 곧 생각을 바꾸었다. 특별히 캡장에게 적대감이 없고 캡장도 순수한 마음으로 친교 그 이상도 이하도 아닌 의도로 제안 했을 거라 생각했기 때문이다. 그의 교양이나 사고방식까지 따질 수는 없었다.

나는 모임 장소인 '소룡각'에 가기 전까지는 단순하고 소박하게 생각했다. 말 그대로 용기를 주는 좋은 시나 글을 애들 앞에서 읽어주면 그만으로 생각했다. 하지만 중국집 입구가 바라보이는 길 건너편에 섰을 때 결코 '달나라의 장난'이 아니구나, 하는 생각이 들었다. 덩치 큰 아이들 수십 명이 느와르 영화에서 많이 본 모습으로 양쪽으로 도열하여 허리를 90도로 굽혀 인사하고 있었다.

내가 사는 창신동 산동네에서 패싸움하는 아이들 모습을 심심치 않게 보아온 터라 웬만한 분위기에는 놀라지 않는 나였지만 실제로 그 모습을 보니 약간 움찔한 것은 사실이었다. 고등학생 폭력

서클이라고 시시하게 봐서는 안 되겠다는 생각이 들었다. 모두 사복을 입었고 분위기가 험악한 것이 어른들 뺨치게 생겼다.

캡장은 문 앞까지 나와서 나를 기다리고 있었다. 방안으로 들어가니 가운데 캡장이 앉고 나에게 그 옆자리에 앉으라고 했다.

독재정권이 주도하는 국가의 학생들답게 일사불란하게 '짜장면'으로 통일시켜 '짜장면'이 전달되고 모두들 허겁지겁 먹었는데 잘 훈련된 군인들처럼 행동이며 말이 절제되어 있었고 분위기가 매우 엄숙했다.

식사를 마치고 캡장이 나를 소개했다.

"소문 들어 알고 있지? 학교에서 선생 앞에서 머리로 거울을 깬 깡다구 좋은 친구다. 그리고 시도 잘 쓴다. 오늘 너희들에게 시를 읽어주러 왔다."

캡장의 소개가 끝나고 눈짓으로 시를 읽으라는 표시를 하자 나는 준비한 종이를 꺼내 시를 읽었다.

진실, 이것
사람의 완전한 진실 밑에
보라
매혹의 지팡이, – 아무것도 아닌 것
주인에게서 마술을

에드워드 리턴이 쓴 '펜은 칼보다 강하다'는 부분의 시를 다 읽자 앞에 앉은 턱이 뾰족한 녀석이 이죽거렸다.

"제목이 뭐야? 그 시 말고 다른 시 없어?"

그 녀석은 전에 몇 번 본 적이 있었는데 '블랙홀' 서클의 2인자 '턱주가리'였다. 아무래도 나를 견제하는 것 같았다.

"무슨 말인지 하나도 모르겠다. 어려우면 다냐? 다른 거 해 봐."

"난 준비된 것만 해. 즉흥시는 설익어서 배탈 나."

나는 기분이 안 좋아 뻣뻣하게 말했다.

"뭐? 말도 이상하게 하네. 우릴 뭘로 보고…. 즉석에서 한 번 지어보라니까."

'턱주가리'는 순간 목소리가 커졌다가 무표정한 캡장의 눈치를 보더니 짐짓 차분하게 말했다.

"나는 즉흥적인 사람이 아냐. 나중이라는 단어가 좋은 이유는 항상 기대감을 갖게 하지."

"말하는 싸가지는… 지금 한 말이 시 같은데. 백일장 휩쓸 정도면 할 수 있을 텐데. 한 번 지어봐."

"그 협박정신으로 차라리 네가 한 번 지어봐라."

나도 모르게 갑자기 화가 나서 소리 질렀다. 속으로 아차, 했지만 이미 엎질러진 석유였다. 분위기가, 뜨거운 물 끼얹은 듯 조용했고 모두들 행동을 멈추고 우리 둘의 이야기를 듣고 있었다. 캡장도 아무 말 하지 않고 듣고만 있었다. 둘이 어떻게 치고받고 하는지 어디 한 번 놀아봐라, 하는 표정이었다.

나는 이 상황에서 지면 안 된다고 생각했다.

그때 갑자기 '턱주가리'가 잭나이프를 꺼냈다. 순간적으로 섬뜩한 느낌이 드는 번쩍거리는 외제 잭나이프였다. 나는 잭나이프에 대해 전문가는 아니지만 무척 견고하고 고급스러워 보인다는 것은 알 수 있었다. '턱주가리'는 당장이라도 찌를 듯이 칼 든 손을 위로 번쩍 치켜 올렸다.

'턱주가리'가 왼손을 책상에 올려놓고 손가락을 쫙 펴더니 말했다.

"자, 이 잭크나이프로 손가락 사이를 찍는 거다. 더 빨리 찍는 사람이 이기는 거야. 그럼 이기는 사람이 하라는 대로 하는 거야."

나는 '턱주가리'가 일방적으로 정하는 것이 마음에 안 든다고 말하려는 순간 '턱주가리'는 거침없이 말을 이어나갔다.

"나 먼저 시작한다. 시간을 재라."

옆에 있는 녀석에게 말하자 옆에 있는 녀석은 최신 유행하는 플라스틱 전자시계를 꺼내 스타트를 눌렀다.

'턱주가리'는 눈 깜짝할 사이에 나이프로 손가락 사이사이를 절묘하게 찍었다.

"3초"

옆에 아이가 시간을 재었고 모두들 환호하며 박수를 쳤다. 모두들 나를 걱정하는 눈빛으로 쳐다보았다.

나는 주머니에서 만년필을 꺼냈다.

그러자 '턱주가리'가 자기의 칼을 바닥에 놓으며 나에게 말했다.

"그거 말고 이걸로 해."

'턱주가리'의 말이 끝나기가 무섭게 나는 아직 바닥에 놓인 녀석의 손등을 만년필로 팍 찍었다. 그리고 말했다.

"씨블. 펜은 칼보다 강하다."

모두들 놀라고 겁먹은 눈으로 나를 쳐다보았고 '턱주가리'는 일그러진 얼굴로 피가 흐르는 손등을 감싸며 고통스러워하고 있었다.

"그만해라."

캡장은 의미심장한 눈으로 나와 '턱주가리'를 쳐다보았다.

이 때 갑자기 시가 생각나 시를 낭송했다.

"물을 빛으로 꿈을 현실로 적을 형제로 변하게 하는 것 이것이 인간의 부드러운 법칙이다. 폴 엘리아르. 정의."

'턱주가리'는 무너지듯 조용히 무릎을 꿇었다.

그 당시 인기 코미디언 이주일의 유행어처럼 뭔가 보여주어야 함부로 대들지 않는다는 것을 다시 한 번 체험하는 순간이었다.

폭력은 역할 놀이가 아니야

얼떨결에 저지른 그 사건 이후로 나를 보는 아이들의 시선이 달라졌다. 소문이 그렇게 빠르다니.

내가 복도를 지나가면 아이들은 바닷물이 열리듯 길을 비켜 주었다. 쉬는 시간이면 내 주위로 아이들이 몰려와 나의 이야기를 듣기를 기다리는 듯 했다.

어떤 녀석은 갑자기 친한 척 하며 빵을 사다주기도 하고, 어떤 녀석은 구하기 힘들다는 미국의 성인잡지 '플레이보이'를 갖다 주기도 했다.

나는 가만히 있는데 녀석들이 나를 왕으로 받들어 모시는 분위기였다.

나는 기분이 좋았는데 백일장에서 장원한 기분과는 또 다른 기분이었다. 백일장의 장원은 깊고 오래가고 오묘한 맛이라면 이것은 순간적이고 짜릿한 청량음료 맛이었다. 급격히 고조되었다가 기포가 터지듯 사라지는 기분이었다.

그 기분은 조금 시간이 지나니 불편한 기분으로 바뀌었다. 아부하는 녀석들의 꼴이 보기가 싫어지는 것이었다.

그 녀석들의 속마음이 뻔히 보였다. 내가 조용히 찌그러져 시만 쓰고 있을 때는 관심도 주지 않다가 내가 강한 행동으로 관심을 받자 친해지고 싶은 것이다. 친해지고 싶다는 것은 강해보이는 나에게서 뭔가 이득을 얻으려는 속셈이 있는 것이다. 나는 그들에게 줄 것이 없었다. 시는 나를 위해서 쓰는 것이지 그들을 위해서 쓰는 것이 아니었다.

이들을 시적으로 비유하면 해바라기? 아니, 야광충.

해바라기와 야광충은 같은 생물이지만 식물과 동물로 비유했을 때 다른 이미지임을 깨닫자 나는 왜 그런가 깊은 생각에 잠겼다.

해바라기는 서정적이다. 원형 상징으로 보면 방긋방긋 웃는 얼굴이 떠오르고 해를 바라보며 밝게 피어나는 이미지가 떠오른다. 해가 지면 다시 고개를 숙이지만 해가 뜨면 다시 고개를 뻣뻣이 들고 만유인력의 법칙을 무력화시키고 있다.

야광충은 절망적이다. 불에 타 죽는 줄도 모르고 불에 뛰어드는 동물적 속성이 자신의 최후도 모른다. 야광충은 제 욕망을 붙잡지 못하고 이리저리 날아다니며 불 가까이 가서 형체도 없이 사라진다.

나는 나에게 너무 가까이 오는 녀석들은 야광충처럼 바로 쳐내갔다.

"시만 잘 쓰면 김소월인데 시도 잘 쓰고 행동도 명쾌하니 이육사가 되는구나."

누군가 나를 평가했다. 나를 독립운동을 우선 목표로 생각하고 독립운동을 하는 중에 시를 썼던 시인으로 보는 시선도 있었다.

그 일 이후로 캡장은 나를 '블랙홀' 일원으로 끌어들이려 했다.

나의 안전을 위해서는 캡장과 가까이 지내며 2인자로 굳히는 것도 좋은 방법이지만 나는 선뜻 내키지 않았다.

 캡장은, 말로는 아무 때나 폭력 안 쓴다고 했지만 실제로는 아이들에게 돈이나 뜯어내고, 몰려다니면서 패싸움이나 하고, 여학생들을 성폭행했고, 약한 아이들을 괴롭히고 있었다.

 여학생을 성폭행했다는 사실은 내가 직접 보지는 못했지만 아주 구체적인 소문이 돌았다.

 자기보다 1년 위인 3학년 여학생을 강제로 끌고 가 으슥한 곳에서 협박하여 상의를 거의 찢다시피 벗기고 강제로 키스했다는 소문이었다.

 돈을 뜯어내는 것은 거의 날강도 수준이었다.

 "너 주머니 뒤져서 돈 나오면 100원에 1대씩 맞는다."

 누가 정한 법인지 악법이 따로 없었다.

 캡장은 매일 나를 찾았지만 나는 핑계를 대며 피해 다녔다. 문학반실에 앉아 있으면 그 곳까지 찾아왔기에 여기저기 돌아다니며 피해 다녔다.

 할 수만 있다면 나는 이 불량배들을 학교 밖으로 몰아내고 싶었는데 내 힘으로는 역부족임을 느끼고 무력감에 힘겨운 하루하루를 보내고 있었다.

 캡장 녀석을 유심히 관찰해 보니 절대 혼자 다니는 일이 없었다. 늘 곁에 누군가를 데리고 다녔다. 마치 혼자 다니면 맹수들에게 잡아먹힐 것을 아는 초식동물처럼 무리지어 다녔다. 그렇다. 녀석은 초식동물인 것이다. 자연의 이치에서 발견한 진리를 인간의 이치에도 적용하니 딱 맞아 떨어진다.

약자는 혼자 다니지 않고 강자는 혼자 다닌다.

그리고 녀석은 공부를 잘하거나 부자인 아이들은 건들지 않았다. 약자는 강자를 알아본다. 혹은 비겁한 자는 강자를 건드리지 않는다.

내가 끝까지 버티자 캡장은 협박인지 애원인지 모를 말을 했다.

"너, 나랑 한 번 붙어서 네가 이기면 네 마음대로 하고 네가 지면 들어와라."

그도 이런 제안이 도박이라는 것을 알고 있을 터였다. 그러니 그는 혼자 덤비지는 않을 것이다.

그가 왜 나를 그렇게 절실히 필요로 하는지 알 수 없었다.

나는 할 수만 있다면 그 자리를 피하고만 싶었다.

이것은 역할 놀이가 아니다.

예전에 원시림 선배가 '말뚝 박기'를 하며 놀 때, 인생은 역할놀이에 불과하다고 말했지만 역할놀이가 아닌 것도 있는 것이다. 놀이일 때는 역할놀이지만 사건일 때는 역할놀이가 아니고 폭력인 것이다.

"나중에 붙지 말고 지금 부, 붙자."

약간 떨려 나오는 말을 캡장 녀석이 눈치 챘을까, 걱정하며 나는 눈에 힘을 주고 녀석을 노려보았다.

겉으로는 표현하지 않았지만, 두려워 도망치고 싶었지만 주변에 모여든 아이들에게 가로 막혀 도망갈 수가 없었다. 어쩔 수 없는 싸움, 어쩔 수 없는 공부, 고등학교 3년은 어쩔 수 없는 것 투성이였다. 도망갈 곳이 없었기에.

녀석의 손에는 몽둥이가 들려 있었지만 다행이 주위에는 녀석의 부하 1명만 있을 뿐이었다. 순간 나는 시적인 상징이 떠올랐다. 캡장 녀석은 버펄로다. 외형적으로는 무서워 보이지만 기껏 초식동물이다. 그나마 무리와 떨어져 있으니 승산은 있다.

교주 세준이 말릴 틈도 없이 나는 캡장 녀석에게 달려들었다. 휘두르는 몽둥이에 한 대 맞고 나는 보기 좋게 나가떨어지자 더럭 겁이 났지만 나는 내가 아니고 다른 사람이라고 생각했다.

나도 뭔가 손에 들고 싸워야겠다는 생각으로 옆을 보니 손에 쥐기 알맞은 작은 돌이 있었다. 그것을 재빨리 주워들고 기회를 보고 있었다. 하지만 아무래도 내가 불리한 생각이 들어 짧게 외쳤다.

"방망이 버려! 새꺄."

"너부터 돌멩이 내려놔. 좀만아."

캡장 녀석의 말이 끝나자마자 누군가 소리쳤다.

"선빵 날려."

나에게 하는 소리인가 하며 돌아보는 순간, 캡장 녀석이 몽둥이를 들고 달려드는 모습을 보고 나는 녀석의 가슴을 노리고 달려들었다.

우지끈, 몽둥이가 어깨 쪽으로 묵직하게 느껴졌다. 뼈가 부러지지 않았을까. 이런 생각을 하며 아픔을 참고 나는 녀석과 한 몸이 되기 위해 가까이 다가가 녀석의 팔을 잡았다. 무기가 없는 나에게는 접근전이 유리했다. 씨름하듯 팔을 잡고 녀석의 몽둥이를 쳐서 떨어뜨렸다. 그리고 땅바닥에 뒹굴며 몸싸움을 벌였다.

이상하게 나는 싸움을 할 때 시가 떠올랐다. 그리고 그것을 소리 내어 암송하게 되었다. 이 순간에도 예전에 읽었던 일본의 하이쿠가 떠올랐다.

 이 세상은 지옥 위에서 하는 꽃구경이어라 - 잇사

 녀석이 나의 얼굴을 가격하여 코피가 주르륵 흐르는 순간, 역한 피비린내가 나면서 뜨거운 기운이 솟구쳐 올라 정신이 팽 돌았다. 나는 몽롱한 상태에서 그냥 본능적으로 만년필을 꺼내 녀석의 가슴에 꽂아버렸다.
 "씨블. 펜은 피를 좋아한다."
 그 말을 하고 나는 그대로 드러누웠다. 내가 누운 하늘 위로 별들이 나비처럼 날아다녔다. 수많은 얼굴들이 행성처럼 떠돌아다녔다.

 나는 바로 일어났고 캡장 녀석은 1주일간 병원에 있었다.
 그 정도 폭력 사건으로 학교에서 정학을 당하지는 않았다. 1980년대 한국에서 TV를 켜면 늘 폭력을 볼 수 있기에 그 정도 폭력은 폭력이 아니었던 것이다. 학교폭력, 가정폭력, 성폭력, 국회폭력, 군인폭력. 아동폭력. 폭력이 곧 생활인 시대에 폭력도 인플레이션이 일어난 것이다. 그리고 이런 폭력들이 무감각해 지는 것이었다.
 그 시절 TV에서 재미있게 본 폭력영화는 '석양의 무법자'였다. 클린트 이스트우드의 행동과 눈빛, 시가를 문 우수에 찬 표정이 멋있어 보였다. 사람에게 총질하는 것도 멋있어 보였다. 엔리오 모리코네의 알싸하면서 가슴 깊이 파고드는 음악 때문에 총질하는 장면조차 낭만적으로 보였다. 사람들이 많이 죽어나갔지만 왜 잔

인한 살인이라는 생각이 들지 않았을까. 나도 저렇게 마구 총질을 하고 싶었다.

폭력 미화. 이런 생각을 할 겨를도 없이 아름다운 음악과 낭만적인 화면은 나의 마음을 빼앗아 버렸다. 총을 빨리 뽑는 사람이 정의가 되는 것을 보고 장난감 총권을 돌리고 뽑는 연습을 했다.

시가 총이라면 나는 정의의 사나이가 되었을 것이다.

'석양의 무법자'의 본질은 미국 서부개척시대에 3명의 악당들이 현상금 때문에 총이라는 살인 도구를 가지고 사람을 파리 목숨처럼 쉽게 죽이는 내용이다. 이런 본질은 물론 그 때는 통찰하지 못했다.

내가 캡장을 이겼다는 소문이 학교에 바이러스처럼 퍼졌다.

'블랙홀' 서클 소속 애들의 절반이 나에게 와서 새로운 서클을 만들어 보자고 했다. 나는 이 녀석들을 두들겨 팼다. 그리고 소리쳤다.

"더 강한 자에게 붙는 기회주의자, 식민지 근성. 언제 버릴 거야?"

대다수 아이들은 나를, 전교를 통합한 짱(일진)으로 여기는 모습이지만 나는 그런 것에 신경 쓰지 않았다. 아예 그런 쪽으로는 관심이 없기 때문이었다.

1주일 후, 캡장 녀석은 퇴원해서 별다른 움직임도 없고 큰 사고도 치지 않고 조용히 지냈다. 캡장은 다시 '블랙홀'을 정비하여 자체 모임을 갖는 것 같았다. 그러나 학교는 대체로 조용했다. 자주 일어나던 패싸움도 일어나지 않았다.

'블랙홀' 회원이었던 어떤 녀석이 자기가 쓴 시라면서 봐달라며 찾아왔을 때 나는 말했다.

"내가 시와 결혼하게 해 줄테니 너 블랙홀 엑소더스 해."

"그건 안 돼. 탈퇴하면 맞아 죽어."

"그럼 이 따위로 시를 쓰려면 차라리 싸움을 해라."

그리고 나는 노트에 글귀를 적으며 결심했다.

'다시는 만년필로 찌르지 않으리. 만년필로 만년이 지나도 남을 글을 쓰리라.'

그 이후로 나는 초월과 순수의 세계가 시의 전부가 아니라 싸움과 피비린내 나는 시도 있다는 것을 알았다. 그래서 찾아 읽고 깊이 간직한 시가 '저문 강에 삽을 씻고'였다.

만년필이 무기가 될 수 있듯 무기도 시가 될 수 있다고 생각했다.

그리고 캡장 녀석과는 싸운 이후로 원수로 지내지는 않고 계속 친하게 지냈다. 나는 블랙홀에 가입하지 않았기에 학교에서 1인자는 계속 캡장으로 되어 있었다. 나는 그렇게 두는 것이 좋다고 생각했다. 물론 실질적인 1인자는 나였다. 캡장은 내 의견은 절대 거역하는 법이 없었다.

캡장이 허깨비라는 것은 나중에 알았는데 캡장 녀석은 알고 보니 망우리 파 애들에게 조공을 받치고 있었던 것이다.

신고식 혹은 희망가

"야, 오늘 찬조 여학생 온다며?"

에로틱 로수가 허공에 대고 물었다.

찬조란 '문학의 밤' 행사에 다른 여고에서 한 명이 초청 형식으로 출연하는 것을 말한다. 찬조, 라는 사전적 의미에 성별은 없지만 여학생으로 한정지어 생각하는 것이 일반적이었다.

"누가 구했냐?"

내가 궁금해서 물어보았다.

"반장이 알아봤나봐."

"어느 학교냐? 휘경여고?"

"아니."

"혜원여고.? 숙명여고? 동덕여고?"

이때 문이 열리고, 문학반장 껄떡쇠 회만이 여학생 한 명을 데리고 들어왔다. 가장 먼저 눈에 들어온 그녀의 특징은 교복이 몸에 딱 붙어 날씬한 굴곡을 그대로 드러난 몸매였다. 교복이 특이했는데 짧은 미니스커트였고 치마폭도 좁아서 항아리 모양으로 여성미를 잘 살려주는 교복이었다.

"얘들아, 이번에 시 찬조 여학생인데 인사해. 직접 소개해 주세요.”

껄떡쇠 회만의 말이 끝나자마자 곧바로 빠르고 허스키한 목소리로 여학생이 말했다.

“안녕, 난 후백제여고 2학년 강하라야. 잘 부탁해.”

강하라는 당돌하고 활발한 모습이었고 말투도 처음부터 반말로 거침없었다.

아이들은 강하라에게 시선을 떼지 못했다. 아이들은 거침없는 태도에 놀란 표정인지, 신기한 표정인지 알 수 없었다. 하지만 그것보다는 여자, 라고는 하루 종일 한 번도 볼 수 없는 남학교에서 여자라는 이유만으로 시선이 모아지는 이유일 수도 있다.

성격이 거침없는 하라는 자기가 좋아하는 시인의 이름을 대며 이어서 말했다.

“난 최승자를 좋아해. 개 같은 가을이 쳐들어온다. 매독 같은 가을. 그리고 죽음은, 황혼 그 마비된 한 쪽 다리에 찾아온다. 괴어 있는 기억의 폐수가 한없이 말 오줌 냄새를 풍기는 세월의 봉놋방에서 나는 부시시 죽었다 깨어난 목소리로 묻는다 어디 만큼 왔나 어디까지 가야 강물은 바다가 될 수 있을까.”

순간 정적이 흘렀다. 아이들은 마른 침만 꼴깍 삼키고 얼어붙은 듯 했다. 발랄하고 고양이처럼 예쁘장한 여학생의 입에서 개 같은, 매독, 이라는 도발적인 말이 나왔을 때 ‘낯설게 하기’ 라는 문학용어가 떠올라 나는 이렇게 말했다.

“흰 눈 위에 가래침을 뱉은 것 같아.”

‘아, 낯설다. 너무 낯설다.’

나의 마음속에서 이렇게 외쳐대고 있었다. 그러나 입은 하라에게 지기 싫어 다른 말을 하고 있었다.

"난 랭보를 좋아해. 어느 저녁 나는 무릎에 아름다움을 앉혔다. 자세히 보니 그녀는 쓴맛이 났다. 그래서 나는 욕을 퍼부었다. 나는 정의에 맞섰다. - 지옥에서 보낸 한 철."

마치 시 배틀(battle)처럼 몇 번을 그렇게 시로 번갈아 가며 대결을 했다.

하라가 이어받았다.

"실비아 플라스로 해 볼까. 아빠의 살진 검은 심장에 말뚝을 박았어. 마을 사람들은 전혀 아빠를 좋아하지 않았어. 그들은 춤추면서 아빠를 짓밟았어. 그들은 그것이 아빠라는 걸 언제나 알았어. 아빠, 아빠, 이 개자식, 나는 이제 끝났어. - 아빠."

내가 이어받았다.

"엘라 휠러 윌콕스. 잔치 하라, 너의 집은 사람들로 붐비리라. 굶주려라, 세상이 너를 그냥 지나치리라. 성공과 자선은 너의 삶을 도와주지만 아무도 너의 죽음을 도울 수 없다. 길고 화려한 행렬을 맞기 위해서 즐거움의 저택 안은 넓지만 좁은 고통의 길을 지날 때에는 우리 모두 한 사람씩 지나가야 한다. - 고독."

다시 하라가 받았다.

"최승자. 오늘밤 내게 단 한 번의 입맞춤을 주시겠어요? 그러면 내일 아침 예쁜 아이를 낳아드릴게요. - 내게 새를 가르쳐 주시겠어요?"

내가 다시 이었다.

"다니카와 슌타로. 그날 밤 연인에게 키스를 거절당한 그는 생각한다. 이 세상은 읽어야 하는 것 투성이야. 사람 마음을 읽는 것에

비해 책 읽기는 누워서 떡먹기다. - 사랑에 빠진 남자.”

　신선한 충격으로 다가온 하라는 우리와 연습을 같이 하기로 하고 다음날부터 발성연습, 시낭송 연습, 습작 강평 등을 같이 했다.
　원시림 선배는 발성연습도 지도해 주었다.
　“이렇게 외쳐보자. 황무지 황무지 황무지. 그리고 면벽.”
　아이들은 황무지를 외치면서 삭막한 표정이었다. 황량한 황무지 같은 폐허에 선 것 같은 기분으로 나는 면벽을 하며 황무지, 라는 시를 주기도문처럼 읊조렸다.
　“4월은 가장 잔인한 달. 죽은 땅에서 라일락을 피워내고 추억과 욕망을 뒤섞고 잠든 뿌리를 봄비로 깨운다.”
　아이들은 둥그렇게 서서 시키는 대로 발성연습을 했다.
　“다음은 엑센트 연습이다. 모나리자를 가지고 엑센트를 처음엔 모를 강하고 높게, 다음엔 나를 강하고 높게... 이런 식으로 여덟 번을 외친다.”
　틀리는 아이도 있었다. 나, 발음에서 올라가야 하는데 리, 발음에서 올라가거나 하나도 안 올라가는 경우도 있었다. 그럴 때마다 폭포 같은 웃음이 쏟아졌다.
　“이번엔 경찰관 경찰관 경찰관. 빨리 발음한다. 5번.”
　하라가 자꾸 틀리자 아이들은 은근히 짜증이 나는 것 같았다.
　연습이 끝나는 밤 10시, 달빛을 받으며 교문을 빠져나올 때 야간자율학습을 마치고 나오는 아이들과 마주치곤 했다. 쟤들은 공부하고 있는데 우리는 뭐하고 있지, 이런 생각보다는 앞서서 가는 그들에게 한마디씩 했다.

"앞에 가는 놈은 도둑놈, 뒤에 가는 사람은 순경."

도서관에서 공부하려고 앉아있으면 아무것도 생각나지 않는 시간보다 마구 시상이 떠오르는 문학반이 있어 다행이었다.

하라의 환영회는 막걸리 집인 '고대앞 마마집'에서 열렸다. 이번에는 원시림 선배도 참석했다.

하라 때문에 회식을 한다는 것은 하라가 특별한 취급을 받는다는 뜻이었다. 1학기 예산을 학교에서 10만원밖에 지원을 안 해주기에 아껴서 써야 했다. 보통은 하루에 빵 몇 개로 때우는데 강하라는 예산을 쓰게 만드는 특별한 존재였던 것이다.

긴 테이블에 원시림 선배가 상석에 앉고 나머지는 옆으로 쭉 앉았다. 마치 조폭의 그것처럼 되었고 분위기도 엄숙하였다.

"오늘 회식은 하라를 위해서 마련했다. 신고식 좀 하자. 하라 잠깐 일어나 봐?"

하라는 주저 없이 기다렸다는 듯이 벌떡 일어났다.

"많이 기다렸어요. 내 이름은 다 알지. 강하지 못해 맨날 강하라고 요청받는 약한 여자 강하라예요."

"노래! 노래, 노래."

간단한 자기소개가 끝나자 아이들은 연호하기 시작했다.

하라는 주저 없이 바로 노래했다. 그러자 연호하는 아이들이 오히려 멋쩍어 했다. 강하라는 마치 그럴 줄 알았다는 듯이, 기다리고 있었다는 듯이. 그리고 춤도 추기 시작했다.

거짓말이야 거짓말이야 거짓말이야 사랑도 거짓말. 웃음도 거짓말.... 그렇게도 잊었나 세월 따라 잊었나 웃음 속에 만나고 눈물 속에 헤어져 다시 사랑 않으리 그대 잊으리...

　윗세대인 김추자의 '거짓말이야'를 부르며 김추자의 모습을 그대로 따라 하는듯한 하라의 묘한 손놀림 춤은 전혀 어색하지 않고 오히려 전율이 일었다. 하라의 성격을 알고 있었지만 이렇게까지 대담하고 천연덕스러울 줄은 생각하지도 못했다.
　모두들 홀린 듯 몽롱하게, 춤추고 노래하는 하라의 모습에 약간의 충격을 받았는지 멍하니 듣고 있었다.
　"그래, 거짓말이 판치는 세상이지. 거짓말이 진실을 이기는 세상이지. 그래서 제 발이 저려서 금지곡이 되었는지 모르지."
　원시림 선배는 중얼거리듯 허탈하게 말했다.
　마음의 준비도 하지 않았는데 갑자기 중대한 고백을 듣게 된 것처럼 그녀는 직설적인 노래로, 전위적인 춤으로 우리를 기습 공격했는데 그 파괴력이 너무 컸다.
　특히 껄떡쇠 회만은 정신이 빼앗긴 듯 묘한 몸동작의 춤을 따라 하고 있었다.
　나는 그녀에게 이상한 슬픔, 깊은 동정의 감정을 느꼈다.
　그날의 회식은 하라의 독무대였다. 하라의 신고식이었지만 오히려 우리가 신고식을 한 것 같았다. 마지막으로 이 풍진 세상을 만났으니 ~ 로 시작하는 슬픈 문학반 주제가인 '희망가'를 부를 때는 오히려 감상에 젖은 우리가 초라할 지경이었다.

3각의 합은 180도다

　아이들이 여느 때와 마찬가지로 서울우유와 삼립 빵으로 간식을 먹고 있을 때 뒤쪽 귀퉁이에서 원시림은 하라에게 개별 지도를 하고 있었다.

　원시림은 시를 읽은 하라에게 그 시를 가지고 오라고 하며 한동안 아무 말이 없었다. 그러다가 딱 한마디 했다.

　"너무 설명적이야. 내일 다시 써 와."

　하라는 우울한 표정으로 가만히 서 있었다.

　다음날 다시 하라가 시를 써 오면 원시림 선배는 역시 한 마디만 했다.

　"잘 썼는데……. 깊이가 없어 내일 다시 써 와."

　원시림은 하라의 시를 결코 칭찬하지 않았다.

　"어디서 많이 본 것 같은데……. 잘 썼는데…….내일 다시 써 와."

　잘 썼으면 잘 썼지 어디서 본 것 같은 건 뭔가.

　이제는 하라도 담담한 표정이 되었다. 계속되는 지적에 하라는 자신이 쓴 시를 원시림 선배가 보는 앞에서 찢어버리고 문을 박차고 나간 이후부터 며칠 동안 보이지 않았다.

　가장 강하게 반발한 것은 껄떡쇠 회만이었다. 하지만 원시림 선배가 없을 때만 소리 높였다. 너무 심하게 한다고 우리만 있을 때 씩씩대며 말했다.

"한마디 정도는 칭찬해 줄 수도 있잖아."

1주일이 지난 후, 다시는 오지 않을 것 같은 하라가 다시 나타났는데 얄궂게도 껄떡쇠 회만과 함께 교실 문을 열고 들어오는 것이었다.

"뭐가 어떻게 돼 가는 거야?"

껄떡쇠 회만과 하라에게 '뭔가'가 있는 모양이었다. 영어로는 '썸씽'이라고 하지. 껄떡쇠 회만은 하라와 이렇게 친하니 아무도 넘보지 말라는 무언의 신호를 우리에게 보내는 것 같기도 했다.

그래서 껄떡쇠, 라는 별명이 무색하지 않았다.

"자식 치사하게 이렇게 티를 내냐? 눈꼴시어서 못 보겠다."

"누가 먼저 꼬신 거야?"

이런 대화들이 오갔지만 우리들 중 절반은 반장이라는 알량한 권력을 가진 껄떡쇠 회만에게 호의적이었다.

하라는 전보다 다소 수척해진 모습이었다. 그 후부터 하라는 자신의 시를 원시림 선배에게 보여주지 않았다. 하라는 매일 오지 않고 1주일에 2번 정도 와서 조용히 연습하고 갔다.

1주일 쯤 지나자 이상한 소문이 들려왔다. 하라와 원시림 선배가 학교 밖에서 만났다는 소문이었다.

"누가 봤어, 누가 그래?"

"뻔하지 뭐."

"너무 넘겨짚지 마. 하라는 그런 애 아니야. 보기엔 터프해 보여도 순정파야."

누구도 말 안했으니 아무도 알 수 없었다. 단지 중랑교 위로 둘이 걸어가는 것을 어떤 아이가 봤다는 것만은 확실하다.

그리고 그 다음부터 하라와 원시림은 다정한 눈빛을 주고받았고 껄떡쇠 회만은 질투의 눈빛이 이글이글 불타오르는 것 같았다. 이건 뭐, '시인학교'가 아니라 '애정학교'가 되어 가는 것 같았다.

"둘이 했을까?"

피 끓는 열여덟 살 아이들의 가장 큰 관심사는 '학생의 본분인 공부'가 아닌, 묵시적으로 '금지된 장난'인 육체관계였다.

"했겠지."

"설마."

"자 투표 해 보자."

투표 결과 반반씩 의견이 나왔다.

껄떡쇠 회만은 자주 문학반실에 나타나지 않았다. 그 즈음부터 하라도 문학반실에 나타나지 않았다.

우리는 궁금해서 물어보았지만 껄떡쇠 회만은 짜증을 내며 대답하지 않았다.

"몰라. 너희들 맘대로 생각해."

들려오는 소문에 의하면 껄떡쇠 회만이 하라를 때려서 하라가 병원에 입원했다는 것이었다. 충분히 그럴 수도 있는 일이었다. 껄떡쇠 회만의 좌우명은 '안 되면 되게 하라'였으니까.

"왜 하라를 때려. 비겁한 놈. 만인의 연인은 누구도 건들면 안 되는데... 짐승같은 놈, 찌질이."

하라는 1주일에 한 번 씩만 연습에 참여하며 많이 의기소침해 있는 모습이었다.

어느 날, 연습이 끝나고 돌아갈 때 나는 하라에게 말했다.

"혹시 내가 필요하면 말해. 괴로움을 안겨주는 놈 있으면 패주고 기분 나쁜 놈 있으면 해결해 줄게"

"너 깡패니?"

나는 그 말에 그래 나 깡패야, 하고 말할 뻔 했다. 캡장을 내가 이 겼어. 하고 말할 뻔 했다. 어쩌면 내 속에는 깡패 한 마리가 살고 있지 않을까 하는 생각을 했다. 언어로 표현하지 못한 폭력성이 내 부에서 이글이글 타오르지 않을까 생각했다.

"될 수만 있다면 차라리 깡패가 되고 싶어."

"어쨌든 고마워."

그들의 삼각관계는 직각삼각형일까, 이등변 삼각형일까, 정삼각 형일까, 역삼각형일까.

세 각의 합은 180도이고 수평도 180도인데 그렇다면 삼각관계 는 수평과 같은 것인가. 내가 아무리 수학을 못한다고 해도 이 정 도 추론은 할 수 있다.

"하라 걔, 걸레 아냐?"

아무렇게나 말하는 회만 녀석을 한 대 칠 뻔 했다.

"너는 그럼 걸레로 닦인 화장실이냐?"

"걸레가 뭐냐 걸레가, 청소기면 모를까?"

"그래 하라, 청소기다. 청소기."

결국 나는 회만 녀석을 한 대 치고 말았다.

한서정 콤플렉스

회만이 다른 여학교에서 수필 찬조 여학생을 데리고 온 날, 우리는 또 야릇한 흥분에 휩싸였다. 아니, '우리' 라는 말은 틀렸다. 모두 다 그렇지는 않았을 것이기에.

나는 나만의 그녀를 보고 인간적인, 너무나 인간적인 감탄사가 나왔다. 표현을 어떻게 할까.

'어쩌자고 신은 이토록 눈부신 피조물을 창조했을까?'

이따위 표현 가지고는 설명되지 않는다. 이 표현은 소설가로 시작해 정치인이 된 어떤 사람의 베스트셀러 소설에 있던 표현인데 이런 표현으로는 불가능하다.

한서정.

그녀를 본 이후부터 그녀 이름은 오랜 시간동안 나의 가슴 속에서 시처럼 빛나는 이름이 되었다.

이 표현도 마음에 안 든다.

로리타 콤플렉스가, 아주 어린 미성년 소녀에게 집착하는 콤플렉스라면 한서정 콤플렉스는 어떤 여자에게 집착하는 콤플렉스일까? 아직 결론 내리기 힘들었다.

이름만 불러도 몸이 떨리는 그 이름. 한서정. 2음절만 들어도 온

몸의 세포들이 일제히 일어나는 이름. 한서정.

어째 '롤리타'의 블라디미르 나보코프를 표절한 느낌의 표현이지만 이것은 진짜다.

먼지 많은 교실, 석양을 배경으로 황홀하게 서 있는 그녀는 약간 통통하고 귀여운 얼굴과 몸매인데 눈은 크고 깊었으며 입술은 도톰했다. 언젠가 TV 명화극장에서 본 뮤지컬 고전 영화 '남태평양'에 나오는 원주민 처녀 '리아트'처럼 단아한 느낌이었다. 영화의 삽입곡이었던 '해피 토키 토키 해피 톡' 노래 소리가 들려오는 듯 했다.

서정의 행동은 조심스럽고 다소곳하고 목소리도 차분하고 안정감 있었다. 외모는 단지 몇 미리 두께의 피부일 뿐이고 죽으면 썩을 살과 뼈에 불과하다고 해도, 눈에 보이는 것보다 보이지 않는 것이 더 중요하다고 설교를 해도, 본능은 이성보다 강하다.

첫 눈에 사랑에 빠질 수 있다, 없다는 토론은 무의미한 것이다. 나는 이미 13살 때 첫사랑을 했는데 그렇게 첫눈에 보고 사랑에 빠진 적이 있기 때문이다. 이번에 두 번째가 될 것 같은 예감이 들었다.

우리의 껄떡쇠, 발정난 개, 회만은 특유의 나긋나긋한 목소리로 다가갔다. 서정의 귀 가까이 대고 말하는 입을 재봉틀로 꿰매버리고 싶었다.

껄떡쇠 회만과 나는 자주 공중에서 시선이 부딪혔다. 서정을 쳐다보다가 눈을 떼면 공중에서 껄떡쇠 회만 녀석의 눈빛과 부딪히는 것이다.

연습시간이 다 끝나기도 전에 껄떡쇠 회만 녀석이 꼭 서정을 바래다주었다. 그렇게 할 필요 없는데... 모두 같이 가면 안 되나? 나도 서정을 바래다주고 싶은데......

9월의 어느 목요일, 무슨 일인지 연습을 마치고 다 같이 교문을 나서게 되었다. 아이들이 양쪽으로 갈라지는데 오른쪽으로 가는 무리 속에 서정, 껄떡쇠 회만이 있었다. 나도 은근슬쩍 그 무리에 끼었다.

그때 껄떡쇠 회만이 모두 다 들으라는 듯 큰 소리로 나에게 말했다.

"야, 너 집 이쪽 아니잖아?"

"아냐, 이쪽으로 가도 돼. 너야말로 고장 난 나침반을 갖고 있잖아."

나는 지지 않으려고 더 큰 소리로 말했다. 누가 대화 내용만 들으면 유치원 아이들이 싸우는 소리 같겠지만 그렇게 말할 수밖에 없었다. 가는 방향은 중요했기 때문이다. 우연을 가장한 필연으로 접근하는 것은 누가 가르쳐 주지 않아도 유전자 속으로 이어져 내려오고 있었나 보다.

버스 정류장에서 버스를 기다리는 동안 서정에게 무슨 말이라도 걸어야 할 것 같았다. 하지만 입 안에서만 맴돌 뿐 말이 나오지 않았다.

"야, 버스 왔어, 안 타?"

껄떡쇠 회만은 당연히 방해되는 내가 곁에 있는 것이 싫었을 것이다. 하지만 나는 속마음을 들키더라도 소처럼 두꺼운 낯가죽을 가지고 뻔뻔해지자고 결심까지 했다.

"사람들이 너무 많아서... 타야겠다. 다음 차."

"도치법은 어디서 배워가지고. 이제 좀 있으면 막차 끊어져 새끼야. 사람이 무슨 문제야."

다른 버스가 서고 서정이 올라타고 재빨리 껄떡쇠 회만이 타자 나도 따라 탔다. 그러나 버스는 집과는 반대방향으로 가는 버스다.

껄떡쇠 회만과 서정이 다정하게 대화하는 옆에서 끼어들어야 한다는 생각이 들었지만 끼어들 순간을 찾지 못했고 멋있는 말을 해야 한다는 강박감에 한동안 아무 말도 못했다.

한참을 그렇게 버스는 어둠을 뚫고 달려갔다.

껄떡쇠 회만과 서정이 같이 내리자 나도 재빨리 따라 내렸다. 서정이 이상하게 생각하는 눈치였지만 어차피 이렇게 된 바에야 꺼릴 것이 없었다.

순간 틈을 노리고 있다가 자신 있게 말했다.

"나도 너를 바래다주고 싶어."

서정이 새침하게 웃었다. 절제하는 그 모습이 온 몸에 전율이 일도록 아름다웠다.

"그럼 같이 가자."

서정이 나를 끼워주었다. 껄떡쇠 회만이 노골적으로 빠지라는 몸짓으로 나를 밀어냈지만 나는 끝까지 같이 갔다. 서정은 티격태격하는 우리의 모습을 즐기는 것 같았다. 서정은 까르르 까르르 뭐가 그리 좋은지 웃으며 걸어갔다.

저만치 보이는 언덕 위의 높은 담장이 둘러쳐진 집이 자기 집이라며 뛰어가는 서정의 뒷모습을 보자 어떤 이미지가 떠올랐다. 동화 속의 성 위에 갇혀사는 외로운 공주의 이미지가 떠올랐다. 나는 외로운 공주를 구해주고 싶었다.

이상한 배웅이 끝나고 껄떡쇠 회만과 나는 갑자기 집에 갈 방법이 난감했다. 버스는 이미 끊겼다. 어떻게 하지?

껄떡쇠 회만은 미리 생각했었다든 듯이 공중전화로 가서 어디론가 전화를 했다. 5분 쯤 지나자 검은색 승용차가 와서 멈추었다. 껄떡쇠 회만이 나에게 말했다.

"먼저 갈게."

나는 그날 꼬박 밤새도록 집까지 걸어 가야했다.

택시는 엄두도 못 냈는데 집에 가도 지불할 돈이 없었기 때문이었다. 한강 다리를 건너 발이 아파도 참고 한참을 걸어 집에 도착하니 새벽 4시가 다 되어갔다.

그 다음날도 그렇게 바래다주고 4시에 집에 도착하고, 2시간 자고 새벽 6시에 일어나 7시30분까지 학교에 가곤했다. 수업 시간에 졸음이 쏟아져 몽롱한 상태에서 하루를 보내곤 했다.

문학반실에서는 다른 사람들의 시선이 있고 연습에 방해가 되기에 서정에게 말을 걸지 않았다. 수업이 끝나고 이야기를 하고 싶은데 매일 이렇게 걸어 다녀야 하나, 생각하니 답답해져 왔다.

며칠 생각 끝에 자전거를 떠올렸다. 하지만 찢어지게 가난한 집에서 자전거는 큰 금액이었다.

토요일 저녁, 엄마는 텔레비전을 보고 있고, 나는 뭔가를 끼적거리며 쓰고 있는데 밖에서 노래 소리가 들려왔다.

"아, 으악새 슬피 우는 가을인가요?"

제목은 잘 모르지만 '으악새'는 술만 취하면 부르는 아버지의 전용 노래다.

문을 열고 들어오는 아버지는 만취하여 발음이 새는 소리로 말했다.

"꺽, 인생이 말이야 왜 이렇게 부조리한지 모르겠어. 세상 살기가 왜 이렇게 힘든 거야. 돈은 안 벌리고.... 오늘은 괴로워서 한 잔 했다. 내일은 외로워서 한 잔 하겠지."

나는 노트에 그에 대한 대답으로 이렇게 썼다.

아버지, 돈이 인생의 전부는 아니에요.

"너희 할아버지는 일제 강점기 때 만주에서 일본 놈들과 싸웠어. 그래서 이렇게 똥구멍 찢어지게 가난하지만 우린 독립운동 집안이야 임마. 이눔아! 그래도 돈 벌어야지."

아버지는 내가 쓴 글에 대해 대답이라도 하는 것처럼 절묘한 타이밍에 말했다.

나는 또 노트에 글로 이에 대한 대답을 썼다.

돈, 돈 하지 마세요. 돌아버리겠어요.

아버지는 손을 들어 때리려는 시늉을 하며 외쳤다.

"공부는 안하고 이게 무슨 짓이여, 이눔아!"

"나에겐 식당의 칼처럼 아주 중요한 거란 말예요. 공부보다 더 중요해요. 시 못쓰면 죽을 거 같아요."

나는 그만 소리를 지르고 말았다.

"그만해!"

이번엔 엄마가 나섰다. 중재의 목적이 아니라 나름대로의 자기 감정 발산이었다.

"이 년아, 밥 가져와!"

아버지는 이번에는 엄마에게 소리 질렀다.

"저 인간은 허구헌 날 술만 쳐 먹고 와서 지랄이야. 술 먹어도 밥은 꼭 쳐 먹어."

엄마는 부엌에서 밥 차리며 악을 쓰며 말했다. 엄마는 밥과 김치가 놓인 밥상을 금방 가져와 아버지 앞에 탁 소리가 들리게 아무렇게나 놓았다

"뭐? 지금 뭐라고 했어? 술 쳐 먹고? 어디서 배운 말버릇이여?"

"술 쳐 먹고 왜 들어오냐구, 이 인간아!"

"이 년이, 근디... 워디다 앙알거려!"

아버지는 몇 안 되는 반찬이 놓인 밥상을 확 뒤집어 엎어버렸다. 그릇이 나뒹굴고 반찬과 밥이 쏟아져 방바닥이 엉망이 되었다. 아버지가 그릇을 집어 휙 벽에 던지자 퍽 깨졌다. 방안에 깨진 유리조작, 반찬 등이 흩어져 난장판이 되었다.

엄마는 악에 받쳐 대들었다.

"술 처먹고 와서 왜 지랄이여? 밥 가져 오래서 밥상 차려줬더니 왜 쳐부수고 지랄이여, 밖에서는 꼼짝도 못하면서 집 안에서만 호랑이처럼 으르렁 대. 웬수여, 웬수. 평생 그렇게 살어, 웬수야!"

아버지가 엄마의 머리를 한 대 퍽 때리자 엄마가 방바닥으로 나가떨어졌다. 엄마는 나뒹굴며 소리 질렀다.

"악, 차라리 죽여 죽여. 살기 싫어."

나는 더 이상 그 꼴을 볼 수 없어 머리를 쥐어뜯으며 밖으로 나와버렸다. 동네가 떠들썩한데도 사람들도 이골이 났는지 내다보지

도 않았다. 싸우는 소리는 우리 집뿐 아니라 다른 집에서도 심심치 않게 들렸기에 이런 일은 대수롭지 않은 일이었다.

낙산 성터에 올라와 하늘을 보니 별들이 촘촘히 박혀 있었다. 별들을 보니 다음날부터 나는 새벽에 신문을 돌리고 싶어졌다. 신문 돌려서 번 돈으로 자전거를 살 생각이었다.

신문을 돌린 지 한 달 후 월급을 받자 엄마가 말했다.

"쌀이 다 떨어졌는디 쌀 좀 사면 안 되냐?"

예상하지 못한 복병들은 인간의 도리, 윤리라는 이름으로 도처에 숨어있다.

나는 고민하지 않을 수 없었다. 왜 모르겠는가. 부모의 말씀을 듣고 효도해야 한다는 것을. 힘든 가정에 조금이라도 보탬이 되어야 한다는 사실을.

나는 한 시간도 아니고 하루 종일이나 고민 끝에 결론을 내렸다.

나는 쌀 없으면 몇 끼 굶으면 되고, 굶어도 죽지 않지만, 자전거 없으면 서정을 바래다 줄 수 없어 병이 들 것 같았다. 내가 먼저 살아야 했다.

쌀은 자주 떨어졌지만 어떻게든 또 채워졌다. 내가 아니어도 채워졌고 쌀을 채우는 것은 지금 나의 의무가 아니다

큰 누나도 아버지의 강권으로 중학교만 졸업하고 공장을 전전하며 고생만 했는데 나는 밑 빠진 독에 물 붓지 않을 거야.

엄마에게는 미안했지만 신문 배달해서 받은 돈으로 나는 쌀을 사지 않고 자전거를 샀다.

나는 유교적으로 가르쳐 준대로 하지 않았다. 사랑을 어떻게 하

고 사랑이 얼마나 중요한지 학교에서 가르쳐 주지 않았지만 나는 몸으로 체득했다. 사랑이 쌀보다 더 중요하다는 사실을.

나는 서정이 탄 버스 옆에서 자전거를 타고 달리며 밤공기를 마음껏 들이마셨다. 버스 안에서는 서정과 껄떡쇠 회만이 뭐라고 이야기하고 있지만 그게 중요한 것은 아니다. 중요한 것은 내가 서정을 바라볼 수 있다는 것이었다.

자전거를 타고 가다가 장애물을 보지 못하여 사고 나기도 하고 자전거 바퀴가 펑크 나서 고생하기도 했지만 그것보다 더 아쉬운 것은 10월 25일 문학의 밤 행사가 끝나면 이것도 할 수 없다는 것이다.

매일 매일 나는 꿈꾸었다. 서정과 탁구를 치고 영화를 보고 롤러스케이트장에 가는 꿈을 꾸었다. 그리고 오토바이를 사서 서정을 뒤에 태우고 달리는 꿈을.

강당에서 연습할 때, 교실에서, 서정 옆에 앉으려고 노력했고 그녀의 모습을 보면서 떨림을 즐겼다.

한 사람을 알고 사랑하게 되면서부터 세상은 왜 이토록 달라져 보이는 걸까. 왜 이토록 아름다워 보이는 걸까. 가난조차 아름답게 보이는 사랑의 힘은 나를 더욱 더 시를 쓰게 만들었다.

나는 서정에게 줄 시를 노트에 적기 시작했다. 시를 쓸 때는 무아지경이었다.

노트 표지에 이렇게 적었다

육체는 100km, 영혼은 교통사고

끝까지 가보는 것

가을이 시작되는 9월, 밤 10시쯤 연습이 끝나고 집에 가려고 할 때 체육 선생 '야만인'이 문학반실로 게릴라처럼 들어왔다. 두리 번두리번 아이들 곁을 살피고 킁킁 냄새를 맡아보고 구석구석 살피기 시작했다.

그러더니 눈을 부라리며 특유의 괴성으로 말했다.

"이 새끼들. 담배들 안 폈냐?"

"네, 안 폈습니다."

'야만인'은 바로 사각형 형광등 갓 안에서 담배를 찾아내더니 버럭 소리 질렀다.

"이건 담배가 아니고 뭐냐! 앙! 문학반, 너희들 말이야 블랙리스트야."

30년이 지난 지금, 예술가 블랙리스트를 만들어 탄압한 사건이 18살의 그때 우리에게도 일어나고 있었다.

"안 좋은 소문이 들려. 교실에서 빠구리 한다는 얘기가 있어?"

교실에서 휴지들이 뒹구는 걸로 봐서 아닌 게 아니라 그 말이 맞을 수도 있었다. 그 소문으로 가장 곤욕을 치른 사람은 바로 문학반 담당 전봉수 선생님이다.

"이래서는 안돼요."

전봉수 선생님을 불러 놓고 교감이 말했다는 것이다. 들은 대로 그 상황을 대략 예상하면 이렇다.

"술, 담배, 성교, 이거 학생 맞습니까?"

"그럴 리가 없습니다."

"이번 문학의 밤 행사는 취소해야 합니다. 아니 이참에 문학반을 싹 없애야 해요."

"안됩니다."

"문학의 밤을 취소하는 걸로 하고 이번 일을 마무리 지읍시다."

"취소라뇨? 안됩니다. 아이들이 1년 동안 고생하며 준비한 겁니다."

"다수를 위해 나온 결과니까 그리 알도록..."

"학생들은 봄부터 밤늦게까지 연습했는데.... 이건 너무합니다."

"착실하게 문학을 했어야지. 문학반이 탈선반이 되면 되겠어요? 지도교사가 뭐했어요?"

"탈선이라뇨. 문학반이 기차인가요? 탈선한 거 없습니다."

"담배 피고 술 마시고 여학생과 자고 이런 거 탈선 아니야?"

"문학반이 누구에게 피해 준 일 있습니까? 남 때리고 폭행, 도둑질 했습니까? 왜 순수한 행동에 가혹하게 하십니까? 야구부는 많은 금액을 지원하고 문학반은 겨우 10만원 가지고 1년 동안 모든 것을 다 하라는 것은 불합리합니다."

"인물 났다. 오늘은 여기서 끝내고……. 그리 아세요."

전 봉수 선생님은 학교에 단호하게 대항했고 우리 앞에서도 단호한 입장을 취했다.

"너희들이 비록 잘 한건 없지만, 그렇다고 잘못한 것도 없다. 문학의 밤, 취소는 받아들일 수 없어. 너희도 그렇지?"

"네."

"됐어. 그러면 끝까지 해보는 거야. 이것도 하나의 문학의 과정이니까 끝까지 관철시켜야 해."

우리는 밝혀지지 않은 사실에 대해 오명을 쓴 것도 서러웠고 문학이 이렇게 나약하게 무너져 내리는 것에 대해 참을 수 없었고 이대로 포기할 수는 없었다.

"좋은 방법 없을까?"

"데모할까?"

"너무 길어져."

"대자보? 아니면 삐라. 우리는 글 쓰는 문학반이니까 글로 써서 대항하는 거야."

"그것도 좋지만 확실한 방법은 그냥 밀어붙이는 거야."

"어떻게?"

"야만인과 교감을 납치하는 거야?"

"강하다. 위험해. 그냥 우리가 학교 밖에서 행사하면 안 될까?"

"씨바. 그럼 지는 거야. 우리는 학교 안에서 해야 해. 그러니 각오하고 참여할 사람만 참여해."

교주 세준이 말했다. 반장 껄떡쇠 회만은 반대했다.

대항 방법이 2가지로 나뉘었다. 글로 쓰는 방법과 행동으로 보여주자는 의견으로 나뉘었다. 2가지를 다 하자는 의견도 있었다. 반장 껄떡쇠 회만은 빠지겠다고 했다.

반장 껄떡쇠 회만의 미온적인 태도를 뒤로 하고 우리는 일단 학교 측의 부당성을 글로 써서 반마다 돌리기로 했다. 밀란 쿤데라의 글이었다.

　　시인이 된다는 것은
　　끝까지 가보는 것을 의미하지
　　행동의 끝까지
　　희망의 끝까지
　　열정의 끝까지
　　절망의 끝까지. 그 다음 처음으로 계산을 해보는 것
　　그 전엔 절대로 해서는 안 될 일
　　왜냐면 삶이라는 계산이 그대에게
　　우스울 정도로
　　낮게 계산될 수 있기 때문이지
　　그렇게 어린애처럼 작은 곱셈 구구단 속에서
　　영원히 머뭇거리게 될지도 모르기 때문이지
　　시인이 된다는 것은
　　항상 끝까지 가보는 것을 의미하지

　그러나 아무런 반응이 없었다. 우리가 너무 시적으로 대응해서 그런 것 같았다. 사람들은 좋은 시 한 편 읽었다고 생각했지 우리의 의도를 알지 못한 것이다. 아니 그 시는 우리가 어떤 의도를 나타낼만한 시가 아니었기 때문이었다. 단지 끝까지 간다는 교훈적인 내용만 읽었기 때문이었다.
　전봉수 선생님은 그냥 힘든 나날을 견디겠다고 했다.

생활관에서 전야

"자 내일은 학력고사보다 더 중요한 날이다. 우리가 1년 내내 기다리던 결전의 순간이다."

문학반은 '문학의 밤' 전날 생활관에서 함께 자며, 지새며 보내는 전통을 가지고 있었다.

"오늘이 생의 마지막 날처럼 생각하고 모두 마지막 연습을 하자."

생활관에서 특별히 짜인 프로그램은 없었다. 시를 쓰지도 않았고 문학에 대한 강연도 하지 않았다. 저녁 8시에 모였는데 처음부터 자유 시간이었다.

12시 정도가 되자 달밤에 체조하고, 달빛 아래서 '말뚝 박기'를 했다. 단순한 놀이지만 달밤에 학교 운동장에 한다는 것 자체가 새로워 재미를 느끼게 했다.

그리고 선배들의 재미있는 에피소드를 들려주었다. 작년 생활관에서 잠자다가 목이 말라 물을 마셨는데 그게 물이 아니고 양주 '나폴레옹'이었다는 것이었다.

새벽 3시쯤에 촛불 잔치를 벌였다.

촛불을 한 명당 한 개씩 켜놓고 한 명씩 돌아가며 이야기 하는 시간이었다. 센티멘털 수찬이가 가장 감상적이어서 시작도 하기 전에 울고 있었다. 바보 같은 녀석. 나머지도 분위기에 젖어 숙연해지고 있었다. 촛불의 시간은 소녀 취향의 감상적인 느낌이 밑바탕에 깔려 있지만 촛불의 시간은 진실의 시간이고 진실을 끌어내는 시간이었다.

시란 무엇인가, 라는 질문을 놓고 하나씩 대답하는 순서였다. 내 차례가 왔을 때 나는 자신 있게 말했다.

"시란 누군가와 교접을 하고 싶은 원천적 욕망, 혼자 하는 마스터베이션이 아닌 누군가와 함께 은밀한 성기를 맞대며 나누고 싶은 욕망입니다."

다들 표정들이 비웃는 표정이었다. 그래서 나는 이 말을 좀 더 멋있게 포장하기 위해 인용을 하였다.

"서머셋 모음의 달과 6펜스에도 나오잖아요. 심미성이란 성본능과 비슷하여 야만성을 띤다고."

그때서야 아이들의 표정이 뭔가 알아듣는다는 표정으로 바뀌었다. 하여튼 평범한 것들은 유명인물의 말을 인용하면 죽는다니까.

"촛불을 보니 가스통 바슐라르가 떠오른다."

원시림 선배가 아주 조용히 입을 열었다.

"가스똥?"

누군가 말하자 원시림 선배는 자세히 설명했다.

"가스똥이 아니라 갸스통. 발음 조심해라. 연료 가스통이 아니라 프랑스 사람 이름이다. 가스통이 말했지. 촛불은 마음의 등불이라고. 나무는 꽃피우는 불꽃이라고. 인간은 말하는 불꽃이라고. 불꽃에 대해 명상하는 사람들은 모두 잠재적인 시인이지. 시 쓰는 일과 살아가는 일은 다르지 않다."

원시림 선배는 촛불의 미학에 나오는 구절을 그대로 읊고 있었다. 나는 이미 그 구절을 알고 있었다. 다른 아이들을 위해 조금 더 쉽게 풀어서 설명해 주었으면 좋으련만 너무 관념적이었다. 그게 안 되면 차라리 가스통에 불을 붙여 보여주었으면 좋겠다고 생각했다. 단지 맨 마지막에 말한 시 쓰는 일과 살아가는 일은 다르지 않다, 라는 말만 공감되었다. 이것은 가스통이 한 말은 아니다. 원시림 선배가 직접 만든 말이었다.

나는 맨 마지막 말을 노트에 적었다.

진지한 이야기가 끝나고 우리는 분위기를 조금 바꾸어 끝말 이어가기도 했다.

"어린 시절 많이 했던 끝말 이어가기 게임은 단어 연상에 좋은 훈련이다. 한 번 해 보자."

태극기, 기관총, 총무부, 부라자.

우리는 부라자, 라는 말에 끽, 훗, 후후, 히 웃음이 터졌다. 왜 열여덟살의 우리는 브라자, 거들, 유방, 히프 이런 단어만 들어도 아랫도리가 벌떡 벌떡 서고 핏줄이 팽팽히 일어서는지 알 수 없었다.

원시림 선배가 같이 웃으며 받아넘겼다.

"하 이놈 새끼. 그래 부라자다 시끼야, 부라자야, 시끼야. 부라자 좋아하냐?"

시론이 달라 부딪히는 부분에 대해서 나는 선배라도 양보하지 않았다.

"시란 시 이상의 것이 되면 안 된다. 시는 시 자체로서 끝나야지

시가 다른 것이 되고자 할 때 시는 도구로 전락하는거다."

"저는 그렇게 생각 안합니다. 꼭 그렇게 한 쪽으로 치우치는 것은 위험하다고 생각합니다. 포화 속에서도 꽃은 피고 서정적인 풍경 속에서도 약육강식은 일어납니다. 시인은 자연의 아름다움도 노래해야 하지만 전쟁이 날 때는 피해서도 안 된다고 생각합니다."

"폭탄이냐 위험하게. 네가 그렇게 본다면 그렇게 봐라."

이렇게 토론이 격할 때 항상 휴전을 하게 한 것은 우리들의 배고픈 배를 채워줄 삼립 빵 봉지였다. 삼립 빵이 후드득 낙엽처럼 우리 앞으로 떨어지면 잊고 있었던 배고픔이 새삼스레 느껴져 더 이상 토론하기가 힘들었다.

단지 이 말만이 귀에 쟁쟁하게 남게 되었다.

"내면으로 들어가라."

잠자리에 들려고 할 때 껄떡쇠 회만이 찾아왔다. 껄떡쇠 회만과는 대화를 하고 싶은데 좀처럼 기회가 오지 않았다.

"처음부터 너에 대한 감정이 나빴던 것은 아니야."

나는 서두를 화해모드로 시작했다.

"껄떡쇠, 아니 회만아, 네가 나 스카우트했던 것 기억나니? 그땐 서로에 대한 감정이 좋았는데 어떻게 이렇게 됐는지 모르겠다."

나는 최대한 부드러운 음성과 어조로 화해의 악수를 나누기 위해 손을 내밀었다

"우리, 처음에는 좋았잖아."

그러나 예상과 다른 그의 말에 나의 손이 굳은 채 멈췄다.

"나는 처음부터 너 안 좋았어."

이런 것을 예기치 않은 반전이라고 하나.

"전봉수 선생님이 스카우트 하라고 해서 한거 뿐이야."

예기치 못한 그 말에 나는 한 방 맞고 정신을 못 차렸다.

"그래서? 지금은 어때?"

"지금도 별로……."

"근데 왜 찾아왔니?"

나는 무미건조하게 말했다.

"너에게 선언을 하러 왔어."

"…………"

"서정이 내꺼니까 건들지 말라고."

처음에 하라에게 접근했다가 이제는 서정이 자기 것이라고 하는 껄떡쇠 회만은 나쁜 놈이지만 개인의 감정은 언제든 변할 수 있기에 그것보다는 나는 그의 어투가 기분 나빴다.

"독립 선언은 비장하지만 침략 선언은 비겁하다. 네 거라고? 네 거든 내 거든 건들지 말라고 한 것은 잘못된 거야. 사람은 물건이 아니며 누구의 것도 아니고 그 누구라도 서정에게 다가갈 수 있는 자격은 있어."

나는 이렇게 말했지만 쉽게 타협하지 않는, 집착하고 물고 늘어지는 그의 정신은 좋다고 생각했다. 어쩌면 이것이 시정신인지 모른다.

그날, 문학의 밤

다음날 아침, 노곤한 햇살이 창문으로 쳐들어오는 교실에서 문학반 아이들은 책상에 엎드려 오전 내내 잠을 잤다. 오후의 활동을 위해 미리 자두는 것이지만 오늘 제대로 '문학의 밤'이 치러질 수 있을까 걱정이 되었다.

학교 분위기가 이렇게 험악한데 자칫하면 정학 받을 수도 있었다. 하지만 우리는 어떠한 일도 감내하기로 다짐한 상태이기 때문에 진행하기로 했다.

점심을 먹고 강당에 가보니 예상대로 문이 굳게 잠겨있었다. 우리는 이를 예상하여 미리 열쇠를 복사해 두었다.

쉽게 문을 연 후 안에서 잠그고 우리는 사다리, 버스정류장 표지판, 밧줄 등 소도구들을 배치하고 공중전화 박스 등 무대장치를 준비했다. 산에서 가져온 낙엽을 바닥에 뿌렸는데 무대가 넓어 다 채워지지 않았다.

6시가 가까이 되자 관객들이 하나씩 들어오기 시작했다. 넓은 강당을 꽉 채운 방송제와는 달리 일부분만 조금 찼을 뿐이었다. 생의 의미와 언어의 탐구를 위해 여행을 떠나고자 하는 사람은 많지 않았다.

"6시 정각이면 출발한다."

징 울리는 소리를 시작으로 한 명씩 작품을 낭송하기 시작했다. 사회자가 없어서 관객들은 언제 행사가 시작하고 언제 끝나는지 모르는 것 같았다. 참 불친절한 '문학의 밤'이지만 절제, 라는 미덕을 보여주는 것이다.

우리는 연극하듯, 고해성사 하듯, 발설하듯, 고발하듯, 하소연 하듯, 폭로하듯 작품을 암송하거나 읽었다.

복장도 갖추고 퍼포먼스를 하며 작품을 읽었다.

껄떡쇠 회만은 어릿광대 복장으로 사다리를 오르며 시를 읽었다.

"난 오를 것이다. 이카루스처럼 날개가 녹아 떨어져도.... 저 하늘 끝까지 날아오르리."

녀석 직유법 밖에 없네. 상승 욕구는 여전하구만.

하라는 우주복을 하고 울부짖으며 시를 읽었다.

제목은 '처음부터 창녀는 아니었어요'

"절망이 밥이에요
 오늘도 속옷 벗고 짧은 치마로 오빠를 맞았지만
 사는 것 다 똑같아요
 가진 거 없고 돌보는 사람 없지만
 어쩌겠어요
 버림받을수록 허벅지 튼튼하게 살아있는 오기 때문에
 내가 어디까지 버틸 수 있나 하는 생각 때문에
 우리들의 꿈은 일 치르고 떠나는
 남자들의 밑에서 설움과 구역질로 뒤범벅이 되었지만..."

철남은 우편배달부 복장으로 무대 여기 저기 돌아다니며 종이비행기를 날리며 시를 읽었다. 한 손엔 꽃, 한 손엔 나비를 가방에서 꺼내며 낭송했다.

로수는 바바리를 입고 등장했을 때 관객석에서 술렁이는 소리가 났다. 바바리 밑으로 양말만 신은 발이 보였기 때문이다.

"나는 빨개벗은 여자가 좋아 스파
  순진무구한 소리, 너무나 솔직한 소리
  6살짜리 악동이 좋아하는 소리
  나는 빨개벗은 여자가 좋아

  '나의 라임오렌지 나무'에서 나오는 소리
  칙칙하게 안들리고 귀엽고 재미있게 들렸던 소리
  '벌거벗은'이 아니고 '빨개벗은' 이라고 해야
  더 귀여운 소리"

로수는 시를 다 읽고 바바리코트를 확 젖혔는데 안에는 아무것도 입고 있지 않았다. 우리에게는 팬티는 입을 거라고 했는데 결국 그는 저지르고 말았다. 순간적으로 보여주고 닫았기에 망정이지 조금만 더 시간이 길었더라면 더 이상 행사는 진행되지 않았을 것이다.

서정은 백설 공주 의상을 입고 긴 의자에 앉아 신문을 쭉쭉 찢으며 시를 읊었다. 그것도 울면서 쭉쭉.

서정은 연습할 때도 전위적이고 이상한 행동을 하지 않으려고 했지만 원시림 선배의 강요에 못 이겨 고통스러운 표정으로 신문을 찢었다.

나는 중무장을 한 게릴라 복장으로 말 타는 동작으로 '대전블루스'를 배경음악으로 깔고 시를 읽었다. 잘 있거나 나는 간다. 이별의 말도 없이

"저녁 숙제. 참으로 이상한 일
하늘에서 대마왕이 내려온다
바람도 없는 들판엔 이름 모를 잡초들이 흔들리고
일기장에는 편지를 썼다
순식간에 기억상실의 시대로 만든 이 시대의 대표에게
빈곤한 이웃은 가진 이들이 떠나기를 기다리다가
구멍 난 도시의 끝으로 가 가장 슬픈 곡조로 운다
유일한 목격자의 폐부로 들어와 이 시대를 증언하라
난 너의 심장부를 저격한다."

시낭송이 끝나고 우리는 무대 인사를 하러 나가서도 퍼포먼스를 했다.

모든 출연자들이 관객에게 종이비행기를 날리자 나는 품에서 진짜처럼 생긴 장난감 기관총을 꺼내 출연자들을 향해 쏘았다. 두두두두두, 입으로 소리를 내자 아이들이 모두 무대에 쓰러졌다.

이어서 나는 관객에게도 총을 쏘아댔다. 관객들은 자기도 모르게 쓰러지는 몸짓을 하는 사람도 있었고 시시하다는 표정을 짓는

사람도 있었다.

학교 측의 방해 없이 무사히 끝난 것은 기적이었다. 마지막으로 전봉수 선생님의 말씀을 들으려 찾아봤으나 보이지 않았다. 분명히 말씀을 드렸고 안 오실 분이 아닌데 우리가 미처 확인하지 못한 것이 잘못이었다.

뒤풀이를 가면서도 그 생각이 떠나지 않았다. '야만인'은 왜 나타나지 않은 거지? 그런 생각을 하면서 고대 앞 '마마집'에 도착하자 그런데 이건 또 무슨 일인가. 뒤풀이 장소에 전봉수 선생님이 이미 와 계셨던 것이다. 선생님도 문학은 뒷전이고 술만 좋아하시는 거 아냐?

"오늘 문학의 밤이 있게 된 것은 모두 선생님 덕분입니다."

방에 자리 잡고 앉아 원시림 선배가 외쳤을 때 전봉수 선생님은 부인하지 않았다.

"그래 내 덕이다. 겸손은 위선의 또 다른 말일 수 있으니 부인하지 않겠다. 너희들의 열의도 대단해."

전봉수 선생님의 얼굴이 쓸쓸해 보였다. 원시림 선배가 술병을 집어 들었다.

"선생님, 한 잔 받으세요."

전봉수 선생님은 잔을 받아 한 번에 입 안에 털어 넣고는 일어섰다.

"그럼 난 바빠서 이만 갈 테니까 재미있게 놀다 가라. 술은 마실 만큼만 마시고... 모두들 수고했고 이거 한 마디만 하고 난 가겠다. 시인이라는 족속들이 말로만 떠든다는 비난을 듣지 않기 위해, 겁쟁이들이라는 말을 듣지 않기 위해 노력해야 한다. 그러기 위해서는 펜으로만 시를 쓰지 말고 온 몸으로 시를 써야 한다.”

원시림 선배가 갑자기 반발했다.

“선생님, 세상이 아무리 혼란스러워도 동굴에서 시를 쓸 수 있어야 합니다.”

“그건 현실도피고 직무 유기야.”

“시가 오로지 한 가지만 있다고 생각하지 마세요.”

“시인이든 아니든 이 땅에 살고 있고 비상식적인 일은 누구보다 앞장서야 해.”

“나도 날마다 내면에서 전쟁하고 있어요. 진짜 독하게 살아가고 있다구여.”

서로의 의견을 내세우면 싸우는 모습은 끝이 없었다.

나는 한 쪽의 의견에 동조할 수 없었다. 둘 다 맞다고 생각했다.

전봉수 선생님이 결국 나가자 엉뚱하기로 유명한 낭만메뚜기 철남이 원시림 선배를 진지하게 불렀다.

“선배님!”

“왜?”

“이 파전 맛있죠?”

아이들이 웃었다. 이건 무슨 문학적 기교지? 심각하게 말하고 나서 허를 찌르는 기법은? 반전 기법인가?

“시시한 녀석!”

원시림 선배는 특유의 ‘특허 낸’ 말을 했다.

“그런데 선배님.”

이번에는 껄떡쇠 회만이 물었다.

“저, 선배님. 궁금한 게 있는데요…. 처음에 담배 주시고 왜 때리신 거예요?"

"그건 말이야, 담배는 나쁜 것이기 때문이다. 담배를 피우면 나쁘다는 것을 뻔히 알면서 피웠기 때문이다."

"나쁜 걸 같이 피웠잖아요. 그리고 왜 나쁜 것을 주셨어요?"

"난 사탄이다. 너희들을 시험해 본 거지. 시험에 넘어간 너희들을 사탄이 벌 준거야. 시인이 되려면 그런 아픔과 궁금증이 있어야 해. 시인은 자기 주관으로 주변의 유혹에 넘어가지 말아야 해. 알겠냐?"

"아직 모르겠어요."

"시시한 녀석."

또 다른 아이가 이어받았다.

"담배가 나쁜 것을 알면서 만들고 피우지 말라고 하는 건 너무 잔인해요. 차라리 담배 생산 금지법을 만들어야 해요. 담배를 아예 안 만들면 모든 문제가 해결되잖아요."

"그것도 맞는 말이다."

그러나 진짜 이유는 나중에 알게 되었다. 원시림 선배의 아버지가 담배를 많이 피워 폐암으로 돌아가신 것이다.

아이들은 술 마시며 요란하게 떠드는 가운데 누가 먼저 선창했는지 노래를 부르기 시작했다. 하나 둘 눈물을 흘리고 엉망으로 취해 비틀거리고 가운데 노래 소리가 점점 커졌다. 나중엔 악에 받혀 부르는 소리처럼 들렸다.

'문학의 밤'이 끝나고 우리는 울었다. 왜?

아마 감격에 젖어 울었을 것이다. 아니면 허무해서. 그동안 연습하고 고생했던 것들이 한 순간에 끝나고 몰려오는 회한, 서러움, 그런 것일지 모른다. 그까짓 '문학의 밤' 하나 때문이라고, 감상적이라고 비웃으면 안 된다. 열여덟 살에 '문학의 밤' 체험 하나가 한 사람의 평생에 걸쳐 영향을 주리라는 것을 누가 예상했을까.

관객들은 지루했더라도 우리는 진지했고 죽을힘을 다해 최선을 다했다. 이러한 체험이 책 100권 읽는 것보다 일생을 통해 큰 좌표를 세울 수 있을 것 같았다.

그 와중에서도 껄떡쇠 회만은 서정을 바래다주기 위해 먼저 일어섰다.

언젠가는 껄떡쇠 회만과 진검 승부를 해야 할 것 같은 예감을 느끼며 나는 집에 가기 위해 창신동 언덕을 오르기 시작했다.

전봉수 선생님 사라지다

전봉수 선생님에 대한 이야기를 들었을 때 우리는 아무 말도 하지 못했다.

우리가 아무런 방해 없이 행사를 잘 치렀던 것은 전봉수 선생님이 '야만인'을 창고에 감금했기 때문이었다.

그것은 쉬운 일이 아니었다.

'야만인'이 전혀 눈치 못 채게 불시에 처리해야 했고 행사가 끝난 후에 있을 폭풍과도 같은 처벌도 감당해야 했다. 오히려 물리적으로 '체포' 하고 가두는 것은 쉬운 일이었다. 심리적인 두려움, 사회적인 비난, 윤리적인 압박을 견디면서까지 해야겠다는 각오가 어려운 일이었다.

블랙홀 캡장도 적극적으로 도왔는데 '야만인'과 개인적인 악연이 아니면 그 일은 이루어지지 않았을 것이다. 아무리 폭력적인 스승이라도 제자가 스승을 폭행하고 감금한다는 것은 인간으로서 할 짓이냐고 인륜 운운하며 비난할 수 있기에 그것은 쉬운 일이 아니었다.

캡장은 초등학교를 1년 늦게 들어갔고 고입에서 2년 재수하여 우리보다 3살이나 많았는데 어느 날 캡장은 '야만인'에게 심하게 얻어맞고 나서 '야만인'에게 벼르고 있던 중이었다. 그래서 그는 우리의 제안을 흔쾌히 받아들인 것이다.

"군대에서 막 제대한 야만인은 기껏해야 27살 정도 아냐? 야만인과 나이 차이도 얼마 안 나는데 확 조저 버려. 학교 때려치고 야만인을 팰까, 야만인을 패고 학교 때려 칠까?"

그런 와중에 그는 개인적인 한을 풀 수 있었고 우리는 우리의 목적을 달성할 수 있어 서로 이해관계가 맞아 떨어졌다. 오히려 감금만 하는 것이 목적인데 캡장이 폭력을 쓰려 하는 것을 말리느라 고생했다는 후문이었다.

아! 전봉수 선생님.

감탄사는 아무데서나 내뱉는 것이 아니라고 배웠다. 바로 지금 순간이 감탄사를 내야할 시점인 것이다. 끝내 여기서 자신을 희생하여 '행동하는 시심(詩心)'이 되셨다. 우리는 전봉수 선생님이 무사히 학교에 남아있을 수 없다는 것을 알고 있었다.

결국 문학의 밤에 참여했던 모든 아이들이 정학 2주를 받았다. 학교에서 패싸움이 일어나도 쉽게 정학을 내리지 않는데 우리의 정학은 이례적인 일이었다.

우리는 정학을 '가을방학'이라고 불렀다. 계절마다 방학이 다 있는데 가을에는 방학이 없으니 필요하지 않냐고, 우리들만 '가을방학'을 즐긴다고 생각했다.

달콤한 '가을방학'을 마치고 돌아온 학교는 다시 지옥이었다. 그러나 우리는 지옥을 몇 번 갔다 왔기에 견뎌낼 수 있었다.

'문학의 밤'이 끝났으니 문학반원들은 이제 매일 모이는 일은 없었다. 그러나 어떤 녀석은 후유증을 앓기도 했다.

무슨 유령에 홀린 듯 문학반실에 가서 혼자 멍청히 있다가 오곤 한다는 것이다. 그 이야기를 듣고 그만 웃고 말았으나 나도 그에 못지않았다. 하루 종일 시만 쓰고 수업 시간에 시상이 계속 떠올라 공부를 할 수 없었다.

긴 겨울이 지나고 다음해 봄, 우리는 고3이 되었다.

아니나 다를까 전봉수 선생님은 보이지 않았다. 소리 없이 떠나셨기에 아쉬움이 더욱 컸다. 또 다른 아쉬운 이유는 끝까지 싸우지 않고 쉽게 학교를 떠났다는 것이다. 그 깊은 속 뜻은 모르겠으나 너무 나약하게 떠나시지 않았나 하는 생각이 들었다.

전봉수 선생님이 떠난 것은 단지 '문학의 밤' 사건 때문만은 아니다. 학년말 고사가 끝나고 전봉수 선생님이 뿌린 인쇄물에는 학교장 친인척 교사 불법 채용에 대한 내용이 있었다. 정부에서 지원을 받으면서도 투명하게 하지 않고 실력이 되지 않는 교사를 공정하게 뽑지 않고 인맥으로 뽑은 것이다.

학교라는 큰 조직과 일개 교사와의 대결은 누가 봐도 뻔한 결과로 보였다. 전봉수 선생님은 마지막 불꽃을 태우고 우리 마음 속 깊이 꺼지지 않는 횃불이 되었다.

강한 권력이 나약한 시인 선생님을 내쫓아버렸다. 우리는 부당함에 화가 나기 시작했다.

아마추어 테러리스트

　교장의 친척이기에 낙하산으로 들어온 '야만인'과 교장이 모의하여 학교 자금을 빼돌린다는 것은 알 만한 사람은 다 아는 사실이었다. 그 외 학교재단의 많은 비리가 있었는데 선생님들과 아이들은 아무런 움직임이 없었다. 분명 알고 있지만 겁이 나서인지 귀찮아서인지 가만히 있었다.

　문학을 하는 우리는 가만히 있을 수 없었다. 어떠한 방식으로든 저항하는 것이 문학정신이라는 것을 알고 있었다.

　이대로 물러나면 지는 것이라고 생각했다. 겁은 났지만 겁을 무릅쓰고 하는 것이 진정한 용기라고 생각했다.

　모처럼 캡장, 나, 회만이 뜻이 하나로 맞아 일을 계획했다.

　회만 녀석이 이번에 참여한 것이 의아했다. 나중에 들은 이야기인데 아버지와 대치 상태에 있었는데 반항의 한 방편으로 한 것 같았다.

　아이들과 상의해서 비리 사실을 적은 현수막을 만들어 교문에 걸었다.

　"비리 교장 퇴진하라."

　그러나 현수막은 바로 철거되었고 우리가 건 것을 확인하고 교사들은 우리를 두들겨 팼다.

그 다음 우리가 결정한 것은 획기적인 것이었다. 평범한 것으로는 충격도 주지 못하고 아무것도 아닌 것이 될 수 있다.

"야 이거 위험하지 않을까?"

회만이 겁을 먹고 말했다.

"위험하지."

"다칠 수도 있으니 빠지고 싶으면 빠져."

하지만 회만은 빠질 수 없을 것이다. 이 사건을 통해 분명 얻는 것이 있을 것이기 때문이다.

우리가 어렵게 결정한 것은 야만인과 교장 선생을 테러하는 것이다. 스승을 테러한다는 것은 한국에서 불경스러운 짓이고 누가 보아도 맞아죽을 일로 절대 금기의 행동이다. 한국이라는 땅은 나이가 많은 어른이 잘못을 해도 나이가 많다는 이유로 아무도 건들지 못하는 곳이다.

배고파 빵을 훔치는 일은 엄벌에 다스리지만 사립학교의 커다란 비리는 왜 가볍게 여기는지 알 수 없었다.

하지만 나는 그렇게 하지 않고는 견디지 못하는 이유가 있다. 여러 가지 명목을 들어 돈을 계속 걷고 있기에 힘들어지고 부모님도 한숨을 깊이 쉬는 것이다.

사실 폭력으로 하지 않은 적도 있었다. 비리 사실을 외부에 알리는 것이다. 하지만 아무 소용이 없었다. 신문사에 글을 보내기도 하고 방송국에 제보도 해 보았지만 연락이 오지 않았다.

우리는 배운 대로 한 것이다. 안중근 의사가 불의에 항거하여 목숨을 걸었는데 우리는 목숨까지는 아니더라도 지금 가장 소중한 것을 걸어야 했다. 우리는 악에 맞서 뭔가를 강하게 던져야 했던 것이다. 그렇지 않으면 아무도 관심을 가져주지 않으니까.

각자의 무기를 준비하여 교장과 야만인이 탄 차가 지나가기를 기다렸다가 던지기로 했다.

회만이 준비한 것은 계란이었고 나와 캡장이 준비한 것은 커다란 돌이었다. 진짜 폭탄이라도 준비하고 싶었으나 제조법도 어렵고 살상까지는 심한 일로 생각되어 참았다.

"계란은 왜 가져왔어? 서정적으로 테러한다고 칭찬이라도 듣고 싶어서 그래?"

내가 불만스럽게 이야기하자 회만은 이유를 대었다.

"계란은 그래도 자국이 남으니까 상징성이 있잖아?"

"장난처럼 보이지만 참여하는 것에 의의를 두자."

교장의 고급승용차를 만나는 것은 어려운 일이 아니었다. 교장은 아이들이 모두 등교하고 9시 넘어서 일정한 시간에 교문을 통과한다.

우리는 언덕으로 올라오는 수풀에 숨어 있다가 기습적으로 나타나 던지기로 했다.

드디어 검은 승용차가 지나갈 때 우리는 떨리는 심장을 안고 힘껏 준비해 온 것들을 던졌다.

퍽, 쾅, 촥

깜짝 놀라는 그들의 얼굴이 참으로 통쾌했다.

"건물은 높아졌지만 인격은 더 작아졌다. 고속도로는 넓어졌지만 시야는 더 좁아졌다. 소비는 많아졌지만 더 가난해지고 더 많은 물건을 사지만 기쁨은 줄어들었다. 제프 딕슨"

이렇게 중얼거리며 당황하고 화가 난 교장의 모습을 확인하고 우리는 재빨리 도망쳤다.

아무도 우리를 본 사람은 없을 것이다.

저질러 놓고 보니 생각보다 학교는 더 크게 뒤집혔고 모두들 잠시 정신이 멍하고 시간이 멈춰선 것 같았다. 신문에 나지 않은 것이 다행이었다.

우리 셋이 범인으로 지목된 이유는 아주 간단했다. 아무도 본 사람이 없지만 9시에 교실 자리에 없는 아이를 찾아보니 우리 셋이 나온 것이다.

"왜 그랬어?"

"비리는 세상에 알려야 합니다."

"너희들이 그런다고 얻을 게 뭐 있어?"

"얻을 것은 없지만 잃지 않을 것은 많습니다."

"뭐?"

"더 좋은 선생님에게 배울 기회, 불필요한 돈이 더 나가지 않을 기회."

결국 우리는 당연히 매를 맞았고 처벌을 받았는데 캡장은 퇴학, 나는 정학, 회만은 근신과 반성문이었다.

같은 사건에 함께 했는데 왜 처벌이 다른지 알지 못했다. 만약 이유가 있다면 공부를 잘하고 못하는 차이 밖에 없었다.

겨울병원, 피를 토하다

나는 고3 10월 말부터 기침을 하기 시작했는데 가을이면 연례행사처럼 찾아오는 감기이기에 별 걱정은 안했고 감기약 '콘택600'을 사먹고 지냈다. 약효가 600분 간다는 '콘택600'은 이름이 상당히 구체적이어서 어떤 효과를 볼 수 있을 것 같은 생각이 들었다.

11월이 되어도 기침은 멈추지 않고 오히려 더 심해져 컹컹 마치 항아리에서 소리를 내는 듯한 '항아리기침'을 하기에 이르렀다.

기침을 일상으로 여기며 가을이 깊어질 때까지, 새벽 6시에 일어나서 밤 1시까지 책상에 앉아있었다.

대학 입학 학력고사를 정확히 1주일 남겨 둔 날 밤이었다.

그날도 시를 쓰다가 자정이 지나 졸다가 잠들었는데 얼마나 지났을까 컥, 입에서 뭔가 토해져 나온 것이다. 울컥 목에서 뭔가 올라오더니 입 밖으로 비집고 나왔다. 어둠 속에서 볼 수는 없었지만 손으로 만져보니 끈적한 것이 직감적으로 피라는 생각이 들었다.

비릿한 피를 이불에 토하다가 입을 막고 뛰쳐나가 마루 위에 서서 바닥에 토했다. 바닥이 순식간에 붉은 덩어리들로 가득 찼다. 과장하지 않고 아마 한 그릇 분량은 나왔을 것이다.

온 몸이 뒤틀리면서 창자까지 다 올라오는 줄 알았다. 피가, 맑은 액체가 아니라 덩어리가 될 수 있다는 것도 알았다. 피를 많이 토해 가슴이 시려 가슴이 텅텅 빈 느낌이었다.

식구들이 놀라 일어나 다급하게 119에 전화해 구급차에 실려 동대문 이화여대부속병원에 도착하고 응급 치료를 받았다. 그날 밤 병실은 바다 속처럼 아늑했고 나는 깊은 잠을 못자고 있는데 2시간마다 여자 의사가 와서 주사 놓는 것을 느꼈다.

병명은 폐결핵이었다.

폐결핵으로 죽은 시인은 많다. 이상도 폐결핵에 걸려 죽었고 레바논 시인 칼릴 지브란, 폴 엘리아르도 폐결핵으로 죽었다. 왜 시인들은 다른 병보다 폐결핵에 걸려 죽는 것일까. 폐가 약한 사람은 기질적으로 시를 쓰는 것일까.

아이들은 입원한 다음날 병문안을 왔다.

"몽도야, 피 토한 기분이 어때?"

철남이 놀리듯 물었다.

"이제 진짜 시인이 될 수 있을 것 같다."

"피 한 번만 더 토해라. 그럼 진짜 더 위대한 시인이 될 수 있을 거다."

캡장이 말했다.

"피로 써라, 이런 말이 있다. 나는 모든 글 가운데서 피로 쓴 것만을 사랑한다. 피로 써라. 그러면 그대는 피가 곧 정신임을 알게 되리라. 다른 사람의 피를 이해하기란 쉬운 일이 아니다. 그래서 나는 책을 읽는 게으름뱅이들을 미워한다. - 니체, 짜라투스투라는 이렇게 말했다."

"멋있는 말이다. 그럼 넌 피로 쓴 건가?"

"니체는 은유적으로 말을 했지만 실제로 피를 토한다는 것은 결코 다른 말이 아니다. 이것은 단지 은유만은 아니다."

시를 쓰기 위하여 자기 몸이 어떻게 되는 줄도 모르고 몰두한다는 것은 피로 쓴다는 은유를 그대로 보여주는 것이다. 나는 몰입했다는 것에 뿌듯한 마음이 들었다.

정말 나는 기침을 하면서도 기침이 괴롭다는 것을 못 느꼈고 기침은 늘 하는 것이니까 그러려니 했는데 그것이 피를 보게까지 하니 어떤 생각이 번개처럼 스쳤다.

"내가 직접 피를 토해 보니 피를 토하는 것이 이렇게 행복할 수가... 혹시 내 소원은 폐렴에 걸려보는 것이 아니었을까."

"엉뚱한 놈. 시시한 놈."

누군가 이런 말을 했고 또 다른 누군가 계속 말을 이었다.

"다음에는 혼자 토하지 말고 같이 토하자. 넌 매번 개인플레이야."

나는 아이들에게 내가 통찰해 낸 생각을 말했다.

"야, 내가 열심히 시를 썼더니 신이 나더러 쉬라고 병을 선물한 거야."

"그런 선물이면 안 받겠다."

건조한 녀석들.

나는 친구들에게 솔직하게 이야기했으나 돌아온 건 싸늘한 놀림 뿐이었다. 그래서 다시 거짓말로 말했다.

"사실 너무 아프다. 빨리 퇴원하고 싶다."

"그래 그렇게 될 거야."

신기하게도 거짓말로 말했더니 아이들은 진실로 말을 했다.

밖엔 첫 눈이 내리고 있었다. 아이들의 건조한 생각에 축축한 물기를 내려주고 있었다.

"진짜 신의 선물 맞아."

유리창 밖 광경들이 황홀했다. 축복의 눈일까, 위로의 눈일까. 잘 모르겠지만 단지 이것만은 분명하다. 아파서 입원했지만 소담스럽게 내리는 눈을 보니 아픈 것도 하나의 아련한 추억이 될 것 같은 느낌. 좋은 경험, 혹은 생의 자산이 될 것 같은 느낌이 될 것이다.

그 때 뉴스가 흘러 나왔다.

"전두환 대통령을 노린 아웅산 폭탄 테러가 일어난 지 41일이 지난 오늘, 대설주의보가 발효 중입니다."

그때 나는 먼 나라 이야기라고 생각하고 등뼈가 휘어지도록 정신에 불꽃을 지피고 싶었다. 퇴원할 즈음에 나는 글을 하나 썼다. 그리고 다시 문병 온 캡장에게 그 글을 읽어주었다.

"시 만 편을 쓰는 날 나는 죽어도 좋다."

"진짜루?"

"응, 지금 300편 썼는데 하루에 한 편씩 쓰면 1년에 365편, 10년에 3650편, 30년 정도 쓰면 만 편 쓰지 않겠어?"

"그 정도 쓰면 넌 아마 위대한 시인이 될거야."

"꿈은 이루어지지 않기 위해 있다. 꿈을 이루면 아마 살아갈 의미가 없어지겠지."

"딜레마군, 죽지 않으려면 만 편을 쓰지 말아야 하고, 위대한 시인이 되려면 만 편을 써야하고..."

가난한 사랑노래

    고3, 1년 동안 학교 분위기를 험악하게 조성했지만 사실 나는 공부는 되지 않고 머릿속에 서정만 떠오르면 라디오를 들으며 하룻밤 사이에 시를 수 십 편씩 썼다.

    나는 서정을 사랑한다. 아니 사랑, 이라는 말조차 내뱉기가 어울리지 않았다. 나는 사랑이라는 것보다 더 고차원의 무엇을 표현하는 단어가 없을까 찾아보았다.

    사랑을 각 언어권 별로 찾아보았다.

    영어로 하면 러브. 이건 너무 흔하고, 독일어로 하면 리베. 이건 와 닿지가 않고, 이태리어로 하면 띠아모. 이것은 아이스크림 이름 같고, 불어로 하면 주뗌므. 이것은 유아용 브랜드 같고, 일본어와 중국어로 하면 아이(愛). 이것은 우리말 어린아이와 음이 같아 느낌이 안 오고, 라틴어로 하면 아모르. 이것은 화장품 이름과 같고, 그리스어로 하면 아가피. 이것은 오가피 나무와 비슷하여 아니고......

    나는 한참을 생각 끝에 사랑을 거꾸로 발음해 보았다.

    랑사.

바로 이거다. 랑사 랑사. 나는 랑사를 하는 것이다 이제부터 나는 사랑을 '랑사'라고 할 것이다. 그것은 사랑이라는 단어가 제대로 표현하지 못하는 어떤 고귀한 것을 표현하는 것 같았다.

이번에는 두 번째 '랑사'가 될 것 같은 예감이 온 몸을 꿰뚫고 지나갔다. 다시는 '랑사'에 빠지지 않으리, 라고 맹세했다고 하면 많은 사람들이 웃을까. 하지만 그것은 맹세한다고 되는 게 아니다.

겉모습만 보고 '랑사'에 빠진다는 것이 진정한 '랑사'일까, 라는 의문에 대해 첫 번째 '랑사'가 5년이 지나도 다 치유가 되지 않았다는 점에서 결코 헛된 것은 아니라고 생각했다.

서정에게 전화를 할 때는 미리 할 말을 종이에 적어 연습까지 했지만 막상 전화를 하게 되면 덜덜 떨리는 목소리로는 말을 이어갈 수 없어 성급하게 전화를 끊곤 했다.

문학의 밤이 끝난 지 6개월이 지난 어느 날, 처음으로 전화했을 때 서정은 내가 누군지 잘 모른다고 했다. 나는 서정이 농담을 하거나 거짓말하는 줄 알았다.

"문학의 밤에서 게릴라복장으로 시낭송 했던....."

그렇게 말하자 그제야 아는 척 했다. 아, 생각해 보니 나 혼자 서정과 친하다고 생각했지, 서정은 나에 대해 특별한 의미를 두지 않았던 것이다. 그러나 상관없었다. 문학이 주관성을 강조하듯 문학을 하려면 내 생각이 중요하고 내 식대로 생각하면 그만이다.

나는 주로 밤에 전화할 수밖에 없었는데 서정이 직접 받으면 그나마 다행이지만 어른이 받으면 난감했다. 서정의 아버지인 듯 근엄한 목소리로 누구냐고 캐물을 때는 겁이 나서 목소리가 기어들어갔다. 그래서 나중에는 서정의 아버지가 받으면 그냥 끊어 버리는 경우도 많았다.

"우리 학생이잖아. 학생의 본문인 공부해야하지 않아?"

어느 날 서정의 입에서 나온, 어른들이 매일 하는 이 말을 듣고는 짜증이 밀물처럼 밀려와서 계속 전화하기가 힘들었다.

학생의 본분이 공부라고 누가 정했어? 공부는 왜 하는데? 대학은 왜 들어가야 하는데? 좋은 대학은 왜 들어가야 하는데? 외치고 싶었지만 모두 다 흰색이라고 할 때 나 혼자 검은색이라고 말하는 것 같은 기분이라 그만 두었다.

하루 종일 눈앞에 서정이 어른거려 아무 생각도 나지 않기도 했고 밥맛도 없어 밥을 하루에 한 끼만 겨우 먹었고 어느 일요일, 이불 쓰고 하루 종일 누워 있다가 저녁때쯤 벌떡 일어나 홀린 듯 편지를 썼다. 편지가 시가 되었고 시가 곧 편지가 되었다.

'우체국에 가면 잃어버린 사랑을 찾을 수 있을까. / 그 곳에서 발견한 내 사랑의 / 풀잎 되어 젖어 있는 / 비애를 / 지금은 혼미하여 내가 찾는다면 / 사랑은 또 처음의 의상으로 / 돌아올까. 우울한 상송 ― 이수익'

그 시 구절을 떠올리고 우체국에 가보기로 했다. 우체국에 가서 찾고 싶은 사랑을 찾을 수만 있다면 만 번도 갈 수 있을 것 같았다.

밤새워 쓴 편지를 부치고 우체국에 오는 사람들을 관찰했다. 사람들은 무언가를 들고 오는데 그것을 부치고 총총히 사라졌다. 대부분 웃고 있었는데 나처럼 고뇌가 가득해 보이는 사람도 가끔은 있었다. 시 구절처럼 '바람에 얼굴이 터져 웃고' 있지만 공허하여 비틀거리는 사람도 있었다.

그 날 1시간 동안 우체국에서 사람들을 바라보자 시에서처럼 어떤 사람의 머리 위에는 '꽃불처럼 밝은 빛이 잠시 어리는' 것도 보였다. 하지만 그날 찾은 것은 그것뿐이었다. 내가 쓴 글씨를 내가 '어두워져서 읽지를 못하게' 되자 그날은 우체국을 나왔다.

나는 다음날부터 우체국에 가면 사랑을 찾을 수 있는지 하루에 1번씩 우체국에 들러 편지를 부쳐보기로 했다. 그러나 1달을 그렇게 했지만 답장도 오지 않고 우체국에서 사랑을 찾을 수 없다는 결론을 내렸다.

나는 문방구에서 '대학 노트' 30권을 샀다. 노트에 시를 쓰기 시작했다. 나는 3권 째 노트에 시를 완성한 날, 서정에게 전화를 했다.

"줄게 있어."

"뭔데?"

"직접 만나서 보여줄게."

"됐어. 다음에 줘."

서정은 부드럽게 거부 의사를 표시했지만 나는 내가 직접 쓴 시 노트를 주고 싶었다. 무슨 이유인지는 모르겠지만, 자연스럽게 든 생각인데 직접 쓴 시를 주고 싶었다.

서정이 자율학습을 마치고 집에 돌아올 시간에 맞춰 서정의 집 앞에서 기다렸다. 너무 일찍 와서 나는 1시간이나 기다렸다.

멀리서 서정이 걸어오는 것을 보고 나도 자연스럽게 어둠 속에 숨긴 나의 몸을 드러냈다. 서정은 나를 보고 약간 놀란 표정이었다가 다시 아무렇지도 않은 듯 천천히 걸어왔다.

"진짜 오랜만이야."

상투적인 인사는 하지 않으리라 했지만 나도 모르게 상투적인 인사가 나왔다. '세상이 멸망한 줄 알았어.', '지구가 자전하듯 다시 보네.' 이런 말보다는 자연스러워서 다행이라고 생각했다.

나는 가방에서 주섬주섬 노트를 꺼냈다. 노트를 꺼낼 때 1년 전에 본 찢어진 시험지도 같이 나올 것 같아 조심하며 재빨리 꺼내서 서정에게 건넸다.

서정이 노트를 받아들고 펼치려고 할 때 갑자기 어디선가 읽은 어떤 이야기가 생각났다.

'여자의 사랑을 얻으려면 강하게 하는 것이 효과가 있다. 심지어는 강제로 키스를 하는 것도 효과가 있다.'

어느 대학생의 체험담은 이렇다.

여러 여자를 꼬신 적이 있는데 외국 모델부터 할머니까지 치마만 두르면 다 자신 있게 공략할 수 있다는 것이다.

실제로 어떤 고3 여학생을 처음 보았는데 한 눈에 반하게 되어 갑자기 키스를 하고 도망을 쳤다. 그런데 신기하게 그 여자애한테 전화가 와서는 오히려 만나자고 적극적으로 나왔다.

그 이야기를 떠올리는 순간, 서정의 입술이 레몬 껍질처럼 보였다. 은은한 달빛에 배어나온 레몬향기가 코끝에 스치는 듯 했다.

서정은 노트를 펼치더니 첫 장을 읽고 깜짝 놀라는 표정이었다. 그리 놀랄 문장은 아니라고 생각하는데 놀라다니 의외였다. 그 문장은 이렇다.

너의 심장을 꺼내 내 심장과 갈아 끼우고 싶다.

서정의 얼굴이 빨개졌을 때 나는 강렬한 이끌림을 느꼈고 나도 모르게 서정에게 달려들어 서정의 입술을 덥석 머금었다.

"악"

아주 짧은 순간, 서정은 입술을 꽉 다물며 뒤로 물러나며 외마디 비명을 질렀다.

아무리 그래도 그렇게 기겁을 하며 소리를 치니 내가 더 놀라고 민망했다.

"랑사해."

노트가 떨어지는 것을 본 순간 나는 소리 질렀다.

"뭐?"

"랑사 한다구. 나는 너의 특징에 관심 있는 것이 아니라 너의 존재를 랑사해."

"이상해. 미쳤나 봐."

나의 대답을 듣지도 않고 서정은 집으로 뛰어 들어갔다.

"랑사 한다구."

나는 땅에 떨어진 노트를 집어 서정에게 전달하려고 따라 들어갔다. 정원을 지나 현관문 앞에 섰을 때 서정에게 노트를 다시 건넸다. 서정은 내가 주는 노트를 땅바닥에 내동댕이쳤다.

"랑사해."

"이런 거 필요 없어. 말도 이상하게 하고……."

노트는 흙이 묻어 더러워졌고 낭자하게 땅에 쓰러져 피를 흘리는 느낌이었다. 노트가 불쌍해 보였다. 그것을 쓴 내가 처참한 느낌이 들었다.

모멸감. 그 순간 든 기분은 모멸감이었다. 내가 생각해도 참 이상한 감정이었다. 받기 싫다고 하면 그냥 주워서 오면 될 것인데 나를 거부했다는 그 사실을 넘어 더 큰 어떤 것을 무시당했다는 생각이 들어 더 오기가 생겼다. 나의 입술을 거부했다는 생각이 아니라 나의 세계를 거부하고 나의 시를 땅에 집어던졌다는 생각이 들었다.

서정은 이미 유리문을 열고 집 안으로 들어갔고 바로 문이 잠겼다. 나는 아무 생각이 나지 않고 단지 내 시가 쓰레기처럼 버려졌다는 생각, 어떻게든지 노트를 전달해야 한다는 생각만 들었다. 흥분상태였지만 어쩌다 이렇게 됐는지 답답했고 안타까웠다.

그 때 개 짖는 소리만 들리지 않았다면 유리는 깨지 않았을 것이다. 그리고 안에서 비명 소리와 울음소리가 들리지 않았어도, 군인 복장을 하고 사냥개를 끌고 온 서정의 아버지에게 자초지종을 설명하고 돌아갔을 것이다. 그랬다면 경찰서까지 가지도 않았을 것이다.

어렸을 때 개에게 물린 경험이 있어 나는 개에 대한 공포감이 있는데 커다란 세퍼트가 무섭게 짖으니 나는 극심한 공포에 오줌을 쌀 뻔 했다. 세퍼트가 달려와 나의 성기를 물것만 같아 나는 비명을 지르고 옆에 있던 몽둥이를 들고 미친 듯이 유리를 깨부쉈다.

경찰서까지 갈 일은 아닌 거 같은데 서정의 아버지는 끝내 나를 경찰서에 넘겼다.

12시가 다 되었지만 경찰서는 대낮처럼 환하게 불을 켜고 있었고 손님들을 맞을 준비하는 가게처럼 분주했다.

"왜 그랬어?"

116

담당 경찰은 귀찮다는 듯이 말했다.

"랑사 해서 그랬어요."

"뭐 했다구? 똑바로 말해 봐. 장난치지 말고."

"랑사 해서 그랬다구요."

"랑사가 도대체 뭐야."

"랑사는 말로 표현 할 수 없는 고차원적인 검정이예요."

경찰서에서 '랑사', 라는 단어를 놓고 입씨름 한 것은 내 잘못이 아니다. 나는 '랑사'를 사랑, 이라고 말할 수 없었다. '랑사'를 사랑이라고 말하는 순간, 그 사랑은 이미 '랑사'가 아니고 그냥 사랑이고 내가 말하는 '랑사'는 사랑과는 다른 어떤 것이다. '랑사'의 진정한 의미를 깨달으려면 스스로 느껴야 한다. 경찰관들은 눈치가 빠른 줄 알았는데 오히려 더 꽉 막혀있었다.

그때 저 쪽에서 무슨 잘못을 했는지 앉아있던, 중학생으로 보이는 아이들이 혼자 말처럼 중얼거렸다.

"랑사는 사랑이네."

그러자 개그맨처럼 시시덕거리던 경찰이 비아냥거렸다.

"사랑이 랑사면 키스는 스키고 석방은 방석이냐."

중학생 아이들은 와~~~, 킥킥킥 웃으며 무슨 대단한 발견이라도 한 것처럼 환호성을 질렀지만 나는 웃지 않았다. 웃을 수 없었다. 이렇게 단순하게 거꾸로 해서 말을 바꾼다는 차원이 아니기 때문이었다. 하지만 키스가 스키가 되는 것은 괜찮은 발상이라고 생각했다. 스키처럼 미끄러지듯 키스할 수 있으니까.

내가 느끼는 감정을 언어로 제대로 표현한다는 것이 어렵다는 것을 그 때 처음으로 느꼈다. 시인의 손을 떠난 말의 해석은 독자들의 몫이라지만 이렇게 큰 소동이 벌어질 정도로 전달이 안 되면 이것은 예술이기 이전에 고통이다.

예술은 일상에서는 어렵고 통용되기 힘든 박물관의 전시물인가. 혼자서 종이에만 써야하고 그 암호를 해석할 줄 아는 사람끼리 돌려 읽어야 하는 것일까. 언어 너머의 세계는 무엇일까. 육체일까, 전쟁일까, 종교일까.

연락받은 엄마가 달려와서 울며불며 사정하자 경찰은 선심 쓰듯 말했다.

"학생이고 초범이고 피해자도 처벌까지는 원하지 않으니 반성문 쓰고 돌아가. 다음에 또 그러면 그때는 진짜 벌 받을 거야."

처참한 마음으로 집으로 오면서 나는 단지 중얼거릴 뿐이었다.

'랑사해 랑사해랑사해랑 사랑해. 가난하다고 해서 외로움을 모르겠는가 너와 헤어져 돌아오는 눈 쌓인 골목길에 새파랗게 달빛이 쏟아지는데 가난하다고 해서 사랑을 모르겠는가 내 볼에 와 닿던 네 입술의 뜨거움 사랑 한다고 사랑 한다고 속삭이던 네 숨결 돌아서는 내 등 뒤에서 터지던 네 울음 〈가난한 사랑노래 – 신경림〉'

시의 뒷부분, '내 등 뒤에서 터지던 네 울음'은 이 시에서의 정서와 다른 울음이지만 전제적으로 이 시의 감정이 내 감정을 잘 표현해 주고 있었다.

나는 그날 이후 3일 동안 아무 것도 안 먹고 이불 쓰고 누워서 끙끙 앓았다. 엄마는 에구, 한숨만 쉬며 약을 사다 주셨지만 나는 그것을 먹는다고 낫는 병이 아니라는 것을 알고 있었다.

3일 후에 겨우 일어나 서정의 거부로 인한 충격과 괴로움은 주로 책상에 앉아서 풀었다. 노트 첫 장에 한서정의 이름을 크게 써 놓고 다음 페이지부터 제목을 한서정이라고 쓰고 그 다음 페이지에는 노트 가득 한서정의 이름을 가득 써넣기도 하고 서정과 만나서 하고 싶은 가상의 대화를 가득 써 넣었다. 다 써놓고 보니 시나리오처럼 보였다. 시나리오처럼 보인 것이 5편 정도 만들어졌다.

그리고 라디오를 들으며 한 달 간 쓴 시가 300 편이었다. 라디오에서는 실연의 상처를 담은 노래만 귀에 들어왔다. 특히 이용복의 '줄리아'는 애절하여 마음을 쥐어짜는 느낌이었다.

영원히 잊을 수 없는 나의 사랑 줄리~~~~아 나의 모든 것을 앗아가 버린 여인아... 마지막 남은 나의 웃음마저도 송두리째 앗아가 버린 여인아~~ 꿈에도 못 잊을 여인아 줄리아~~

이런 노래를 들을 때면 어떻게 이렇게 내 상황과 똑같은지 감탄이 나왔다. 유행가는 단순하고 직설적인 표현이지만 정확한 표현으로 가슴을 절절이 울렸다.

그 날 이후부터 나 혼자만의 개인적인 상징을 쓸 때는 조심스럽게 쓰자고 생각했다. 오해를 불러일으키고, 미치광이처럼 보이고, 이렇게 불상사까지 난다면 나만의 단어가 아닌 모두가 공감하는 단어를 선택하는 것이 중요하다.

성남으로의 불시착

"기술 하나 가지고 있으면 먹고살 걱정은 없다."

대학교를 가지 않으려고 했던 생각이 바뀐 것은 부모님이 광고 카피처럼 반복해서 했던 이 말 때문이었다. 자꾸 이런 이야기를 듣다보니 순간적으로 세뇌되었다고나 할까. 그래서 선택한 것이 치기공과이다.

치기공과 학과장인 실습 담당 교수가, 내가 깎은 치아에 대해 지적을 많이 하자 나는 의기소침했었다. 지적을 당하자 갑자기 전공에 흥미를 잃었다. 잘 깎은 치아와 잘 못 깎은 치아의 차이점을 알 수가 없었다.

전공보다 문학 서클실 '아성'에 자주 간 이유는 어떻게 해서든 그 학교에 정을 붙이려고 했기 때문이다.

장미가 교정에 흐드러지게 피어나는 5월에 서클에서 시화전과 남이섬으로의 MT, 말없이 폼 잡았던 추억은 거기까지였다.

나는 치기공과를 6개월간 다니고 갑자기 학교를 나가지 않았다. 가장 중요한 원인은 터져 나오는 시를 주체하기 힘들었다. 마구 분출하는 시가 마치 우물물처럼 쾅쾅쾅 쏟아졌는데 이때 시를 받지 않으면 영영 못 받을 것 같았다.

그러면 차라리 한 가지는 포기해야 했다. 어렵게 선택한 것이지만 어쩔 수 없었다.

"세상 물정 모르는 놈! 나중에 취직하고 생활이 안정되면 그 때 시 써도 늦지 않아."

"일단 휴학하고 조금 쉬었다가 다시 다니면 안 되니?"

부모님을 주축으로 가족들은 말렸지만 나는 쓰고 싶을 때 쓰자는 생각으로 학교를 영원히 포기했다.

학교를 갑자기 중단하고 밤과 낮을 거꾸로 살며 기약 없는 습작 생활로 들어가자 아버지는 날마다 술 마시고 들어와 술주정으로 화답했다.

그때는 아버지의 술주정이 나의 자퇴 때문인지 전혀 몰랐다. 그전에도 자주 술 마시고 살림을 때려 부수는 일이 잦았기에 오늘도 지옥에 한 번 다녀와야겠구나 하는 생각을 했다. 그야말로 '지옥에서 보낸 한 계절'이었다.

"시 쓰면 가난해."

엄마는 그렇게 한탄하며 말했고 아버지는 술 먹고 행패를 부리는 것으로 나의 자퇴에 불만을 표시했다.

"밥 빌어먹고 싶어? 세상을 어떻게 살아가려고 그래. 한 평생을 가난하게 살았는데……."

"돈은 있을 때도 있고 없을 때도 있는 거라면서요."

"뭐야? 이 놈아. 지금 돈 얘기 하는 게 아니잖아. 네 인생 네가 사는 거야."

아버지는 눈을 매섭게 떴지만 때리지는 않았다. 하지만 때리는 것보다 더 괴롭혔다. 차라리 한 대 때리고 말았으면 좋겠다. 뭐라고 딱히 혼내는 것도 아니고 며칠에 한 번씩 술 먹고 들어와 이렇게 주정을 하면서 괴롭히니 미칠 지경이었다.

하지만 나도 고집이 세다는 것을 나 스스로 안다.

글 쓰겠다고 깊이를 알 수 없는 수렁으로 무릎쯤 빠져들어 가고 있을 때 아무도 문창과에 들어가 하고 싶은 공부를 하라고 말하지 않았다.

선배 중 남산에 있는 2년제 문창과에 들어갔다는 소문도 들었지만 고정관념에서 탈피하고 싶었다. 글을 쓴다고 해서 국문과나 문창과에 갈 필요는 없다고 생각했다.

하지만 몇 년의 시간이 흐른 후 문창과에 입학했다. 그러나 졸업은 하지 않았다. 수업 내용이 시시해서 수업에 들어가지 않고 혼자 책을 읽었다.

그 때 왜 그랬을까. 너무 자만심이 강하거나 진짜 수업이 시시할 정도로 내가 천재였거나 둘 중 하나겠지.

100장의 편지

하루에 한 번씩 우체국에 들러 서정에게 엽서에 시를 써서 보냈다. 하지만 그것은 망망대해에 부표를 던지는 꼴이었다.

한때 머리로 거울을 깨던 무모함도 있었고 음성 서클 2인자의 손등을 찍은 적도 있었지만 서정 앞에서는 그 어떤 것도 소용없는 것이었다. 실수하면 한 순간에 날아가 버릴 것 같았기 때문이다. 그래서 더욱 답답하고 안타까웠다.

마음을 전달하기 위해 몸에 불을 붙여 분신이라도 하고 싶었으나 사랑을 위한 분신은 노동자의 권리를 외치며 분신하는 것에 비하면 고귀하게 생각하지 않고 미친놈이라고 욕할 것 같아 포기했다.

나는 시간만 나면 서정에게 연락했지만 이상하게 서정은 나를 피하는 느낌이었다. 가끔씩 서정을 보러 무작정 이화여대를 갔지만 만나지 못했다. 그런 날이면 더욱 아무것도 할 수 없고 머릿속에는 찬바람만 윙윙 불어댈 뿐이었다.

며칠을 허탕 치다가 어느 날 먼발치에서 서정이 보였다. 수위가 제지하는 것을 뿌리치고 반가워 뛰어가자 서정은 먼저 피해 달아났다. 도망가는 뒷모습을 보고 있노라니 계속 좇아가서 묻고 싶었다. 왜 도망 가냐구.

사람들이 이상한 눈으로 쳐다보는 것 같았다. 집시같은 옷차림으로만 보면 내가 치한이라도 되어 쫓아가는 것처럼 보일 것 같았다.

얼마 못가 서정은 지쳤는지 발걸음을 멈추고 경계하는 얼굴로 나를 보았다. 나는 숨을 고르며 말했다.

"한 번 말 걸기가 중이 제 머리 깎기보다 힘들다."

"나한테 왜 그러는데?"

서정은 차갑게 말했다. 하지만 그 모습조차 아름답게 느껴졌다. 속으로 좋으면서 일부러 그러는 거라고 나는 생각했다.

우리들의 대화는 거기까지였다. 수위가 어느새 쫓아와 나를 끌고 갔다. 나는 끌려가면서 우습고 슬픈 표정이었을 것이다. 멀리서 안타까워하는 서정이 보였다. 누가 뭐래도 내 눈에는 그렇게 보였다. 끌려가는 나를 쳐다보는 주위의 눈들이 하나 둘 늘어갔다. 다시 한 번 서정을 보았을 때 서정은 어느 사이에 사라지고 없었다.

동작도 참 빠르지.

다음 날부터 본격적으로 날마다 이화여대 교문 앞에서 서정을 기다렸다. 우스운 것은 날마다 교문 앞에서 기다리니 서정보다 오히려 더 자주 보게 되는 다른 얼굴이 있었다. 그녀들도 나를 기억하는지 야릇한 미소를 지으며 지나갔다

'학원자율 보장', '언론자유 보장', '정권타도', 라는 요란한 격문이 붙은 학교 앞에서 사랑 때문에 여자를 기다린다는 것이 창피하지는 않았다. 나의 '랑사'도 민주화만큼이나 시급하고 절실한 일이기에 떳떳하게 서정을 매일 기다렸다. 개인적으로 '랑사'가 민주화보다 조금 더 급한 것뿐이었다.

사랑을 하고 있을 때 사람들은 다른 어떤 때보다도 훨씬 더 잘 견뎌 낸다. 즉, 사랑이라는 이름으로 모든 것을 감내하는 것이다.

 어디서 찾아 읽은 니체 할아버지의 이 말이 당당하게 여대 교문 앞에서 서정을 기다리게 한 힘이 되었다. 니체는 사랑을 많이 해봤을 것 같은 느낌이 들었다.

 실제로 니체는 루 살로메라는 여자를 열렬히 사랑했다. 니체의 첫사랑은 '우리가 어느 별에서 내려와 이렇게 만난 것은 운명입니다' 이따위 유치한 말로 시작되었다.

 '짜라투스트라는 이렇게 말했다'에서 신은 죽었다며 굳센 정신을 보였던 니체가 루 살로메에게 청혼했지만 무참하게 거절당했다. 루 살로메가 니체의 제자인 레와 동거하자 배신감으로 부르르 부르르 치를 떨었다. 니체는 분노하다가 끝내는 치졸하게도 살로메의 사생활을 폭로하겠다고 협박하지만 제대로 되지 않고 결국 10년을 미치광이로 살게 되었다.

 릴케도 루 살로메에게 빠져 젊음의 한 때를 허우적거리며 보낸 적이 있었다. '눈을 멀게 해도 당신을 볼 수 있다'는 유치한 과장법으로 쓴 시는 지금까지 암송되고 있는데 이것을 시라는 예술로 포장하지 않으면 이것은 손마디 오그라드는 사기이고 뻔히 보이는 허세다. 하지만 릴케는 14살 연상의 큰누나 같은 루 살로메 때문에 시가 깊어지고 넓어졌다.

 루 살로메라는 여자는 여러 남자를 사랑에 빠지게 한 요부인가, 철학과 예술을 잉태하는 요람인가.

나도 서정 때문에 시를 많이 쓰게 되었고 깊어졌을까. 잘은 모르겠지만 사랑 때문에 학교도 그만두고 미친 사람처럼 지냈던 것만은 확실하다.

그리고 니체의 말대로 서정을 위한 일이라면 모든 것을 감내할 수 있을 것 같았다. 그러나 나는 릴케나 니체처럼 비극으로 끝나고 싶지는 않았다.

다시 이화여대 교문 앞에서 서정을 본 것은 10일이 지난 후였다. 이번에는 서정이 도망가지 않았다. 그것만으로도 다행이었다.

서정 앞에 바로 서서 나는 준비해 간 종이를 쫙 펼쳤다. 그것은 종이 100장을 옆으로 이어 붙여 만든 것이었다. 펼치는 데만 한참 걸렸다. 길이가 21,000 센티미터, 미터로 하면 210 미터가 되었다.

이것은 아주 긴 편지이기도 하고, 혹은 격문이기도 하고, 혹은 시이기도 했다. 제목은 문장형으로 크게 쓰고 10줄의 시 100편을 적었다.

여학생들이 구경하기 위해 몰려오기 시작했다. 순식간에 많은 사람들이 몰려 뭐니, 뭐니, 어머, 대단하다, 여기저기서 감탄사들이 나오고 소란스러웠다.

그때 어디선가 무슨 일이 생기면 갑자기 나타나는 수위가 여학생들을 뚫고 들어와 말했다.

"저번에 그 사람 아냐? 당장 나가요!"

나는 서정의 대답을 들어야 하기에 사정하듯 말했다.

"조금만 기다려 주세요. 지금 중요한 순간이거든요."

"학교가 소란스러우니 빨리 나가요."

그는 자기 직업에 너무나도 충실한 수위이므로 그의 행동에 불만은 없었다. 단지 인간미가 느껴지지 않아 답답했다. 재미있는 이벤트나 마음의 여유를 가질 수 있는 수위였다면 좋았을 걸 하고 생각했다.

나는 서정의 말을 듣기위해 물러나지 않고 서정 앞에 우뚝 서서 기다렸다.

수위는 한 쪽 끝에서부터 종이를 걷기 시작했다. 그때 내가 소리치기 전에 여학생들이 난리가 났다.

"아저씨, 이렇게까지 하실 필요 있어요?"

"그냥 놔두세요. 읽어보게."

"아저씨, 너무 하세요."

수위는 여학생들의 비난에 움찔하더니 어떻게 할까 잠시 생각하는 듯 했다. 그리고는 그 자리에 서서 가만히 있었다.

나와 서정이 마주보고 섰고 그 주위로 빙 둘러서 여학생들이 감쌌다. 나뿐만 아니라 이제는 다른 여학생들도 서정의 반응을 기다리고 있었다.

서정은 눈시울이 붉어지더니 눈물을 흘리기 시작했다.

여학생들이 박수를 치며 환호했다. 여학생들은 우리 둘이 손을 마주잡고 사랑의 눈빛으로 마주보았으면 하고 바라는 듯 했다.

그러나 반전이 일어났는데 서정은 수많은 관객의 기대를 저버리고 갑자기 등을 돌리더니 여학생들을 헤치고 걸어가기 시작했다. 그리고는 교문 쪽으로 빠른 걸음으로 걷기 시작했다.

'너무 부끄러워하지 마. 많은 사람들이 축하해 주잖아.'

나는 사람들이 많아서 부끄러움을 느끼는 거라고 생각하고 서정의 뒤를 따라 가며 중얼거렸다. 오늘 서정의 마음을 확실히 확인할 수 있을 것 같은 기분에 묘한 흥분을 느끼며 교문 밖으로 쫓아 나왔다. 그러나 걸음이 정말 빠르기도 하지, 서정의 모습은 보이지 않았다.

며칠 후 어렵게 서정과 전화통화가 되었을 때 서정은 부끄러워 도망친 것은 맞는데 그 이유는 내가 생각한 것과 다른 부끄러움이라는 것을 알았다. 서정의 눈물의 의미도 알았을 때 나는 니체 할아버지처럼 미칠 것만 같았다.

"그 때 왜 도망쳤어? 도망만 잘 치는 진짜 다프네 같애."

"너무 창피해. 많은 애들 앞에서 망신이야. 나 학교 어떻게 다녀. 나한테 그러지 마."

그렇다. 사람이 많아서 부끄러운 것과 망신은 다른 것이다. 그녀가 망신당했다고 생각하는 이유는 무엇일까. 그것을 알고 싶었다.

서정이 말하며 또 울었을 때 나는 그녀가 울음이 너무 헤프다는 것을 알았다. 그 때 운동장에서 편지를 보고 운 것도 감동받아서 운 것이 아니라 창피해서 울었다고 했다.

그 말을 듣고 나는 갑자기 소독차가 연기를 내뿜은 것처럼 머릿속이 하얗게 변했다. 나는 한동안 연락하지 말아야겠다고 생각했다. 지금까지 내가 생각했던 것과 달라 어찌해야 할지 혼란스러워 당분간 연락하지 말고 이대 앞으로 찾아가지도 않기로 했다.

나는 집에 돌아와 머리를 두 다리 사이에 깊이 파묻고 미동도 하지 않았다. 머리가 점점 두 무릎 사이로 더 깊이 들어갔지만 아프지 않았다. 신기하게도 몸은 점점 굽혀져 요가 하듯이 몸이 완전히 접혀 나비의 날개를 모아놓은 모양이 되었다.

라디오에서 '하얀 나비'가 흘러 나왔다.

음~ 생각을 말아요 지나간 일들은 음 그리워 말아요 떠나갈 님
인데 꽃잎은 시들어요 슬퍼하지 말아요 때가 되면 다시 필걸 서러
워 말아요 음 음~~~~음~~~ 어디로 갔을까 길 잃은 나그네는...

1달동안 잘 견디다가 어느 날 도저히 참지 못하고 다시 서정을 만
나러 갔다. 이번에는 이대 교문에서 기다리지 않고 몰래 학교 안으
로 들어가 서정이 듣고 있는 강의실로 갔다. 많은 현장답사와 사전
조사 끝에 서정이 다니는 길목은 훤히 알고 있었다.

서정이 듣고 있는 강의실 문을 노크했다. 똑똑, 노크 소리가 내
귀에 유난히 크게 들리는 듯 했다.

"네"

안에서 교수의 목소리가 들렸다. 문을 열고 강의실 안으로 뚜벅
뚜벅 걸어와 교수에게 인사하고 나는 당당하게 말했다.

"죄송합니다. 잠깐 전할 말씀이 있어서……."

어디서 그런 용기가 나왔는지 나 자신도 놀라고 있었다. 다만 약
간의 떨리는 목소리가 들키지 않았을까 염려될 뿐이었다.

교수는 의아한 표정으로 나를 쳐다보았다. 나는 교수의 대답도
듣지 않고 교단에 우뚝 서서 색종이를 확 뿌리고 준비한 플래카드
를 펼치며 말했다.

"서정아, 사랑해!"

이번에는 랑사해, 라고 하지 않고 사랑해, 라고 했다. 나만의 단

어로 했다가는 저번처럼 오해만 불러일으킬 수 있기에 평범하지만 모두가 뜻을 공유하는 사랑해, 라고 했다.

학생들이 환호했다.

서정은 얼굴이 빨개지며 고개를 책상에 처박았다. 하지만 나는 기분은 좋았다. 만천하에 내 생각을 전한 것이다.

나는 학생들의 환호와 교수의 호통과 비웃음을 뒤로 하고 강의실 문을 열고 후다닥 나와 버렸다. 그리고 강의실 건물 입구가 보이는 곳에서 서정이 나오기를 기다렸다.

얼마의 시간이 지났을까. 서정이 제일 마지막으로 나왔다. 서정은 나를 보자마자 속사포처럼 쏘아댔다.

"이젠 스토커가 되었구나. 제발 이제 그만 좀 해. 지겨워. 난 너 싫어. 싫어. 지겨워. 내 앞에서 사라져!"

나는 변할 줄 모르는 서정의 무신경과 무감각과 무관심에 확 울화가 치밀었다. 그 정도 했으면 조금이라도 마음이 움직일 만도 한데 일편단심 민들레라니. 생각했던 것과는 다르게 서정은 감동을 느끼는 심장도 없고 여유도 없었다. 내가 생각했던 그런 여자가 아니었나?

나는 나도 모르게 서정의 따귀를 때렸다. 그리고 모두 보는 앞에서 머리를 움켜쥐고 강제로 키스를 했다. 그렇게 하지 않고는 미쳐버릴 것 같았다.

"서정, 넌 시 같은 존재야."

서정은 도리질을 하며 내 손에서 벗어나더니 다시 뛰기 시작했다. 그녀가 뛰어가는 저 쪽 끝에 낯익은 얼굴이 서 있었다.

껄떡쇠 회만이었다.

한동안 잊고 있었던 얼굴을 이런 순간에 만나다니. 서울대 들어 갔다는 녀석이 여기에 왜 왔지, 하고 생각하는 순간, 껄떡쇠 회만은 서정을 보고 환하게 웃고 있었다.

그날 저녁, TV에서 서정의 아버지를 본 것은 뉴스에서였다.
"전두환 대통령은 오늘 내각개편을 단행했습니다. 문공부 장관에 한광필, 국방부 장관에……."
대통령이 새로운 장관들에게 임명장을 주는 화면에 분명 예전에 보았던 서정의 아버지가 있었다. 세퍼트를 끌고 무섭게 보였던 서정의 아버지는 TV에서는 부드러운 웃음을 짓고 있었다.
나는 서정의 얼굴과 그녀의 아버지와 껄떡쇠 회만의 얼굴이 한꺼번에 겹쳐졌다.
노트에 휘갈겼다.

나는 너를 찢고 싶다
발기 발기 발기

서정에 대한 '랑사'는 하면 할수록 지쳐갔다. 끝을 알 수 없는 사막을 걷는 기분이었다. 중간 중간에 오아시스라도 있으면 좋으련만 오아시스는 나타나지 않고 신기루만 나타났다. 그래 껄떡쇠 회만은 신기루야. 나는 껄떡쇠 회만이 이화여대에 나타난 사실을 믿고 싶지 않았다.

말초적인 시

사랑이라는 거미줄에 걸려 발버둥치고 있을 때 하라에게서 전화가 왔다. 당시 최신 유행하는 쑥색 다이얼식 전화를 놓은지 얼마 안 되었고 하라와 안 본 지 거의 1년 만이었다. 하라가 다짜고짜 만나자고 했다. 나는 하라의 지난 1년간의 소식이 궁금하기도 하고 기분전환도 할 겸 만나기로 했다.

내가 학교 앞 로터리 건너편에 있는 '롯데리아'에서 만나자고 하자 그녀는 중랑교에서 만나자고 했다. 그녀는 중랑교를 너무 좋아하는 것 같았다. 하라는 중랑교 한 가운데 털썩 주저앉더니 종이를 꺼내 보여주었다.

"내가 쓴 시인데 한 번 봐봐."

읽어보라는 것이 아니고 그냥 보라니.

나는 그 시들을 보고 아무 말도 할 수 없었다. 질투가 나서 아무 말도 할 수 없었다. 지금까지 보지 못했던 이미지, 비유, 상징들이 종이 위로 날아다녔다.

나는 아무 말 없이 하라의 손 등에 키스를 했다. 손 등에 하는 키스는 존경의 키스라고 어디선가 들었기 때문이었다.

하라는 내 손을 잡더니 어디론가 가자고 했다. 얼마쯤 따라 가다가 낡은 집 앞에 멈추어 섰다.

간판에 '선인장 여관'이라고 쓰여 있었다.

"여긴 여관 아냐?"

"응, 여행자들의 집이지."

하라가 아무렇지도 않다는 듯 말하고 나를 이끌었다.

하라는 방에 들어서자마자 윗옷을 스스럼없이 벗었는데 헉, 나한테 왜 이러는 거지, 하는 생각이 들었다. 그러나 당황스러운 마음은 바로 사라졌다. 왜냐하면 하라의 몸에서 빛이 나오는 것 같다고 느꼈기 때문이었다. 하라의 우윳빛 살결에 감탄사조차 나오지 않을 정도로 숨이 막혀 겨우 말했다.

"근데 왜 벗니?"

"우리 벗고 만나. 너도 벗어."

"난 괜찮아."

"남자가 뭐 그래?"

나를 남자로 보고 있나. 하라는 안 벗으려는 나의 옷을 벗기자 나의 앙상한 뼈가 드러났다.

"괜찮아. 나도 속에 그런 뼈 있어. 단지 뼈가 조금 도드라져 보이는지 살에 가려 잘 안 보이는지 그 차이지."

시 같으면서 이상한 4차원 선문답 같은 말을 한 하라는 나의 뼈를 손가락으로 만지다가 기타 줄을 튕기듯 뼈마디를 튕겼다.

"의사가 갈비뼈를 만지며 뼈의 종류를 맞출 수 있어야 진정한 의사이듯 시인은 갈비뼈를 만지면서 갈비뼈에 대한 은유와 상징을 100가지 쓸 수 있어야 해. 뼈로 피리를 만들어 불고 싶다."

하라가 나를 가르치는 느낌이었다.

"샤워하다가 생각난 시인데. 한 번 들어볼래? 시를 쓴다는 것은 아낌없이 주는 것. 가지고 있는 가장 아름다운 것을 주는 것. 나는 기쁨을 만들 수 있는 잉크를 가지고 있네. 나는 세상 사람들을 모두 기쁘게 하리라."

나는 벌떡 일어나 하라의 젖가슴에 얼굴을 묻었다. 나는 숨이 막혀 가끔씩 고개를 들먹였다.

우리는 서로의 몸을 더듬었다. 좌우로 뒹굴며 아름다운 언덕과 동굴, 석순을 탐사했다. 그렇다. 탐사와도 같은 탐닉이 끝나고 긴 조약돌을 작은 홍합에 끼워 넣으려는데 하라가 외쳤다.

"잠깐만."

하라가 침대 위쪽에서 콘돔을 꺼내주었다.

하라가 내 위로 씩씩하게 올라탔다. 야생마를 타듯 격렬하게 위아래로 움직였다. 침대의 탄력을 받아 시소 타는 것처럼, 널뛰기하는 것처럼 높이 올라갔다 내려왔다. 그 때 갑자기 시 구절이 생각났다. 2년 전에 신춘문예 당선작으로 로트레아몽 백작으로 시작되는 긴 제목의 시로 전체적으로 몽환적인 시인데 이 상황과 꼭 같은 구절이었다.

'사랑하지 않는 여인의 흰 살결, 파고드는 쾌감을 황혼까지 생각하였다.'

"난 위에서 하는 게 좋아."

하라는 정말 좋아하는 것 같았다.

"너 참 잘하는구나?"

"난 지금 시 쓰는 거야. 나 시 잘 쓰지?"

하라가 기뻐했다.

"으... 으응."

"와! 잘 쓴다고 했어. 난 쾌락을 주는 시인이 되고 싶어."

"내 시 읽어봤니?"

내가 물었다.

"지금 읽고 있잖아."

"너는 아주 말초적인 시를 좋아하는구나."

"뭐 어때?"

"시와 시가 만나서 기분이 황홀하네……."

"이번엔 내가 시를 더 짜릿하게 써볼게."

하라는 자기 가방에서 끈을 꺼내 나의 손을 침대에 묶었다. 나는 당황하며 빠져 나오려고 했지만 단단하게 묶이자 포기하고 하라가 하는 대로 가만히 있었다.

하라는 다시 위로 올라가 허리를 유연하게 돌렸다. 순간, 나는 나도 모르게 사정하고 말았다.

일이 끝나고 허무해서 온 몸을 긁고 싶었는데 하라가 물었다.

"몽도야, 너 혹시 돈 가진 거 있니?"

"지금은 없어, 왜?"

"돈이 좀 필요하거든. 어떻게 돈을 좀 빌려주면 안 될까?"

"한 번 구해볼게."

그렇게 대답하고 나니 너무 슬퍼서 울고 싶었다. 그녀는 돈이 필요했구나. 육체를 파는 하라가 불쌍했다. 더러워보였다. 하라가 돈 때문에 섹스를 했기 때문에 타락했다고 생각했다.

"몽도야, 나 더럽지. 난 팔게 없어. 몽도야, 넌 뭘 팔거니? 시를 팔거니?"

뭐를 판다는 것은 생각해 보지 않았기에 나는 쉽사리 대답하지 못했다. 그리고 하라의 말을 이해하지 못했다. 하지만 몇 십 년이 지난 후에 알았다. 하라는 살아가려고 노력했고 남보다 일찍 육체의 허망함과 정신의 속절없음을 깨달았을 뿐이라는 것을.

나는 육체에 대한 많은 경험이 있은 후, 육체에 대한 환상이 깨진 후 비로소 알았다. 영혼을 파는 사람도 있고, 정신을 팔아먹고 사는 사람이 있듯이 몸을 팔아서 먹고사는 사람도 있다는 것을. 지식과 정신을 팔 지위와 조건이 안 되면 몸이라도 팔아 먹고살아야 한다는 것을. 무엇이 더 낫고 무엇이 더 나쁘다는 평가를 하는 것은 무의미하다는 것을.

유난히 성에 대한 금기가 강한 한국에서 하라는 앞서간 여자일까, 팔 것이 몸 밖에 없는 기층민일까.

내가 그 때 슬퍼한 것은 그녀의 처지뿐 아니라 내가 돈을 구할 수 없었기 때문에 슬펐던 것은 아닐까.

우리는 불장난을 한 것인가. 그렇다면 이 행위들은 언제부터 해야 합당한가. 아무도 가르쳐 주지 않았지만 그것은 한국의 학생에게 권장하지 않는 행위였다. 이것은 도덕에 해당하는 것인가, 윤리에 해당하는 것인가, 허세에 관련된 것인가?

열아홉 살에 성적 경험이 전혀 없던 내가 하라와 첫 섹스를 해보니 놀림에서 해방되었다는 것보다는 허무와 허탈감이 더 컸다.

내가 주도하지 못해서였는지 모르지만 '로트레아몽 백작'으로 시작되는 긴 제목의 시에서는 '파고드는 쾌감을 황혼까지 생각했다'고 했는데 나는 '쾌감은 짧았고 허무는 길었'다. 어쨌든 나는 하라가 원하는 돈을 주지 못해 늘 마음이 아팠다.

사랑과 고문

   나는 서울대 교정에서 회만과 만나기로 약속하고 예전의 원시림 선배와 똑같은 남루한 옷차림을 입고 서울대 아치가 있는 교문으로 휘적휘적 걸어갔다.

   5월이었는데 교정에 철쭉과 장미가 피처럼 붉게 피어 있었다.

   들리는 소문으로는 학원 내에 프락치가 있다는 설이 있었는데 이들을 잡으려는 사복 경찰들이 군데군데 보였다. 설마 프락치가 나처럼 허름하게 입고 다니지는 않으니 나를 잡아가진 않겠지, 안심하고 교정을 걸어갔다.

   '전투왕'이라는 별명의 대통령이 방일한다고 해서 방일 반대 투쟁이 뉴스에 오르내리고 있었던 때라 학교는 살벌한 전쟁터 같았다. 언제 무슨 일이 터질지 모르는 긴장된 시간들이 운동장의 공기를 가득 채웠다.

   1년 전, 일본 총리로 등장한 나카소네 야스히로가 한국을 방문한 적이 있었다. 그는 '전투왕' 체제를 지지하고 미국에 가서 한, 미, 일 군사협력을 모색했다. 긴장한 것은 당연히 북한이었다. 그래서 미얀마 아웅산 폭탄테러가 일어났을 때 북한을 유력한 용의자로 지목한 것이다.

나도 방일반대 투쟁에 참가하고 싶었지만 학생이 아니기에 참여하기가 난처해 그냥 바라만 보고 있을 뿐이었다.

삼삼오오, 내 또래의 대학생들이 해맑은 모습으로 스쳐지나갔다.

도서관 입구까지 왔을 때 그냥 거기서 껄떡쇠 회만이 나타날 때까지 막연히 기다릴 수밖에 없다고 생각했다.

1시간을 기다리다가 운동장 한 바퀴를 돌아보려고 고개를 돌리는 순간 누군가 옷깃을 스치며 휙 지나갔다.

"기몽도씨죠?"

"네."

"경찰입니다. 같이 가시죠."

"왜 그럽니까. 난 아무 잘못 없는데."

"가보면 알아."

둘 중 하나가 내뱉은 말은 영화나 소설에서 연행할 때 하는 대사와 똑같았다. 두 명이 내 팔을 양쪽으로 잡고 거칠게 잡아끌었다. 미리 대기 중인 검은색 승용차 속으로 나는 내동댕이쳐졌다.

끌려가기 전, 마지막으로 본 모습은 아주 붉은 장미의 무더기가 참혹하게 피 흘리듯 지천으로 널린 모습이었다.

눈을 뜨니 주변이 서서히 보이기 시작하는데 어두운 방에 침대 하나, 책상 하나, 수도꼭지가 있었다.

그들은 악마의 얼굴이 아니라 평범하게 생긴 사람들이었다. 그들은 바로 추궁했다.

"소속이 어디야?"

"무소속이예요?"

"뭐? 이 자식이 국회의원에 출마하는 거야? 무소속은 또 뭐야?"

"나는 아무데도 속해있지 않아요. 대학생이 아니란 말예요."

"그럼 뭐야? 왜 서울대에 갔어? 학생도 아닌 놈이."

"난 시 쓰는 사람이에요. 친구 만나러 갔어요."

"거짓말 하지 말고 똑바로 말해."

여기서 친구 누구냐, 고 물어봐야 하지 않는가. 그러나 그들은 바로 거짓말이라고 단정하며 몰아세웠다.

"진짜예요."

"방일반대 데모에 참여했지?

"아니예요. 안했어요."

그 이후로부터 그들은 말로 하지 않았다.

처음에는 구타부터 시작했다. 손으로, 몽둥이로 때릴 때는 차라리 후련했다. 이러다 내가 메조히스트가 되는 게 아닌가 걱정될 정도로 짜릿하고 시원했다.

하지만 물고문으로 넘어왔을 때는 생각이 싹 바뀌었다. 차라리 나를 죽였으면 싶었다.

고문에 대한 자세한 묘사는 무슨 의미가 있을까. 고통스러운 기억이니 그냥 생략하기로 하겠다. 또한 이미 잘 알려진 것들이기 때문이다. 수건을 얼굴에 덮고 샤워기로 물을 뿌리는 물고문, 새끼발가락으로 전기를 흘려보내는 전기고문, 이런 것을 다 연구하는 사람도 있구나. 세상은 내가 생각하는 것보다 다채롭고 신기한 것들이 많구나.

피가 흘러 옷은 붉게 물들었고 상처가 터져 생살이 보이고 딱지가 붙었다가 다시 떨어져 계속 상처가 아물지 않았다.

정신이 아득해지기 시작하자 나는 시를 생각했다.

물고문을 받을 때는 물에 대한 여러 가지 생각을 했다. 물은 참 다양한 얼굴을 가지고 있구나. 시에서는 원형 상징으로써 우리를 살리는 생명의 근원으로 자주 등장하는데 실제로는 치명적인 예외도 있구나.

그렇게 생각하면 모든 사물들이 그렇다. 모든 사물들은 언제 어떻게 사용하느냐에 따라 고통을 주는 도구이기도 하다. 어떤 자세로 어떻게 물을 접하느냐에 따라 물은 두 얼굴로 다가온다.

또 사랑으로 마음이 아픈 것과 고문으로 몸이 아픈 것은 다르다는 것에 대해 생각했다. 사랑에 미쳐 마음이 아프면 소화가 안 된다. 항상 그 생각에 골몰하여 위장 운동이 안 되기 때문이다. 하지만 마음만은 기쁨으로 넘쳐나고 활기차게 움직인다. 사랑에 실패해도 또 사랑을 찾아다닌다. 그래서 사랑은 아름다운 것이다.

고문으로 몸이 아프면 그 고통을 벗어나기 위해 두려움이 앞선다. 사람을 피하게 되고 항상 불안하다.

사랑의 고통은 내가 선택한 것이지만 육체적인 고문은 내가 선택하지 않은 것이다. 근본적인 차이는 그것이다. 사랑의 실패와 고문을 받은 후 감정의 공통점은 화가 치밀어 오른다는 것이다. 하지만 그 화도 조금 다르다. 사랑의 실패에 대한 화는 동시에 기쁨이지만 고문에 대한 화는 누군가를 살해하고 파괴하고 싶은 분노이다.

쥐를 풀어 잠을 재우지도 않고 먹을 것과 물을 주지도 않아 정신이 혼미한 상태에서 거짓자백을 강요했다.

끝나지 않는 지옥과 같은 고통 속에서 끝까지 버티는 사람은 없다. 나를 재판에 넘겼지만 그 날 이후로 나는 왜 문신을 새기는 기술을 배우기로 결심했는지 나 자신도 이해할 수 없었다.

그리고 서서히 드는 생각은, 대학생이 아니라는 이유로 그동안 역사의 옆으로 밀려난 기분이었는데 고문을 통해 역사의 한복판에 선 느낌이었다.

나는 그래도 운이 좋은 편이었다. 베르톨트 브레히트의 시 '살아남은 자의 슬픔'에서 표현한 것처럼 죽어나가는 사람도 있었다. 그럼에도 세상에 알려지지 않은 사람도 있었다.

'지난밤 꿈속에서 이 친구들이 나에 대하여 이야기하는 소리가 들려왔다 : "강한 자는 살아남는다." 그러자 나는 자신이 미워졌다.'

나를 미워하지 않기 위해 살아남아서 할 일은 나를 이렇게 한 놈들을 처단하는 것이라고 생각했다. 그래서 나는 고문을 가한 놈의 얼굴을 머릿속에 새겨두었다.

검찰로 송치되었을 때, 검사는 분명 강요에 의한 거짓 자백이라는 것을, 증거가 없다는 것을 알면서도 기소했다.

나는 검사 앞에서 눈물이 나오는 것을 참지 않고 통곡하듯 말했다.

"고문으로 어쩔 수 없이 자백했습니다. 사실은 다 거짓말입니다. 검사님."

"그럼 거기서 바로 말했어야지. 왜 지금 와서 그래?"

검사는 모든 것을 알고 있으면서 출세를 위해 악을 보고도 그냥 지나쳤고 동조했다.

그리고 판사는 모든 것이 조작되었다는 것을 알면서도 징역을 판결했다.

고문을 하는 놈은 시켜서 한다지만 출세를 위해 한 사람을 죽이는 기소자, 판결자들은 반역카르텔을 만든 더 나쁜 놈들이었다. 나는 이놈들도 나중에 처단하기로 마음먹고 감옥에서 그들의 초상화를 그리는 일로 시간을 보냈다.

심한 고문을 당하면 폐허가 되고 약해지는 사람이 있다지만 나는 고문을 당하고 난 후 더 독해지고 더 강해졌다. 그리고 세상의 다른 차원이 보이는 것 같았다.

1987년 신문에 난 충격적인 기사를 보고 나서 이러한 것은 더욱 강하게 자리 잡았다.

바로 박종철 고문 치사사건이었다. 나와 똑같이 고문을 당했지만 그는 죽었고 나는 살았다. 박종철의 삶을 대신 산다는 생각으로, 박종철의 원한을 갚는다는 생각으로 살기로 마음먹었다.

미리 쓴 당선소감

신춘문예.

이름만 들어도 몸이 떨려오고 가슴이 두근거리는 이름. 신춘문예에 대해 이야기할 차례다.

고3 여름방학이 되기 전부터 나는 신춘문예 준비를 하기 시작했었다. 신춘문예로 등단한 시인들의 등단작을 읽는 것은 꿈결처럼 행복했다. 고등학교 졸업할 때 응모한 시가 최종심까지 올라갔다가 떨어진 것이 못내 아쉬웠다. 그렇게 독학으로 신춘문예를 준비하는 동안 미리 쓴 당선소감만 100여 편 되었다. 당선소감을 시처럼 쓰다 보니 결국 산문시가 100여 편 씌어진 것이다.

당선 소감

1. 시는 첫 키스처럼 떨리는 본능이고 임산부의 출산처럼 필연적이다 시인이 된다는 것도 마치 고무나무가 타이어, 지우개, 신발을 꿈꾸듯이 정해진 길이다

2. 나의 조국은 구름이다 국토도 없고 인구도 없고 주권도 없

지만 땅과 하늘을 자유롭게 오가는 구름 나의 모국어는 바람이다 조국이 나를 멀리 가라하네 떠나보니 알겠네 어디든 조국이라는 것을 나 다시 그립지 않지만 정해진 순서처럼 조국으로 돌아가네

3. 시는 애인 같은 것 안보면 보고 싶고 자꾸 보면 팽개치고 싶다 멀리 도망가면 그리워질까 의례적인 감사 인사를 한다고 감사하는 것이고 침묵한다고 감사하지 않는 것일까 의례적인 것들로부터도 도망가리라

새해가 밝고 1월 1일. 추운 겨울날 신문가판대에서 신문을 여러 개 사서 집에 가자마자 떨리는 손으로 문화면을 펼쳐 읽었다. 신춘문예 당선작을 확인하는 순간은 마치 모르는 누군가에게 받은 연애편지를 뜯어보는 기분이었다.

3군데 보낸 신문사 중 2군데에 최종심까지 오른 나의 필명을 발견할 수 있었다. 뛰는 가슴을 진정시키며 심사평을 읽고 또 읽었다. 1군데는 최종으로 오른 작품과 이름만 언급되었고 구체적으로 평은 나와 있지 않았다. 또 다른 신문사에서는 한 줄의 심사평을 읽을 수 있었다.

'겨울 말씀'은 잠언적 경구와 말을 다루는 노련한 솜씨로 당선권에 충분히 들 수 있었다.

인생은 아주 작은 것 때문에 살아간다. 인생은 단 한 줄의 글 때문에도 살아간다. 단 한마디 말 때문에 모든 것을 털어 넣는다. 그

한 줄 때문에 나는 그날 이후로 4년간 다른 것은 하지 않고 집에 들어앉아 시만 썼고 시집을 찾아 시를 읽었다. 그 한 줄 때문에 그날 이후부터 나는 글을 쓰기 위해 고독의 시간으로 나를 밀어 넣었다. 그 한 줄 때문에.

1988년 서울에서 올림픽이 열리던 해, 나는 신춘문예에 당선되었다. 오랫동안 써온 시는 최종심까지 갔다가 떨어지고 엉뚱하게도 신춘문예 마감 1달간 급하게 대학노트 한 권 분량으로 썼던 습작품 중 몇 개 골라냈던 것이 당선되었다.

내가 신춘문예에 당선했던 해, 껄떡쇠 회만 녀석이 사법고시에 합격했다는 소식이 들려왔다. 그해 가을, 후배들의 문학반 뒤풀이에서 우리는 다시 만났다.

"너 진짜 시인 같다."

껄떡쇠 회만은 나의 긴 머리를 보며 말했다.

"그럼 가짜 시인도 있냐?"

"자식, 신경 예민하긴…… 등단했다는 소식은 들었다. 넌 정말 위대한 시인이 될 거야."

진심인지, 형식적인 인사말인지 알 듯 말 듯 했다.

"난 이미 위대한 시인이야. 사람들은 참 이상해. 유명하면 위대해지는 건줄 알어."

"여전하군. 열심히 써라. 펜이 칼보다 강하니까."

"듣기 좋은 말이군. 칼을 쥐었다 이거지? 위로가 아니었으면 좋겠다. 펜이 어떻게 칼보다 강해. 칼은 사과도 깎을 수 있고 나무도 깎을 수 있고 사람도 죽일 수 있어. 그런데 펜은 글 쓰는 것 외에 뭐 할 수 있냐?"

나는 손가락으로 귀를 후비는 동작을 취하며 다음 말을 이었다.

"있다면 귀 파는 거 정도겠지."

"난 바빠서 가볼게. 다음에 보자."

껄떡쇠 회만이 급하게 일어서려는 것을 나는 붙잡았다.

"하나만 물어보자. 네가 나 찔렀지?"

"찌르긴 뭘 찔러?"

"네가 나 지목해서 내가 고문받은거잖아."

"아냐. 절대 아냐."

"하나 더. 시인이 더 위대할까, 법관이 더 위대할까?"

"다음에 얘기하자. 간다."

"서정이 어떻게 지내냐?"

나는 정말 서정의 이야기를 듣고 싶었는데 녀석은 뭐가 그리 바쁜지, 잘못한 것이라도 있는 사람처럼 쫓기듯 급히 자리를 떴다. 나는 그 뒤에다 대고 말했다.

"권력과 위대한 것은 달라. 시인은 대통령보다도 위대하고 하나님보다 위대해. 권력은 시인보다 한참 아래야. 그리고 서정은 그 위고. 그리고 살생부 다 적어놨어."

살생부, 라는 말에 회만이 고개를 돌려 쳐다보았는데 미묘한 눈동자의 떨림을 놓치지 않았다.

그 이후로 한참동안 껄떡쇠 회만을 보지 못했다. 간간히 TV에서 법률에 대한 인터뷰하는 것을 볼 수 있을 뿐이었다.

미혼모

    서정에게는 1년 동안 연락을 하지 못했다. 마치 서정이 나를 고문한 것처럼 느껴져 서정을 생각하면 고통이 느껴졌다. 나를 고문한 그 사람들은 서정의 아버지가 보낸 사람들이 아닐까 생각이 들었다.

    고문을 받고 나와서 갑자기 하라가 떠오른 이유를 모르겠다.

    나는 실로 오랜만에 하라에게 연락을 해 보았다.

    "보고 싶었어."

    내 목소리를 듣고 하라의 첫 마디는 예상 밖이었다.

    "그래? 그럼 연락을 하지."

    "기다리는 것이 얼마나 큰 기쁨인데."

    "나도 만나고 싶었어."

    "그럼 빨리 만나자."

    "어디서?"

    "우리 집으로 와."

    "왜 집으로 오라는 거야?"

    "밖으로 나갈 수 없어."

    하라가 어디 다쳤나, 궁금해 하며 나는 하라가 가르쳐 준 주소로 찾아갔다. 예나 지금이나 한국에서 가난한 사람들은 대부분 높은 곳, 산동네에서 살았다.

창신동 산동네를 자주 오르내렸기 때문에 오르막길은 친근했다.

서대문구 시민 아파트의 어두운 복도를 지날 때, 무섭거나 전혀 낯설지 않았다. 내가 사는 창신동 시민 아파트와 거의 비슷한 모습이었기 때문이었다. 다만 복도가 조금 더 좁은 느낌이어서 음산하고 답답한 느낌이 들었다.

하라가 가르쳐 준 311호의 문을 열고 들어서자 가장 먼저 맞이해 준 것은 티셔츠 밖으로 빠져나오려 하는, 브라를 하지 않은, 풍선처럼 부풀어 오른 하라의 큰 젖가슴이었다. 얇은 티셔츠에 도드라진 젖꼭지가 그대로 비쳐보였다.

하라의 옷에는 젖이 흐른 얼룩자국이 그대로 남아있었다. 이윽고 젖비린내가 훅 하고 풍겨왔다. 젖내음과 젖비린내는 어감도 다르지만 냄새도 확연히 달랐다. 아하, 이런 것을 젖비린내라고 하는구나, 하는 생각을 할 때 방 안에서 아이가 칭얼대는 소리가 들려왔다.

"어서 들어와."

하라는 아주 자연스럽게 가슴을 헤쳐 커다란 젖을 꺼내 칭얼대는 아이에게 젖을 물렸다. 여자의 젖을 처음 보는 것은 아니지만 그 모습을 빤히 쳐다볼 수 없어 곁눈질로 슬쩍슬쩍 보고 방안을 살피는 척 했다. 묵직하게 딱딱해진 아랫도리를 억누르며 물었다.

"물 좀 없니?"

"응, 저 냉장고에 있어. 저기까지는 갈 수 있지? 난 애기 때문에."

나는 물을 다 마시고 화장실에 가서 딱딱해진 성기를 몇 번 쓰다

듣어주고 참았던 오줌을 세차게 배설했다. 그리고 어떤 질문을 해야 좋을지 생각해 보았다.

'어떻게 된 거니?' '그동안 어떻게 지냈어?' '아기 참 예쁘다.'

제일 마지막 대사로 결정하고 화장실에서 나와 다시 하라 앞에 앉았는데 하라가 먼저 공격해 왔다.

"나 아직 섹시하지?"

"응, 시는 안 쓰니?"

그 말을 해놓고 갑자기 땅 속으로 꺼져버리고 싶었다. 이 상황에서 시를 안 쓰냐고 묻다니.

"응 시 안 써. 대신 물을 신나게 써. 색도 좀 쓰고 싶다."

웃으라고 한 이야기는 아닐 것이었다. 입으로 시를 쓰고 있네. 언어유희도 시의 기법이다.

하라는 영향력 있는 문예지로 등단했다. 하지만 이후에 활동을 안하고 요즘은 아무도 모르는 이름이 되었다. 나는 하라의 재능이 썩는 것이 안타까워 진심으로 말했다.

"너 4차원이 된 거 같다. 시인은 다른 차원을 봐야 하는데 그래서 넌 분명 나보다 더 뛰어난 시인이 될 수 있어."

"당연하지. 하지만 난 싫어. 시시해. 시 안 써, 돈을 쓰고 싶어."

이처럼 고요가 어색해 본 적은 처음이었다. 죽음처럼 깊은 침묵이었다. 잠자는 아기를 바닥에 살며시 내려놓으며 하라가 물었다.

"우리 아기 참 예쁘지?"

하라는 내가 물어보려던 말에 대한 대답을 먼저 했다.

"응, 아기 참 예쁘다. 언제 결혼했어?"

그 질문에 하라는 10초 정도의 침묵을 지킨 후 말했다.

"결혼 안했어. 궁금하지? 물어보기 전에 미리 다 말할게. 심지어 남편도 없어. 이런 경우를 흔히 미혼모라고 하지. 하지만 나는 미혼모라는 말을 싫어해. 미혼모라는 말에는 결혼을 해야만 꼭 아기를 낳아야 한다는 고정관념이 들어 있잖아. 다 똑같은 엄마인데 왜 구분을 하는 거야?"

"누군지는 알 거 아냐?"

"응. 근데 자기 아이가 아니래. 이런 황당한 경우를 봤나. 씹할 때는 언제고? 이런 씹할 놈……."

하라의 입에서 씹할, 이라는 욕을 들으니 예전에 그 욕을 아이들이 여러 가지 버전으로 발음했던 옛날 기억이 났다.

"유전자 검사를 해 보지 그래?"

"그런 건 하고 싶지 않아. 자기 아이로 밝혀지면 어쩔 거야? 양육비를 줄 거야? 같이 살 거야? 그럴 놈이 아니라는 거 다 알아."

갑자기 하라가 나를 쳐다보며 빙긋 웃으며 말했다.

"네가 아빠 해줄래?"

갑자기 훅, 하고 공격이 들어왔다.

하라는 아기를 키우거나 살아가는데 크게 문제될 것이 없어보였지만 아빠가 필요한 모양이었다.

미혼모를 구분지어 부르는 것에 대한 생각은 하라의 말에 동의하지만 내가 갑자기 아빠가 되는 것은 낯설고 두려운 것이었다.

하라는 두 손으로 나의 얼굴을 잡더니 자기의 젖무덤에 눌렀다. 내가 가만히 있자 윗옷을 젖히더니 자기의 젖꼭지에 나의 입을 갖다 대었다. 비릿한 젖이 목구멍 속으로 넘어갔다. 나는 조금 빨면서 하라의 허벅지 쪽으로 손이 내려갔으나 아이의 젖을 빼앗아 먹는 것 같아 뒤로 물러나며 떠오르는 시 구절을 중얼거렸다.

"처녀들의 젖가슴은 예나 지금이나 따스한데 나는 왜 40대의 부인이 허리를 구부리고 걸어가는 것만 이야기 하는가. 서정시를 쓰기 힘든 시대. 베르톨트 브레히트."

하라는 바지를 벗더니 왼쪽 허벅지를 나에게 보여주었다. 허벅지 위에 세로로 갈게 상처가 보였다.

"그 놈이 그랬어. 짐승이었지. 죽는 줄 알았어. 악몽이었어. 암사마귀 같은 놈이야. 암사마귀는 교미하고 나서 숫사마귀를 잡아 먹잖아."

나는 하라의 허벅지 상처 위에 길게 키스했다.

집으로 돌아오면서 미혼모에 대해 깊은 생각을 해 보았다. 미혼모는 있는데 왜 미혼부는 없을까? 그것은 생각 하나마나 양육은 여자가 맡아야 한다는 사고방식 때문에 그런 것이다. 남자는 돈을 벌어온다는 명목으로 아기에 대한 책임을 모두 여자에게 지우는 것이다. 또 입양은 선의로 생각하면서 왜 미혼모의 아빠 역할을 하는 것은 생각조차 하지 않는 것일까?

미혼모를 특별히 다르게 보는 이유는 아이는 정식으로 결혼한 사람들이 키워야 한다는 고정관념 때문이다. 결혼하지 않고 혼자 키우면 불편하고 사회적 비용이 많이 들어가기에 정식으로 결혼한 부부가 키워야 한다고 주입을 하는 것이다.

여기까지 생각이 미치자 아이의 아빠가 되어주고 싶었다.

나는 1주일에 한 번씩 찾아가서 아이와 놀아주었다. 그러다가 더 자주, 격일로 찾아갔다가 어느 날 밤을 새우고 난 다음부터 그 집에서 살게 되었다.

1년 전만 해도 하라는 지금과는 아주 다른 모습이었다.

서정의 거대한 벽 앞에 좌절하고 있을 때 문득 하라, 라는 휴식처가 생각났다.

만나자고 하자 하라는 바쁘다고 했다.

"뭐하는데 바뻐?"

하라가 거부하자 더 욕심이 생겼다. 재차 만남을 요구하자 하라는 시큰둥하게 만나자고 했다.

어렵게 카페에서 만난 하라는 더 세련되어졌고 더 화려해졌다.

나는 뭐하냐고 묻지는 않았다. 옷차림으로 대충 짐작만 할 뿐이고 하라가 뭐를 하던 나와 무슨 상관이란 말인가, 생각했다.

우리는 만나자 마자 여관으로 행했다. 누가 먼저 제안한 것도 아닌데 우리는 어느새 여관으로 들어가고 있었다.

그날 밤, 하라와 키스를 했고 옷을 벗고 아랫도리를 맞추어 보았다. 남자와 여자가 만나서 한다는 그 위대한 행위가 끝나고 하라에게서 어떤 말을 들었을 때 나는 심한 자괴감에 빠졌고 미안한 마음이 들었다.

"사실 오늘 맞선 보는 날인데 취소하고 왔어."

이 말은 내가 어떤 대가를 치러야 한다는 말로 들렸다.

벗고 누워있는 하라의 젖가슴 위로 활짝 날갯짓을 하는 작은 나비 모양의 문신을 보며 말했다.

"나 문신할 줄 아는데 문신해 줄까?"

"정말?"

하라는 환호하듯 일어나며 말했다.

'too fast to live too young to die' (살기에는 너무 빠르고 죽기에는 너무 젊다)

문구는 이걸로 정해졌다.

이 문구는 그 때 나를 지배했던 생각들인데 하라가 이 문구를 골랐을 때 뭔지 모를 동질감을 느꼈다.

"내 이름도 새겨 줘. 난 내꺼야. 어떤 놈이 자꾸 나를 자기꺼라고 해?"

엎드린 하라의 등에 이름을 한 땀 한 땀 새기기 시작했다.

나는 무심코 이름의 첫 글자를 ㅅ 으로 새겼을 때 잘못 되었다는 것을 알고 깜짝 놀랐다. 나도 모르게 하라의 ㅎ (히읗)이 아니라 서정의 ㅅ (시옷)을 새겼다는 것을 알았을 때 어떻게 해야 할까 고민했다.

에라 모르겠다.

서, 자를 마저 새기고 하라에게 말했다.

"하라야, 고백할 게 있어. 화내지 마."

"뭔데……."

"너 이름 바꾸면 안 되겠니?"

"뭔 소리 하는 거야? 똑바로 말해. 설마……."

"맞아, 서, 자를 새겼어."

화를 낼 줄 알았는데 하라는 조용히 말했다.

"네가 새기고 싶은 대로 새겨. 네 아픔까지 내 몸으로 감당할게."

유행가 가사처럼 들렸지만 하라가 내 아픔을 어떻게 알았을까?

아, 기억난다. 언젠가 술 먹고 내가 하소연 한 것이 어렴풋이 기억난다. 그 날은 술이 잔뜩 취해서 희미하게 기억나지만 언젠가 술 김에 하라에게 서정 이야기를 한 적이 있었다.

아파 죽겠다고. 여자로서 좋은 방법 좀 알려달라고 주저리주저리 주절댔다.

하라를 붙잡고 서정이라고 부르던 기억이 난다.

하, 자를 서, 자로 잘못 썼는데 서라, 라고 새길 수는 없었다. '거기 서라'도 웃기지만 그냥 '서라' 도 웃기는 글자다. 나는 '정',자를 마저 새겨 넣어 '서정'이라고 글자를 새겼다.

하라는 '서정'이라는 이름을 몸에 새겨 넣고 지금까지 살아온 것이다.

하라가 서정의 역할을 해 주었으니 내가 아빠의 역할을 해 줄 차례다. 아빠 역할을 하려면 돈이 필요했다.

몸으로 시 쓰기

태초에 행위가 있었다.

언어의 벽을 느꼈을 때 파우스트처럼 나는 언어를 넘어서고 싶었다.

태초에 아르바이트가 있었다.

이렇게 읊조리고 한동안 시가 나에게 일용할 양식을 가져다주지 못한 것을 깨닫고 일용할 양식을 구하기로 했다.

집에서는 드디어 정신을 차렸다고 좋아했다.

그러나 나는 정신을 차린 것이 아니라 시를 쓰는 패턴을 바꾼 것이다. 시를 종이에 펜으로 쓰는 것이 아니라 몸으로 세상에 쓰기로 한 것이다.

돈을 벌기 위해 참으로 많은 일을 했다. 입에 거미줄을 치지 않기 위해 많은 시를 몸으로 썼다.

처음 한 일은 병원 시체실에서 시체 닦는 일이었다. 아르바이트를 하더라도 누구나 하는 평범한 아르바이트는 싫었다.

관리자의 인솔 아래 3명이 한 조가 되어서 시체가 있는 방으로 안내되었다. 처음에는 포르말린 냄새가 몸을 긴장시키고 동시에 차가운 기운이 피부로 스며들어 섬뜩함을 느꼈고 이어서 시각적으로 오싹한 기운을 느끼게 되었다.

"맨 정신으로 하기 힘드니 소주 한 잔씩 하고 들어가."

인솔자의 말에 소주를 마시고 약간의 취기가 있는 상태로 만들어 두려움은 없었다.

마스크를 쓰고 두려움에 가득 찬 몸짓으로 천천히, 조심조심, 알코올로 시체 온몸을 구석구석 닦았다. 나는 스스로 자기 암시를 했다.

'사람이 죽으면 무섭다, 는 것은 선입관이다. 죽은 사람이 산 사람을 해치지는 않는다. 죽은 사람을 보았을 때 무서운 이유는 죽음에 대한 연상으로 나도 죽을 수 있다는 생각이 들어 무서운 것이다. 산사람이 더 무서울 수 있다.'

이렇게 생각해도 머리로만 그칠 뿐 몸은 소름이 돋았다.

젊은 남자의 시체였는데 체격이 크고 잘생긴 시체였다. 살아있을 때 무엇을 했고 어떻게 죽었는지 궁금했다. 그나마 피부가 매끈하여 늙은 시체보다는 낫다고 생각했다.

배 부분을 닦고 있는데 갑자기 시체의 상체가 벌떡 일어났다. 악---! 나는 외마디 비명을 지르며 뒤로 나자빠졌다. 그 후로 정신이 혼미하여 잘 기억이 나지 않았다.

그날 일을 마무리 짓지 못하고 돈도 받지 못한 것은 둘째 치고 내가 시체가 되지 않은 것이 다행이었다.

죽은 사람도 움직일 수 있다는 것을 왜 생각 못했을까. 왜 그런 말을 안 해 주었을까.

사후 경직 때문에 몸이 움직인다는 설명을 나중에 들었지만 죽어서도 몸이 움직인다는 것은 나에게 큰 충격과 함께 깊은 깨달음을 주었다. 그날 나는 시 한 줄을 얻은 것을 소득으로 생각해야 했다.

'죽은 시체를 닦다보면 죽어서도 할 말이 있는 사람의 말을 들어주는 것 같다.'

두 번째로 한 일은 목욕탕에서 때를 미는 일이었다. 우연히 그렇게 되었지만 사람의 몸을 닦는 일을 연속으로 하게 된 것이다.

처음에는 구두 닦는 일을 해볼까 하다가 구두 닦는 일은 기계도 할 수 있기에 나는 기계가 하지 못하는 일을 하고 싶었다.

'때밀이 보조'로서 첫날은 무사히 넘겼다. 손님은 다 발가벗었지만 나 혼자 팬티를 입었다는 이상한 우월감도 있었다. 단지 힘을 많이 쓰다 보니 금방 배가 고파져서 점심시간도 되기 전에 밥을 또 먹은 것 외에는 별다른 일이 없었다.

일이 벌어진 것은 두 번 째 날이었다.

손님이 너무 밀려와 나를 가르쳐 주는 선배가 혼자 밀어보라고 해서 나는 바로 실무에 투입되어 손님의 때를 밀었다.

너무 세게 밀어서 항의 받은 것도 아니었고 너무 약해 항의 받은 것도 아니었다.

한참 때를 미는데 내 엉덩이 쪽에 은근한 손길이 느껴지는 것이었다. 드러누운 나의 손님, 배불뚝이 중년 남자가 나의 몸을 만지고 있었다. 배불뚝이의 성기는 이미 빳빳해져 있었다. 배불뚝이는 나의 손을 이끌더니 자기 성기 쪽에 갖다 대는 것이었다.

나는 더 이상 못하겠다고 하자 배불뚝이는 거부하는 거냐고 나의 뺨을 때리고 소란을 피웠다. 나는 중년 남자의 빳빳해진 성기를 움켜쥐고 흔들었다.

"원하는 게 이거 아냐?"

나는 내 몸이 누군가에게 필요하다고 해도 내가 원하지 않는 것은 할 수 없었다. 어쨌든 나는 손님의 요구에 응하지 않았고 소란을 유발했기에 실제로는 배불뚝이의 잘못이었지만 나에게 비난의 화살이 돌아왔다. 나는 씁쓸한 마음으로 때밀이를 이틀 만에 그만두어야 했다.

그날 나는 집에 돌아와 시작 메모를 썼다.

죽은 사람의 몸과 산 사람의 몸은 다른 것 같지만 똑같다. 벗은 몸은 똑같다. 죽은 것 같지만 살아있었고 살아있는 것 같지만 죽은 몸이었다.

죽은 사람의 몸을 닦는 것이 공포와 연관된다면 산 사람의 몸을 닦는 것은 게걸스러움과 연결되었다.

그러나 세상은 닦아야 할 것이 너무 많았다. 나는 닦는 일을 계속 할 것이다.

세상에는 글 쓰는 아르바이트보다는 몸을 쓰는 아르바이트가 더 많았다.

하루 종일 아르바이트를 찾아 거리를 다니다가 문득 고층 빌딩을 올려보았는데 거기에 나의 일자리가 있었다. 예전에도 고층유리창 닦이를 본 적이 있었는데 그 곳에서 내려다보는 세상이 어떨까 궁금했었다.

충분한 설명과 주의 사항을 듣고 처음으로 고층유리창을 닦기 시작했다. 밑에서 생각하는 것과 높은 곳에서 실제로 유리창을 닦는 것은 다른 일이었다. 겁은 났지만 스스로 선택한 일이었다. 처음에는 덜덜 떨면서 조심조심 유리창을 닦았는데 시간이 지날수록 안정되고 재미있었다.

1주일이 지난 어느 날, 유리창을 닦다가 갑자기 시상이 떠올라 유리창을 닦다말고 종이와 볼펜을 꺼냈다. 한 줄을 적었을 때 바람이 불어 종이가 휙 날아가고 종이를 잡기 위해 몸이 흔들리자 밧줄 끈이 흔들리고 으악, 비명을 지르며 허둥대는 순간 발이 유리창을 퍽, 치자 사무실 안에 있던 사람들이 깜짝 놀라 다 쳐다보았다.

"목숨을 건진 것만으로 다행이야."

나는 이 말을 마지막으로 듣고 자의 반 타의 반으로 그만 두게 되었다.

그 후로는 닦는 것은 그만두고 장사를 하기로 했다.

겨울엔 군고구마 장사, 여름엔 아이스크림 장사, 비올 때는 우산 장사, 눈 올 때는 스케이트 장사..... 가장 오래 한 일은.... 헬륨 풍선을 파는 것이었다.

요술 풍선을 만들어 아이들 손에 건네면 마치 대단한 물건인 양 좋아했다. 순수하고 해맑은 아이들을 볼 때는 마음이 가벼워지고 기뻤다. 풍선을 불 때는 신이 났다. 내 머리 위로 흰 구름이 떠가는 하늘, 그 위로 떠가는 풍선들. 한동안 서정을 잊을 수 있었고 밝은 햇빛을 쐬니 두통이 사라졌다.

하지만 돈은 점점 바닥을 드러내기 시작했다.

몸과 마음이 한없이 무너지고 있을 때 TV에서는 성수대교가 무너지는 장면을 수없이 반복적으로 보여주고 있었다.

무너져야 하리라

쌍문동 개천가 판잣집으로 이사해서 하라와 살면서 아무리 돈이 없어도 대필만은 하지 않으려 했다. 잡문이나 상업적인 글은 작가 정신에 어긋나고 타락한 행동이라고 생각했다.

그때는 왜 그렇게 생각했을까? 원시림 선배가 그렇게 가르쳤다. TV도 보지 말고 돈을 따라가지 말고 오직 순수하라고.

그 때는 모르고 있었다. 순수의 개념이 다양하다는 것을. 세속적이지 않은 것만이 순수라고 생각했는데 욕망을 숨기지 않거나 거짓말 하지 않는 것도 순수라는 것을 깨닫기까지는 많은 시간이 필요했다.

편도선염에 갑상선염까지 걸려 몸은 극도로 쇠약해지고 당장 먹을 것이 없어도 작품 이외에는 어떠한 글도 쓰지 않았다. 대기업 사보 편집 팀에서 수필을 써달라는 의뢰가 들어온 적도 있으나 거절했다.

약을 먹어가며 일용직으로 잡부 일을 하며 돈을 벌었지만 그것으로는 많이 부족했다. 세 끼 먹을 것을 두 끼로 줄이고 라면이나 김치로 겨우 먹는 경우가 많았고 집을 나가면 교통비가 들기에 되도록 걸어 다니거나 집에만 있었다. 친구들을 만나도 돈이 들기에 아무도 만나지 않고 아무것도 하지 않는 것이 돈을 안 쓰고 글을 쓰는 방법이라고 생각했다.

어느 날 너무 아파서 글을 쓰지 못하고 무너져 누워있는데 TV에서는 삼풍백화점이 무너진 장면을 하루 종일 연속으로 방영하고 있었다. 건물주의 탐욕으로, 예상되는 붕괴에 대비를 하지 않아 무고한 사람들이 생매장되고 있었다.

나는 신문의 논설위원처럼 하라에게 말했다.

"작년에 지존파 연쇄 살인 사건과 삼풍백화점 붕괴의 공통점이 뭔지 알아?"

"모두 충격적이라는 거지."

"그리고 모두 돈 때문이야."

"저걸 보니까 살기 싫어지네."

나는 벌떡 일어나 글을 쓰기 시작했다. 밥도 거르고 잠도 자지 않고 초췌한 몰골로 책상에 앉아 신들린 듯 글만 쓴 지 이틀이 지나자 하라가 물었다.

"몽도, 쌀이 없어."

"쌀이 없으면 라면 먹자."

"라면도 없어."

"그럼 죽자."

"죽기는 싫어. 내가 돈 벌어 올 테니까 네가 애기 볼 거야?"

"뭐해서 돈 벌거야?"

"시 팔아서 돈 벌거야."

"시를 어떻게 팔아?"

하라는 일어나더니 요염하게 자신의 몸을 움직여 섹시한 자세를 취했다.

나는 하라의 몸을 가리키며 말했다.

"이게 시야? 이걸 팔 거야?"

"응. 죽으면 썩을 거 마지막 남은 거 팔아야지. 굶어죽을 수는 없잖아. 넌 이상처럼 살아. 나는 금홍이처럼 돈 벌게."

"포장은 잘하네. 미친 년."

"미치는 것보다 나아."

하라는 내가 쓴 글을 보더니 다시 말했다.

"어떤 글을 쓰길래 그렇게 마지막 죽을 것처럼 써."

"읽어볼래?"

하라는 내가 쓴 글을 천천히 읽더니 건조하고 무덤덤하게 말했다.

"지금까지의 글과는 아주 다른데... 지금까지 읽어본 어떤 글 중에서 가장 훌륭해. 어째 유서 같기도 하고."

"유서 맞아."

하라는 내 말을 듣고 글을 읽어보더니 비아냥거리면서 말했다.

"대단해. 계속 써 봐. 늘 이렇게 마지막이라고 생각하고 쓰면 잘 쓸 거야."

"나 진짜 이거 다 쓰고 죽을 거야."

하라와 아이를 생각해 보았지만 내 삶이 먼저 올바로 서야 그들을 위해서도 내가 필요한 것이다. 나는 나를 먼저 돌봐야하는 것이다.

하라와 아이에게는 미안하지 않았다. 하라에게도 이러한 사실을 이야기했다.

"내 죽음은 내 문제고 너는 아이와 살아가는 방법이 있을 거야. 나는 결코 경제적인 문제로 자살하려는 것은 아니야."

경제적인 문제 때문이 아니라는 것은 반은 진실이고 반은 거짓이다.

그러자 하라는 냉담한 척, 초월한 척 이렇게 말했다.

"죽는 일을 내가 참견할 수는 없지. 하지만 미치는 것보다는 못해."

"난 유서집필 목표를 세웠어. 난 유서를 100장 쓰는 날 죽을 거야."

"100장을 다 채우지 못하면?"

"100장을 채우지 못하면 죽지 않을 거야."

"왜?"

"왜냐하면 유서가 100장까지 써진다면 충분히 자살할 이유가 있을 거고 100장까지 써지지 않는다면 죽을 이유가 충분치 않은 거니까."

"그것도 좋은 생각이네."

나는 다시 글을 쓰기 위해 자판에 손을 올리자 하라는 계속해서 말했다.

"나는 죽지 않고 끝까지 살아갈 거야. 돈은 필요한 만큼 벌면 되니까."

그 말을 하고 하라가 내 유서를 읽어보더니 다시 감탄사를 연발했다.

"진짜 걸작이네. 이렇게 잘 쓰는 줄 왜 몰랐을까?"

그러나 유서를 88장까지 쓰고나자 더 이상 써지지 않았다. 죽어

야 하는 철학적 이유와 삶과 죽음에 대한 생각, 남은 가족들에게
남기는 말들이 더 이상 나오지 않았다.

결국은 유서 100장을 채우지 못해서 약속한대로 자살하지 못
했다.

TV를 틀면 IMF 이야기만 매일 나오고 나는 버티다 버티나 결국
노숙자가 되어 서울역에서 햇빛을 받고 쪼그려 앉아있었다. 그곳
에서 읽었던 시집이 폴 발레리의 시집이었다.

밖에서 바람을 온 몸에 맞고 바람 부는 것을 느끼고 나니 살아가
야겠다는 생각을 했던 것이다.

'바람이 분다 살아야겠다.'

다시 집에 돌아와 밤에는 글을 쓰고 낮에는 잠을 잤다.

하라는 저녁에 나가서 아침이 되어도 돌아오지 않았다.

나는 일자리를 찾아보려고 '벼룩신문'을 뒤져보고 있는데 누군
가 문을 두드렸다.

어디서 많이 본 얼굴이었다.

캡장이었다.

어떻게 내가 여기 사는지 알았을까. 아무에게도 말하지 않았는
데... 그것보다는 오랜만에 보는 얼굴인데 그다지 변하지 않은 것
이 신기했고 반갑다기보다는 어제 본 녀석 같았다.

캡장 녀석은 마치 조폭처럼 검은 양복을 차려입고 예의 바르게
앉았다.

내가 먼저 말했다.

"너 진짜 조폭 같다."

"조폭이라니. 건달이다."

"재미있냐?"

"넌 재미있냐."

"학교 다닐 때보다 세련되어지고 프로처럼 보인다."

"부럽냐? 벌써 한참 일이다."

"부럽긴. 씨블라이제이션. 저 안에 문신도 있을 거고, 시장에 가서 돈을 뜯기도 할 거고, 사람들을 협박하고 패고 나쁜 짓을 다 할거 아냐?"

"십센치, 오랜만에 만났는데 까칠하네. 그래도 씨바 고생해서 중간보스까지 올라왔다."

한동안 나는 말을 하지 않았다. 캡장이 마지막 학교를 떠난 사건이 떠올라서였다.

나는 위악적인 태도를 바꾸어 진심으로 말했다.

"사실 너에게 조금 미안하다."

"씨바 조금 뿐이야? 하지만 절대 그런 생각하지 마. 씹새야. 난 오히려 잘 된 일이야. 학교를 정상적으로 졸업했으면 너처럼 폐인 되었을 거 아냐?"

생각해 보니 그것도 맞는 말인 것 같았다.

고등학교는 졸업했지만 그렇다고 대학생도, 직장인도 아니고 어정쩡한 지식인이 되어, 고졸이지만 읽은 책은 많고 신념 때문에 현실에 뿌리내리지도 못하고 그렇다고 속세를 떠나지도 못하는 어중이떠중이인 것이다.

한동안 나를 쳐다보더니 캡장이 입을 열었다.

"몽도야, 부탁 하나 하러 왔다."

"도와주러 온 건 아니고?"

"도움도 될 수 있을 거야."

"숨겨진 오아시스였으면 좋겠다."

"넌 나를 이긴 놈이야. 난 예전부터 네가 필요했어. 네 길이 있는 것 같아서 지금까지는 찌그러져 있었는데 네가 내 옆에 있으면 우리는 날아다닐 수 있어. 이번에 한 번 나 좀 도와주라. 그럼 돈 걱정 없이 시를 쓸 수 있도록 도와줄게."

"아주 오래 전에 어쩌다가 한 번 이긴 거 가지고 같이 일하자는 이유를 잘 모르겠다."

"내가 억울하게 독박을 써서 목에 가시를 빼내야한다."

"무슨 사정이 있는지 모르지만 나는 그냥 이렇게 시만 쓰다가 죽을란다."

"너의 그 악에 받친 깡다구가 필요해."

"누구나 구석에 몰리면 뭔가 보여주고 싶어 해. 고맙다. 하지만 난 그 쪽 세계에 발을 담그고 싶지 않아."

나는 정말 폭력의 길만은 가지 않으려 했다. 폭력의 쾌감이나 권력의 쾌감은 이미 느껴보았으나 그 길만은 가면 안 된다는 생각이 강하게 내부에게 밀려오고 있었다.

나를 설득하다가 녀석은 지쳐서 그냥 돌아갔다. 이 말을 남기고.

"언제든 열려있으니 와라."

보도블록 하나로 감옥 가다

12년간의 군사정권이 물러가고 1개의 여당과 2개의 야당이 3당 합당하여 김영삼이 대통령으로 당선되고 '문민정부'라는 새로운 정부가 출범되었을 때만 해도 세상이 완전히 바뀔 줄 알았다. 하지만 생활이 크게 달라진 것이 없었다. 단지 뉴스의 헤드라인이 바뀌고 방송의 분위기만 희망차게 바뀌었을 뿐이었다.

인권이나 행정, 경찰은 너무 오랜 세월동안 굳어져 뭉친 어깨처럼 쉽게 풀리지 않고 그대로였다.

예술은 더더욱 좋은 환경이 오지 않았다.

나는 돈은 벌지 못하고 집에 누워있자니 아이의 분유 값이 없다는 것이 두려움과 울화가 치밀었다.

바람을 쐬러 잠시 밖에 나간 것이 화근이었을까?

길에서 보도블록 공사를 하고 있는데 어지럽게 널려진 모래와 돌때문에 제대로 걸어갈 수 없어 짜증이 삼복더위처럼 확 올라왔다.

인부들이 멀쩡한 보도블록을 뜯어내고 다시 공사하고 있는 것이 아닌가? 올해 정해진 예산을 다 써야 내년에 예산이 삭감되지 않기에 이를 위해 멀쩡한 보도블록을 새로 깔아 통행자를 불편하게 하고 세금을 낭비하는 것이다.

인부들에게 이야기 해 봐야 이들은 고용된 사람이니 아무 소용없다는 것은 알고 있었다. 나는 그 길로 바로 구청을 찾아갔다.

처음에는 조용히 따져 내 생각을 전달만 하고 나오려고 했다. 하지만 결국은 그렇게 간단하게 되지 않았다.

"그건 정당하게 집행하는 것입니다. 선생님이 나설 일이 아닙니다."

"시민의 한 사람으로서, 주민의 한 사람으로서 불편하고 부당하면 이의를 제기할 수 있는 것 아닙니까?"

"그렇지만 그 사업은 이상이 없는 사업입니다. 됐습니까?"

"이따위로 결정한 사람들을 만나게 해 주시오."

"저희는 그럴 의무가 없습니다."

"그럼 서류를 보여주시오."

"무슨 서류요?"

"예산 서류요."

"당신이 누군데 서류를 보여라 마라 그래요?"

"나도 볼 자격이 있어요."

"아무것도 아닌 게 왜 나서?"

뒤에서 과장이 혼자 말로 한 것이지만 분명히 들렸으므로 가만히 있을 수 없었다.

"그럼 뭐라도 돼야 나설 수 있는 거야? 나 시인이야."

"시인? 시인이 뭐 말라비틀어진 거야?

이 정도 무식한 사람은 큰 충격을 주어야한다고 생각했다.

"말라비틀어진 것은 무말랭이고 시인은 대통령보다 위대해."

이 말을 함과 동시에 나는 가장 싸 보이는 화병을 들어 바닥에 내동댕이쳤다. 요란한 소리와 함께 화병에 들어 있던 물, 흙, 꽃 들이 지저분하게 흩어졌다.

기물파괴 정도로 끝내려고 했다.

하지만 공무원들이 싸울 태세를 하고 나를 바라보았다. 어떤 놈은 빗자루를 들고 덤벼들려고 했다.

그 때 권투하는 자세로 나에게 달려오는 공무원의 모습에서 위협을 느꼈다. 가만히 있다가는 한 대 맞고 쓰러질 것 같아 반사적으로 녀석의 얼굴을 정통으로 가격했다. 공무원의 코에서 피가 주르르 흐르고 그는 다리가 풀려 주저앉았다.

그 정도에서만 끝났어도 나는 감옥까지 가지 않았을 것이다.

주변에 있던 공무원이 나를 붙잡았다. 나는 그들을 뿌리치고자 팔을 크게 휘둘렀다. 그들은 더 세게 붙잡으려고 해서 나는 강하게 그들의 가슴을 치고 빠져나왔다. 다시 여러 명이 달려들어 나를 붙잡으려고 해서 나는 그들을 주먹으로 하나씩 때려눕혔다.

바닥에는 어느새 10여명이 나뒹굴고 있었고 피가 바닥에 흩뿌려져 있었다. 내가 이렇게 했다는 것을 나도 믿을 수 없었다.

경찰이 출동하고 나는 그 자리에서 체포되었다.

나는 경찰 진술에서 정당방위라고 주장했지만 받아들여지지 않았다.

법은 있지만 힘 있고 유리한 자들이 해석하기 나름이었다. 같은 편에 속한 공무원들은 모두 입을 맞추어 나에게 불리하게 진술했고 피해를 당한 사람들도 공무원이니 조사관들은 이들의 말을 더 믿는 것 같았다.

구속 영장이 발부되어 모든 물건을 영치하고 자유를 박탈당하니 가슴이 답답하고 터져버릴 것 같았다.

참 이상하고 아이러니하다. 극한으로 몰리니 살고 싶은 의지가 생겼다. 구치소에 들어오기까지는 악몽으로 잠을 못 이루고 먹을 것이 없어 죽고 싶었으나 갇혀 있는 신세가 되니 어떤 수단을 쓰더라고 밖으로 나가고 싶었다.

구치소에 들어간 지 하루 만에 캡장이 면회를 왔다.

"일도 시작 안했는데 건달보다 먼저 빵에 들어가냐?"

"빈정대는 입을 공무원 자식처럼 만들어줄까?"

"더 큰 일로 들어가야지 보도블록 하나 가지고 들어가면 쪽 팔리잖아."

"넌 참 큰 일 한다. 새끼야"

"앙탈 부리지 말고 내가 아는 라인이 있으니 조금만 참아."

"부탁도 안 했는데... 자식 급하긴 했나보다."

"선심 쓰는 놈이 고맙다는 소리는 못 듣고 도움 받는 놈이 더 당당하네."

"난 누구에게도 고맙지 않아."

"그렇지. 그러나 너는 세상에 필요한 사람이 될 거야."

캡장이 나의 약점을 이용해 나를 끌어들이려는 속내를 밝히고 제안을 하는 것이다. 나는 지금 벼랑 끝에 서 있다. 나는 이제 그것이 무엇이든 잡아야 하는 입장이 되었다. 그런 생각을 하면서도 나는 마음이 무거웠다.

이것만큼은 피해가고 싶었지만 지금 당장 유일하게 다가오는 줄이다. 이 줄을 안 잡으면 나는 벼랑에서 떨어져 죽을 것이다.

캡장의 면회 후, 하루 만에 구치소에서 나와 단순 폭행 사건으로 처리되었다.

"자식, 조폭도 힘이 있네."

"힘이라기보다는 상부상조지. 이 판도 정글이야."

"근데 궁금한데 나를 빼낸 사람이 누구야?"

"나중에 알려줄게."

그날 캡장은 내가 궁금한 것은 대답하지 않고 처음 듣는 이야기를 했다.

"몽도야, 내가 왜 이 길을 가는지 아니?"

나는 알 길이 없었다. 그래서 말없이 고개를 저었다.

"삼청교육대만 가지 않았다면 이 길로 빠지지 않았을 거야."

나는 눈을 반짝이며 캡장의 다음 말을 기다렸다.

"그 때 학교에서 잘리고 기술 배우려고 중장비 학원에 다녔는데 어느 날 집에 가다가 길에서 실례를 했어. 사자성어로 노상방뇨지. 노상방뇨. 근데 갑자기 시커먼 두 놈이 나타나더니 날 끌고 간 거야. 거기가 바로 그 이름도 유니버시티한 삼청교육대야. 삼청동에 있는 줄 알았는데 씨바, 어느 산 속이었어. 거기서 지금 우리 오야붕을 만난거야. 당시에 오야붕은 잘 나가는 중간보스였는데 깡다구로 유명했지. 이 인간이 나를 찍었는지 잘 해 주는 거야. 거기에 홀라당 넘어갔지. 씨발. 이 길이 내 운명인가, 재수 없는 건가? 시대를 잘못 태어났나, 민족중흥의 역사를 띄고 태어났나? 정답을 고르시오. 낄낄낄낄."

나는 캡장의 말을 듣고 녀석의 아픔이 사무쳐왔다. 마치 내가 삼청교육대를 갔다 온 느낌이었다. 감정이입을 잘하는 것이 나의 단점이라면 단점이다. 나는 정답을 고르지는 않고 평소 내 생각을 말했다.

"이 세상에 조폭은 3종류가 있어. 양복 입고 신사적으로, 머리로 싸우는, 합법적인 것 같지만 합법이 아닌 경우가 많고 법을 잘 이용하지만 결국은 조폭이고 두 번째는 영혼을 탈탈 털고, 마음을 빼앗고 돈도 자발적으로 바치게 하고 뇌를 청소하는 렐리전 조폭이고 세 번째는 연장 들고 원시적 본능을 일깨우는, 동물의 세계를 연출하는 조폭이야. 이 중에서 가장 무서운 조폭은 뭘까? 첫 번째, 두 번째 조폭이지. 내가 조폭이 된다면 결국 세 번째겠지. 무서운 조폭과 싸우는 조폭이 맘에 든다."

"넌 잘할 거야."

"내가 할 일이 뭐야?"

"쓰레기를 하나 치워야 해."

"냄새 나는 쓰레기는 싫다."

"그래? 그럼 세상을 해치는 버러지라고 할게."

"어떤 놈인데 ?"

"조작의 달인이라고. 조달이."

"왜 그 놈을 치려고 해?"

"야비한 놈이야. 빈대 같은 기생충이야. 기생충 같은 빈대고. 보스에 붙어서 영혼도 없이 껍데기만 갖고 있는 놈이야. 그 놈이 있으면 우리 조직은 망해."

캡장의 이야기를 들어보면 보스의 왼팔인 캡장과 기생충이라고 칭한 오른팔인 '살모사'는 서로 라이벌 관계다. 캡장은 보스에게 달콤한 말만 하지는 않는다. 때로는 직언도 하고 객관적으로 조직이 잘 굴러가도록 충언하는 것이 보스를 위하는 것이라고 생각한다.

하지만 오른팔인 '살모사'는 보스의 비위에 맞는 말만 하고 보스의 눈을 가려 자신이 보스를 좌지우지 하려 한다.

보스도 물론 바보는 아니기에 '살모사'의 말만을 전적으로 믿지는 않는다. 캡장에게 견제하도록 하고 있으나 아무래도 사람이다 보니 자신에게 좋은 말을 하는 사람에게 더 우호적인 것이다.

최근에 보스는 눈이 흐려졌는지 점점 '살모사'의 의견을 더 받아들이고 캡장의 의견은 10개중 1개 정도 들을까 말까하여 조직은 살모사의 손에 놀아나고 있다. 그리고 캡장은 점차 밀리는 느낌을 지울 수 없다.

캡장의 부하들 중에 아무 잘못도 없는 애들을 특정 사건과 연루시켜 쳐내질 않나, '살모사'는 자신에게 위기가 오자 프레임을 바꾸어 위기를 탈출하고 야비하게, 악랄하게 강한 자에게 굽실거리는 악마 같은 행동을 하는 것이다. 이대로 가다가는 캡장은 조직에서 제거될 것 같은 느낌이 드는 것이다.

"혹시 조선 시대 유자광 같은 놈이야?"

내가 역사 이야기를 하자 캡장은 탐구의욕을 드러냈다.

"배운지 오래 되서 기억이 안 나는데 설명 좀 해 줘라."

"유자광은 평생을 남을 모함하고 사건을 조작하며 살았어. 남이 장군을 역모 죄로 몰아 처단했고, 김종직이 쓴 글을 갖고 세조가 단종의 왕위를 빼앗은 일을 비방한 거라고 연산군에게 고자질해서 공안 사건을 조작했지. 이게 무오사화지. 유자광은 이렇게 세조 때부터 연산군 때까지 무려 40년 동안 잘 먹고 잘 살았지."

"맞아 똑같아."

"그런데 왜 직접 하지 않고 ?"

"알면서 물어보는 거야, 순진한 거야?"

그 대답을 듣자 바로 이유가 떠올랐으나 직접 듣고 싶어 가만히 기다렸다.

"내가 전면에 나서면 그림이 안 좋잖아. 다 아는 얼굴이고."

"내가 그린 기린 그림은 좋은 그린 기린 그림이고 네가 그린 기린 그림은 나쁜 기린 그림이다?"

"맞아. 4차원 같지만 딱 맞는 시네."

나는 못을 박듯이 말했다.

"이거 하나 물어볼게. 지금 민주화 되었다고 생각하니?"

"군인들이 물러갔으니 민주화 되었지."

"아니야. 이걸 알아 둬. 군부 독재가 물러갔다고 싸울 대상이 사라진 건 아니야. 내성에 강한 균은 변종이 생기거나 다른 것으로 변장해서 나타나지. 가장 큰 하늘은 등 위에 있듯 가장 큰 적은 아주 가까이에 있지. 이 말에 동의한다면 내가 할게."

"그래 고맙다, 몽도야."

"시를 다른 방법으로 써보려고."

나는 캡장의 부탁을 들어주려 하는데 다행인 것은 내가 폭력의 길로 들어가는 명분이 하나 생겼다는 것이다. 물론 핑계라고 한다면 어쩔 수 없지만.

같은 시기에 나는 유명 문학상 수상자로 결정되었다. 이 상의 경력으로 문단에서 이름을 널리 알리고 자리매김할 수 있는 기회가 될 수 있었다. 하지만 문제는 친일파 시인의 이름을 딴 문학상이었다.

상이 주는 쾌감을 일찍이 경험하여 알고 있었던지라 상을 통해 창작의 불꽃을 더 피울 수 있을 것이다. 이 상 앞에서 나는 흔들렸다.

무엇보다 상금이 천만 원이 넘어 바로 생활비가 해결될 수 있었다. 그리고 하루아침에 유명해질 수 있고 명예도 얻을 수 있다.

신문사에서 운영하는 이 문학상은 10년이 넘게 운영되어온 문학상으로 처음 제정될 때 진보문학 단체에서 제정 반대를 했었다. 하지만 강하게 저지를 하지 못하고 진행되자 오히려 저지했던 사람들이 심사위원과 수상자로 결정되어 거금의 상금을 가져가고 유명해지는 일들이 벌어지고 있었던 것이다.

나는 무려 1시간을 생각한 후 결론을 내렸다.

'사랑도 명예도 이름도 남김없이', 친일파 시인의 이름으로 주는 상과 상금을 받느니 폭력에 참여하여 돈을 버는 것이 낫다고.

나는 결정을 내리고 나서 1시간씩이나 걸려 결정한 것이 너무 창피하여 얼굴이 화끈거렸다.

문학상 주최 측에서 전화를 걸어와 나에게 따지듯이 물었다.

"왜 수상을 거부하는 겁니까?"

"몰라서 물어요? 깽판 놓지 않은 것만으로 다행이라고 생각하세요."

아, 그렇다. 생각지도 못한 말이 주최 측이 물어서 답을 하면서 나온 것이다.

문학상 받으러 가는 척 하다가 가서 난장판을 놓아야 하는데 폭력으로 돈 벌러 가야 하다니. 이렇게 슬픈 일이 또 있을까?

나는 비장한 목소리로 캡장에게 물었다.

"한국에서는 왜 우직하고 정직한 사람은 힘들게 살고 기회주의자들과 강한 자에게 아부하는 아첨꾼들이 잘 사는지, 그 이유 알지?"

"잘 모르겠는데……."

"강대국에 둘러싸여 언제나 눈치를 보며 아부하며 살아가야 하기 때문이다."

"그럼 태생적으로 우리는 그래야 성공한다는 건가?"

그리고 하라 때문이다. 하라는 지금 영양실조에 걸렸다. 조금 더 진행되어 까딱 잘못하면 굶어죽었다고 신문에 나오는 사태가 될 수 있기만 그것만은 막아야 했다.

"시를 쓰든, 건달을 하던 독립운동을 하는 마음으로 해야 해."

나는 비장한 심정으로 말했다.

"그런 열정 좋지."

"그런 의미에서 우리 기념사진 하나 찍을까?"

독립운동가가 작전을 수행하기 전에 수류탄을 들고 기념사진을 촬영하듯이 나는 캡장과 함께 한 손엔 시집을 들고 한 손에 도끼를 들고 기념사진을 촬영하였다.

벽에는 커다란 그림을 붙여놓았다.

그림은 내가 그린 것인데 핏빛 노을이 흘러가는 하늘에 한반도 모양의 권총에서 발사되는 불꽃이 장미꽃이 되는 그림이다.

"살모사 할아버지가 친일파라네. 우리는 폭력을 저지르는 것이 아니라 친일파의 후손을 치는 것이고 기회주의자를 치는 것이다."

캡장이 나의 마음을 편하게 하려고 대의명분을 말할 때 나는 구체적인 선을 그었다.

"그렇다고 살모사를 죽일 필요는 없다. 팔이나 다리 하나만 자르면 된다."

나는 처음부터 방패를 치며 말했다.

"그럼 그쪽 계파들이 가만히 있지 않을 텐데. 아예 싹을 잘라버려야지."

"나는 살인은 안 해."

"이건 살인이기 이전에 간신을 처벌하는 거야. 역사적으로 간신이 나라를 망친 사례도 많았지만 결국 간신은 처벌을 받았다."

"역사는 잘 모른다면서?"

"나도 공부 했어. 공민왕 때 신돈의 권력이 세지고 신돈은 여자들에게 몹쓸 짓을 많이 했고 왕처럼 놀았어. 신돈이 역모를 한다는 밀고가 들어오자 신돈을 감싸던 공민왕도 나중에는 신돈을 처단했어. 그 때 신돈을 처단하지 않았다면……."

"역사를 어디서 배웠어? 그건 고려사를 쓴 사람 관점이고, 신돈은 공민왕에게 바른 소리를 했어."

"간신만이라면 내가 이러지 않지. 이 새끼는 같은 조직이지만 사회악이야. 그래서 우리 조직 이미지가 안 좋아."

"보스는 아직은 살모사에 대한 믿음이 있지? 이 상황에서 살모사의 다리를 잘라버린다면 보스가 분노할 수도 있어. 방법은 공민왕이 신돈을 처단한 것처럼 보스가 살모사를 처단하도록 하는 것인데……. 그건 너무 힘든 일이야."

"그렇다면 다른 방법은?"

"보스의 허락을 받거나 누가 가해를 했는지 모르게 해야 해."

"지금 당장 보스의 허락을 받기는 힘들어. 아무도 몰래 살모사를 없애야 해."

많이 쓰는 수법으로 교통사고로 가장하는 방법, 강도로 위장하는 방법, 몰래 납치하여 처리하는 방법을 가지고 의논했다.

"두 다리를 자르는 것으로 하자."

캡장이 내민 무기는 장작 팰 때 쓰는 커다란 도끼였다. 새로 구입했는지 날이 시퍼렇게 서 있었고 손에 착 감겼다. 벌써부터 심장이 뛰기 시작했다. 썩은 나무토막을 찍어내듯 찍으면 되는 것이다.

"그래. 사건이 일어나는 날은 항상 비가 오지. 아니 비 오는 날을 택해서 일을 하지."

나는 밤을 이용해 복면을 쓴 행동대원 3명을 데리고 전형적인 수법으로 차로 받아 세운 후 신속하게 똘마니 2명과 '살모사'를 계획대로 처리했다.

그리고 그를 위해 시를 읽어주었다.

"죽는 날까지 하늘을 우러러 한 점 부끄럼이 없기를. 윤동주."

나는 일을 끝내고 집에 돌아와 두근거리는 심장이 너무 아파 가슴을 부여잡고 서정에게 사랑 고백했을 때보다 더한 쾌감과 고통으로 방바닥을 뒹굴었다.

그리고 노트에 적었다.

'아이러니 하나. 한 놈을 죽이면 살인자지만 많은 사람을 죽이면 영웅이 된다.'

몰래 먹는 사과가 맛있다

건달 세계에 데뷔 후 캡장은 성대하게 축하해 주었다.

일이 끝난 후 캡장에게 2,000만원을 받았고 나는 일상으로 돌아가려고 했다.

하지만 한 번 뻘에 담근 발을 빼기는 쉽지가 않다는 것이 세상 이치라는 것은 알고 있었는데 그것은 현실이 되었다.

"이번 기회에 룸살롱 맡아서 네가 운영해라. 네 적성에도 맞고 부족하지 않게 돈은 나올 거야."

"내 적성은 언제 파악했어?"

"너 여자 좋아하잖아. 독자적으로 살아가는 길은 여자장사가 장땡이야. 마약, 사채, 도박은 서민들 피 빨아먹는 짓이라 나도 양심상 못하겠어."

캡장 녀석은 나를 많이 연구한 것 같았다. 내가 수락할 수 있을 것 같은 제안만 했다. 거기에 마약이나 도박, 이런 이야기를 했다면 나는 죽어도 하지 않았을 것이다.

"그래 성매매는 가장 오래된 산업이지. 불쌍한 남자들을 구제해 주는 자부심도 있고 공익성도 있고 합법인 나라도 있고……."

나의 그 말이 수락한다는 뜻임을 캡장 녀석도 알아들었는지 그는 이어서 말했다.

"건달이 할 수 있는 사업 중 가장 깨끗한 사업이야."

"그건 맞아, 성매매가 좋다는 것이 아니라 성매매 금지법이 문제야. OECD국가 중에서 한국과 슬로베니아만 불법이고 다 합법이니 말이야. 한국에서 제일 헐렁한 엿 같은 법이 성매매 금지법이야. 있으나 마나한 법이라는 얘기지. 법이 있어도 성매매는 일어나고 없어도 일어나. 누구를 위한 법인지 모르겠어. 성매매는 법의 잣대로 보지 말고 도덕의 잣대로 봐야지."

평소 나의 지론은 길게 말할 필요가 없었다. 그걸로 서로 의기투합하여 일을 시작했다.

얼마 후 회만을 룸살롱에 초대했다. 내가 초대한 것은 아니고 캡장이 주도한 것이다.

나를 구치소에서 빼내준 사람이 바로 회만이라고 캡장이 그제야 실토할 때도 나는 고맙다는 생각이 들지 않았다.

"껄떡쇠 오랜만이다."

녀석은 자신을 무시하는 듯한 별명을 불러도 아무렇지 않은 듯 짐짓 무표정으로 일관하며 말했다.

"새로 일 시작 거 축하한다."

"그래 고맙다. 하지만 나한테 진 빚 갚으려면 아직 멀었어."

내가 차가운 얼음처럼 말하자 캡장이 재빨리 분위기를 바꾸려 애를 썼다.

"서로 원수으로 지낼 필요는 없잖아. 맥주는 역시 OB ! 친구는 역시 옛 친구! 사이좋게 지내면 좋은 일이 생길거야."

캡장과 회만은 오랜만이라고 인사했지만 실제 억양이나 표정, 몸짓을 보면 오랜만에 만난 사이가 아니었다. 그들은 눈빛으로 이야기 하고 있었다. 작은 것 하나를 잡아서 시를 쓰는 시인의 눈은 속이지 못한다.

그들은 마치 하인과 주인 관계처럼 보였다.

스스럼없이 친구처럼 말하지만 캡장의 고개가 더 숙여지고 있었고 미묘한 상하관계가 드러나고 있었다.

"다른 사람들 눈도 있으니 룸에서 초이스 준비했다."

캡장이 웨이터에게 신호를 하자 섹시하게 치장한 여자들 7명이 들어왔다.

회만은 글래머보다는 마른 스타일을 골랐다. 회만 녀석의 이상형이 세월이 지나면서 바뀌었나 보다.

예정된 순서대로 언니들이 어느새 나체가 되어 현란하게 춤을 추고 나서 '1차 전투'를 하고 역시 매끈한 알몸으로 술과 안주를 회만의 입으로 넣어주었다. 회만은 작정을 했는지 파트너 언니의 젖가슴을 밀가루 반죽을 주무르듯 주물렀다. 파트너가 아픈지 인상을 썼다. 그러나 미리 언니에게 중요한 손님이기에 잘 모시라고 언질을 주었기에 튕겨나가지는 않았다.

시작은 순풍에 돛단 듯 순조로웠다. 보통 2차는 룸에서 하지는 않는데 회만이 발동이 걸려 있어 분위기 끊기가 싫어 우리는 자리를 비켜주었다.

잠시 후, 일을 치르고 나오는 언니 얼굴은 거의 울상이었고 10년은 늙어보였다. 어떤 일이 있었는지 대충 예상이 되었다. 분명 변태 짓을 했을 것이 틀림없다.

다시 룸에 들어가니 회만은 아무 일 없었다는 듯이 반듯한 자세로 혼자 술을 마시고 있었다.

나는 회만에게 폭탄주를 만들어 권했다. 한 잔씩 마시고 나는 회만과 캡장 모두에게 선언문을 낭독하듯 말했다.

"나는 성해방을 위해 매춘 알선을 할 거야."

"좆으로 밤송이를 까라. 목적이 어쨌든 돈도 많이 벌어라."

회만의 말에 나는 돈이 중요하다는 것은 부인하지 않았다.

"몰래 먹는 사과가 맛있다. 간통죄는 언제 폐지될까?"

"절대 되지 않을걸."

"한국에서 왜 성매매가 불법인지 알아?"

"지금 법률 토론 시간이야? 뭐야? 머리 아프게. 원래 성 매매는 그냥 불법이야."

"성매매 불법이 도덕적으로 보이지? 물론 성매매가 권장할 만 것은 아니지. 그러나 성매매를 합법으로 하면 세상이 뒤집힐까 봐 무서워하는 놈들이 있어. 조선시대 때부터 성을 독점하려는 양반 새끼들의 음모를 알아, 몰라? 성매매를 합법으로 하면 싼 값으로 마음대로 여자를 사잖아. 그럼 상위층들은 그만큼 돌아오는 여자가 줄어들 거 아냐?"

"어설픈 인문학을 읽었나본데 시인이라는 놈이 인권은 생각 안 하고……"

"인권 생각하다면 합법이 맞지. 불법이기에 억울한 일 당해도 신고도 못하고. 검찰이 더 힘을 갖기 위해서 불법으로 만든 거지. 불법적인 일이 많아야 검찰은 죄지은 놈 잡아넣을 일도 많아지고 그럼 더 힘이 쎄지거든. 성매매도 불법으로 일단 만들어 놓고 걸리면 봐주는 척 할 수도 있고 기분 나쁘면 감방으로 보낼 수도 있는 것이 검찰 손에 달렸거든."

"맛있는 음식 대접하고 토하라는 얘기야? 뭐야?"

"야 씨발놈들아. 오랜만에 만났는데 왜 지랄들이야?"

캡장이 끼어들어 말렸으나 한 번 터져 나온 말은 멈출 수 없었다.

"또 우리 성산업은 검은 돈이 많은데 그 돈이 다 어디로 갈까? 법을 만드는 권력자들이 성을 독차지하고 눈먼 돈은 경찰, 검찰 관료에게 돌아간다. 검은 돈은 먹어도 되거든."

"초딩이야? 다 아는 얘기 그만 해."

회만은 양주병을 집어던질 기세였다. 하지만 책상에 꽝 하고 내려치는 것으로 끝내고 벌떡 일어나 문을 세차게 닫고 나가버렸다.

나도 그렇게까지 하고 싶지는 않았지만 가장 아끼는 언니의 처참한 표정에 나도 모르게 그렇게 되고 말았다.

캡장은 곧바로 회만을 뒤따라 나갔다.

다음날 나는 캡장에게 이렇게 말했다.

"그러고 보니 알겠다. 성매매가 합법화 되면 가장 싫어할 놈들이 누구인지 ?"

"그만 해라 새끼야. 회만이한테 그러면 안 되지."

"이 파트는 내가 알아서 할 테니 넌 떡이나 먹어. 나도 꿈이 이제 새로 하나 생겼어. 성매매로 돈을 벌어서 세상을 뒤집어 놓겠어. 그래서 성매매를 합법으로 만들어 썩은 놈들은 도려내겠어."

"꿈 깨라. 그냥 대신 매달 관할 경찰에 상납이나 해."

"우리가 조폭인데 우리 위에 조폭이 또 있는 거야?"

"세금 없는 장사가 어디 있어?"

독립을 유지하는 것

내가 관리하는 30여명의 아가씨들 중에서 유독 나의 시선을 잡아끄는 아가씨가 있었다. 조금 엉뚱하고 4차원적인 구석이 있는 아가씨다.

그녀는 처음 온 날부터 마치 오래 알고 있었던 것처럼 거침이 없었다.

"유흥 경험은 ?"

"처음이에요."

면접 볼 때 일을 처음 시작하는 아가씨들은 대부분 호기심으로 이것저것 물어보거나 불안한 기색으로 경계하는 눈빛인데 그녀는 전혀 그런 것이 없었다. 그래서 처음이라는 말이 믿기지 않았다.

나이는 21살, 혼자 산다고 했고 세계 여행이 꿈이라고 했다.

"키스방이나 노래방 이런데도 안 가봤어?"

"네."

일반적으로 바로 몸을 파는 곳으로 오기 전에 먼저 거치는 곳이 소프트한 키스방, 노래방, 그 다음이 핸플(핸드플레이), 페티시 등 유사 성매매업소를 거쳐 오피(오피스텔 성매매)나 룸살롱으로 오는 것이다. 그런데 이 아이는 무슨 배짱인지, 아니면 아무것도 모르는 순진한 것인지 곧바로 하드(hard)한 세계로 온 것이다.

돈이 급하게 필요했나?

조금 불안했지만 바로 일하기로 하고 예명을 지어주었다.

"예명은 보라가 어때?"

"보긴 뭘 봐요? 나나로 할래요."

"그래? 고집이 있으니 좋아. 나나. 혹시 너 에밀 졸라 아니?"

"에미를 왜 졸라요?"

"나나를 쓴 에밀 졸라 말이야."

"그런 거 몰라요. 나 졸라 무식해요."

"나나를 읽어 본 것 같은데……."

"왜 자꾸 그래요. 차라리 내 목을 졸라요."

이렇게 자기 주관이 확실한 아이가 나는 별 얘기 안했는데도 까르르 깔깔 웃곤 했다. 남자를 본능적으로 알고 많이 사귀어본 것이다. 나는 나나가 너무 귀엽고 사랑스러워 나나에게 빠질 것 같은 감정을 억지로 억눌렀다. 하루걸러 한 번씩 얼굴 보는 것만으로 만족하기로 했다. 그 동안의 경험으로 깨달은 것은 너무 가까이 가면 누군가 해를 입는다.

"취미는 뭐지 ?"

"호신용품 모으기요."

"그래 많이 모았어?"

"조금."

"어떤 거 있어?"

"그냥 이것저것. 스프레이, 전기 충격기, 삼단봉, 가스총."

귤처럼 예쁜 나나의 입에서 아름다운 목소리로 나오는 단어들은 무시무시한 단어들이다. 이런 낯선 조합들이 신선한 충격을 주면서 살아가는 힘을 만들어낸다.

나나는 차원이 조금 다른 아이였다. 자기를 강하게 방어할 줄도 알지만 친밀하게 다가가기도 했다.

어느 날은 그녀가 나에게 가까이 다가와 내 안경을 가져가더니 내 시력을 측정해 보려는지 자기 얼굴에 써보는 것이었다. 이럴 때는 육체가 직접 만나지 않았지만 정신적 친밀감이 더욱 밀려와 꼭 안아주고 싶었다.

그리고 내 팔에 코를 대고 냄새 맡기도 했다. 예기치 못한 행동이기에 신선하고 친해지고 싶다는 동물적 표시로 강아지처럼 사랑스러웠다.

"나는 4차원이 좋더라."

"왜요?"

"예측할 수 없는 쾌감이 있잖아. 그 쾌감이 너무 신선해. 예를 들면 이런 말. 오빠 언제 뽀뽀할거야?"

"난 4차원 아니에요. 이사님은 5차원이면서. 나를 보고도 흥분 안 해? 깔깔깔."

"그런 건 손님에게 해. 이사한테 그러면 안 돼."

그리고 다음날 어떻게 내가 시를 쓰는지 알았는지 나나는 자기가 애송하는 시라며 나에게 읽어주었다.

"내가 창녀가 되면
슬픔 가득한 사람에게 날개를 달아줄거야
내가 창녀가 되면

태양 아래서 땀을 흘리며 빨래를 할거야

내가 창녀가 되면

안드로메다로 팔찌를 만들 수 있게 주문을 외울거야

내가 창녀가 되면

아무도 정복하지 못하는 소녀가 될거야

내가 창녀가 되면

슬픔을 이겨낸 자비로운 마리아가 될거야

내가 창녀가 되면

흑인에게 오월의 바람을 가르쳐 줄거야

내가 창녀가 되면

흑인에게 재즈를 배울거야 – 오카모토 아미."

"어떻게 내가 시인인줄 알고 시를 읽어주니?"

"몰랐는데……."

나나는 언제나 나의 고정관념을 이렇게 박살내 버리는 아이였다. 어느 날 회식을 할 때 나나에게 물었다.

"넌 왜 이 일을 하니?"

내가 관리하는 언니들에게 하는 이 질문은 정말 순수하게 그 이유를 알고 싶어서 묻는 질문인데 언니들이 자존심을 건드리는 질문으로 받아들여 대부분의 언니들은 인상을 쓰며 마지못해 대답한다.

"돈 벌려고요."

"돈 벌어서 뭐하게?"

보통은 등록금 내야죠? 혹은 가게 하나 차리려고요. 이런 대답이 가장 많다.

하지만 나나는 달랐다.

"독립을 유지하려구요."

나는 이 말을 들었을 때 왜 일제강점기 때 독립운동을 위해 무장 투쟁을 한 투사들이 생각났을까?

독립은 이 땅 코리아에서 아주 중요한 것이 되어버렸다. 이제 막 성인이 된 사람들은 독립을 위해 살아가야 하고 가능한 빨리 독립을 해야 하는 지상과제가 되었다.

한반도 남쪽 나라에서는 아이들의 독립이 점점 늦어지고 있고 여자는 대학을 졸업하고도 취업이 안 되어 부모에 얹혀살다가 결혼을 하는 20대 후반이나 30대 초반이 되어서야 독립을 한다.

미국에서는 다이어트가 지상과제지만 이 땅에서는 독립이 지상과제이다.

자세히 물어보지 않아도 그녀의 가정 사정을 뻔히 짐작할 수 있을 것 같았다. 아버지는 경제적으로 무능하고 엄마는 집을 나갔거나 이혼, 별거를 하고 그녀는 아버지와 같이 살기 싫어 독립을 택한 것이다.

매일 피임약을 영양제 먹듯이 집어먹는 그녀에게 감정이입하면 안 되는데 날마다 그녀는 몸속의 정자를 죽이기 위해 독한 약을 먹고 조금씩 자신의 생명을 죽인다는 생각을 하면 마음 한 쪽이 이상하게 저려왔다.

"넌 콘돔 안 끼니?"

"안 껴요, 콘돔 끼면 느낌이 없어요."

"그렇다고 안에다 싸게 하고 사후 피임약 먹으면 몸이 금방 망가지잖아. 부작용이 얼마나 심한지 몰라서 그래?"

"이사님보고 책임지라고 안하니까 걱정 말아요."

더 이상 걱정하는 말을 하면 일 그만둔다고 할까봐 거기서 그쳤다.

나나는 진정 일을 즐기는 것인지도 모르고 섹스의 진정한 맛을 알고 있는 것 같았다

"욕이 저절로 나와. 개새끼들."

어느 날 그녀에게서 이런 말을 들었을 때 그녀를 위로해줄 말은 없었다.

거기에 대고 '조금만 참아', 이런 말을 할 수도 없고 '어떻게 했기에?' 이런 질문도 이상한 것이다. 뻔히 상황이 짐작되는 것이기에 물어보는 것이 더 이상한 것이다.

"요즘 무척 힘들지?"

그냥 이런 정도에서 지나가는데 그녀는 나의 가슴을 후려치는 대답을 한다.

"독립생활을 하려면 이 정도 대가는 치러야죠?"

계속 '독립', 이라는 단어를 말하자 급기야 이 아이가 독립 투사같아 보였다. 이 아이는 무슨 일을 내도 낼 것 같았는데 아니나 다를까 1달 후에 사건이 터지고 말았다.

어떻게 하루아침에 이런 일이 벌어질 수 있을까?

출근할 때만 해도 예의 그 천진난만한 미소와 클라리넷 같은 목

소리가 생생했었다.

실장의 말에 의하면 막(마지막)타임 때 남자 둘이 왔었는데 가끔씩 오는 손님들이라 안심했다고 한다. 하지만 그날은 손님들의 눈빛이 약간 이상해서 2차를 나갈 때 조금 불안했지만 별 일 없겠지, 하며 보냈다.

"먹물들인데 정치인이라는 소문이 있어요. 호텔로 간다고 하고 새벽이 되도록 연락이 없길래 전화를 해보니 나나는 거의 죽어가는 목소리였어요."

곧바로 119와 경찰에 신고하고 위치추적을 해서 가보니 방 안은 온통 피투성이가 되어 있었고 남자 하나는 이미 바닥에 누워 숨을 쉬지 않았다.

나나도 옷이 다 찢기고 얼굴이 퉁퉁 부었고 거의 벗겨진 아랫도리에 피범벅이 된 채 겨우 숨을 헐떡이고 있을 뿐이었다.

둘 다 급하게 병원으로 옮겨졌지만 남자는 결국 죽었고 나나는 다행히 살아났다.

죽은 사람은 국회의원이었다. 그래서 이 사건이 신문에 보도가 되었고 떠들썩하게 이슈가 되었다.

신문의 헤드라인이 말초적인 감각을 자극했다.

'성매매 여성, 국회의원 살해!'

이 헤드라인은 시처럼 생략의 수사법을 썼는데 어조를 살려 생략된 부분을 나타내면 이럴 것이다.

'몸을 파는 매춘녀, 감히 국회의원을 살해하다니!'

"국회의원이 매춘녀를 살해하면 뉴스가 되지 않지만 매춘녀가 국회의원을 살해하니 기사거리가 되네."

경찰은 중상을 입어 누워있는 나나를 찾아와 이것저것 물었다. 아파서 제대로 대답조차 하지 못하는 사람을 배려하는 것은 없었다.

보다 못한 나는 소리를 지르고 말았다.

"환자한테 너무 하네. 완쾌되면 물어봐요."

"당신도 조사해 봐야 해."

나나는 7일 후 퇴원하자마자 경찰서에서 소환을 했고 조사를 받았다. 나는 변호사를 선임하여 조사에 입회를 시켰다.

나나는 기죽지 않고 자기주장을 이야기했다.

"난 정당방위였어요."

"경위를 자세히 말해 봐요."

조사관은 존댓말이었지만 어투는 퉁명스러웠고 다그치듯 말했다.

"2차 나갈 때 컨디션이 안 좋았어요. 근데 이 새끼가……."

"욕은 하지 마?"

"이 인간이 변태 짓을 시키는 거예요."

"어떻게?"

나나는 조금 주저하더니 별거 아니라는 듯 거침없이 말했다.

"자기 발가락을 빨라는 거예요."

형사는 눈이 커지며 침을 꿀꺽 삼키더니 호기심 어린 눈빛으로 다음 말을 기다렸다.

"난 그런 취향이 아니라서 못하겠다고 했어요. 그러니까 내 옷을 찢고 혁대를 채찍처럼 휘둘러 나를 때렸어요. 등에 빨간 자국이 생겼어요."

"성행위는 했어, 안했어?"

어느새 형사의 말은 반말로 바뀌어 있었다. 이렇게 자연스러울 수가.

"결국 그게 궁금한가요?"

"조서에 필요해서 그래."

"했어요. 힘으로는 안될 것 같아 빨리 끝내고 가는 게 좋을 것 같아 했어요. 그런데……."

"그런데?"

"또 변태 짓을 하는 거예요. 자기 성기를 안 넣고 어디서 준비해 왔는지 바나나를 넣고 쑤시는 거예요."

"아가씨, 남자 한두 명 접 해 본 거 아니잖아. 그건 그리 이상하지 않은데. 그럴 수 있지 않아? 딜도도 사용하는데……."

"네? 나는 그런거 싫어해요."

"하긴 직업이라도 개인적 취향은 다를 수 있으니까?"

"나를 힘으로 제압 하길래 하지 말라고 해도 계속 하는거에요."

"그 때라도 도망쳐 나갈 수 있지 않았을까?"

"그 손님은 가게에서 VIP였고 그렇게 나가면 실장이 나한테 뭐라고 할 거 같고 돈이 필요해서 끝까지 참아보려 했어요. 삽입을 하고 몇 번 떡을 쳤어요. 그런데……."

"그런데?"

"이 새끼가 이번엔 내 손을 묶으려 하는 거예요."

"뭘로?"

"넥타이로요. 여기서 묶이면 끝장이다 생각하고 뿌리치고 나가려고 했어요. 근데 건방지다면서 머리끄덩이를 잡고 싸대기를 때리는 거예요. 그리고 강간을 하려고 했어요. 손으로 막 거기를 후비는 거예요. 피를 많이 흘렸죠. 이러다가 죽을 거 같았어요."

"그래서?"

"발로 얼굴을 찼더니 뒤로 넘어지길래……."

형사는 다음 말을 기다렸다.

"한 번 더 밟아주었어요."

나나는 불리하든 말든 표현을 공격적으로 했다.

"그 때 도망치지는 않았어?"

"네, 핸드백에서 호신용 가스총을 꺼내 방어할 수밖에 없었어요."

"왜 도망칠 수도 있었잖아?"

"쫓아올 거 같았어요."

"말이 안 돼. 그리고 문제는 그 권총이 신고가 안 되어 있고 가스가 나오는 호신용이 아니라 살상까지 가능한 권총이라는 거야."

"어쨌든 난 목숨에 위협을 느꼈고 그렇게 밖에 할 수 없었어요."

"그 총은 일반인에게는 허가를 안 내주는 총인데 소지하는 것만으로도 불법이야."

마침내 조사관이 폭발하자 나나도 불꽃을 피웠다.

"우리는 서로 괴물이었죠."

나나는 하루 만에 구치소에 수감되었다.

1달 후에 첫 공판이 열렸는데 판사를 보고 놀랐다. 판사가 바로 껄떡쇠 회만이었다.

1차 공판이 끝나고 선고를 하기 전에 껄떡쇠를 따로 만나려고도 생각해 보았으나 곧 생각을 바꾸어 그냥 결정을 지켜보기로 했다.

껄떡쇠는 내 예상과 달리 징역 15년 중형을 선고했다. 정당방위는 전혀 고려되지 않았고 살인죄만 적용하여 선고한 것이다.

"혹시나 사람이 사람을 죽인 사건으로 본 것이 아니라 매춘부라는 최하층의 여자가 자기와 같은 동업자를 죽였다는 것을 적용한 것은 아닐까?"

나는 결국 껄떡쇠를 직접 만나서 이야기를 들어보기로 했다. 하지만 그를 만나기가 쉽지 않았다.

캡장이 다시 연락하자 그는 고급요정으로 약속을 잡았다.

요정은 왜 한옥으로 지어야 할까? 이런 생각보다 어떻게 캡장은 쉽게 껄떡쇠를 만날 수 있는가, 이런 생각이 떠올랐다. 그 비밀을 알게 된 것은 그리 오랜 시간이 흐르지 않았다.

대척점에 선 녀석이라 형식적인 몇 마디를 나누고 나서 본론으로 들어갔다.

"정당방위로 봐줘도 되지 않아?"

"이건 정당방위가 될 수 없어. 피의자는 얼마든지 살인을 피할 수 있었어. 감정이 실려서 살인을 한 거야."

"누구라도 이 정도 급박한 상황이면 그럴 수 있어. 이건 무죄지

어떻게 15년이야?"

"총까지 쏠 필요가 없다는 것이 법원의 판단이야."

자리가 무색하게 회만 녀석은 단호하게 나오기에 순수했던 시절 이야기를 했다.

"너 생각 나냐? 교장에게 돌 던진 거."

"난 지금 옛날 친구로 만나는 것이 아니라 판사로 만나는 거니까 호칭 주의해."

"좃 까고 있네."

내가 욕을 하자 그는 술병을 집어 들더니 던지려는 자세를 취했다. 그러다가 다시 참는듯하더니 술병을 강하게 소리 내며 내려놓았다.

"난 전혀 생각 안 나. 전생에서 있었던 일 같아."

"겨우 30년 지났는데 그게 기억이 왜 안나? 난 어제 일처럼 생생한데……."

"난 전혀 기억이 안나."

"돌을 던지는 심정으로 똑바로 판단해."

"나는 법대로 해."

"국회의원은 성매매가 합법이라서 성매매 했냐? 법대로 하지 말고 양심대로 해. 새끼야."

항소를 하기로 하고 항소이유서를 썼다.

성매매가 불법으로 되어있기에 어쩔 수 없이 그가 죽었다는 취지로 작성했다. 만약 합법이었다면 죽은 국회의원도 그렇게 변태행위를 하지 않았을 것이고 나도 위험 때문에 무기를 소지하지 않앉을 것이고 양성화된 거래로 밝은 분위기였을 거라고 작성했고 정당방위에 대해서도 장황하게 피력했다.

그러나 판결은 뒤집어지지 않았다. 끝내 나나의 무죄를 이끌어 내 주지 못해 미안했다.

여론몰이를 해서 유리하게 이끌어 갈 수 있었는데 다른 사건에 묻히면서 판결이 확정되어 버리고 말았다.

더구나 죽은 그 국회의원은 예전에도 다른 여자를 성폭행한 전력이 있었고 개인적인 비리가 아주 많았다. 그러나 이미 이런 것들은 공론화 되어도 충격을 주지 않을 정도로 사람들은 비리에 둔감했고 면역이 되었고 여론의 초점은 어떻게 매춘녀가 국회의원을 죽일 수 있느냐에 맞추어졌다.

그러나 캡장에게, 죽은 국회의원이 누구인지 들었을 때는 역시 한국에서는 우리가 남이가, 라는 것 하나로 모든 것이 귀결된다는 것을 다시 확인하게 되었다.

"너 죽은 사람이 누군지 알어? 껄떡쇠와 사법연수원 동기야."

"그래서 우리나라에서는 프리랜서가 행복하기 힘들어. 그래서 조직이 필요해."

불가능한 꿈을 간직하자

 사설기관을 통해 알아 본 껄떡쇠의 정보를 보고 조금 충격을 받았다.

 "껄떡쇠 할아버지가 친일파였어."

 "친일파가 왜 이렇게 많아. 신경 써서 찾아보니 의외로 많네."

 "사실 그 당시 대부의 사람들은 자연스럽게 친일파 아니었어? 그것이 역사의 큰 죄인지도 모르면서. 지금 대부분이 친미파이듯. 시대 흐름이 그렇기에 하나도 이상하지 않았지. 지금은 대부분 미국으로 유학 가지만 그 때는 모두 일본으로 유학 갔잖아."

 "그래도 친일파는 제거해야 해. 내 또 다른 꿈은 친일파는 모두 죽이는 거야."

 나는 결의에 차서 의지를 보여주었다.

 "넌 은근히 과격해. 지금 그렇게 한다고 무슨 의미야? 이미 늦었어. 지금이 1948년이라면 몰라도 이승만이 못한 걸 지금 어떻게 해. 그렇게 되면 연좌제가 되어버리지."

 "친일파들은 기본적으로 기회주의자고 얍삽한 자들이야."

 "친미파들은 안 그래?"

 "어쨌든 난 껄떡쇠를 죽일 거야."

"뭐라고? 그 말 진짜야, 농담이야? 왜 사람을 죽여?"

"그래도 난 죽이고 싶어."

"어떻게? 총으로?

"시로 터트릴 거야."

"휴, 다행이다. 난 진짜로 죽이는 줄 알았다."

나는 실명을 써서 비리를 적어 문예지에 시를 발표했지만 잠깐 뉴스에 나왔을 뿐 길게 이슈화되지 못했다. 오히려 명예훼손으로 고소당하지 않은 것이 다행이었다.

질기긴 질기다. 껄떡쇠와 인연은 여기서 끝나지 않았다.

"미국 마피아가 한국에 오는데 만나자고 해."

캡장이 격한 어조로 말했다.

"어떤 놈들인데?"

"들도 보도 못한 놈들이야. 지들 말로는 뉴욕 5대 패밀리, 알 카포네의 시카고에서 독립해 나왔다고 하는데……."

"그걸 어떻게 믿어? 그냥 미국 양아치들 아냐?"

"어떤 얘기 하는지 일단 만나봐야겠어."

미국 마피아 일파는 처음에는 교외의 한적한 카페에서 만나자고 했다. 하지만 우리 보스인 대마왕과 캡장과 나는 시내의 호텔 커피숍에서 보자고 했다.

결국 호텔 커피숍에서 만난 3명의 자칭 알 카포네 분파들은 3류 영화에 나오는 단역배우처럼 어설픈 느낌이었다. 겉으로는 명품 양복을 입었지만 자연스럽지 못하고, 빌려 입고 나온 것처럼 기품 은 하나도 없었고 촌스러운 느낌이었다.

앵글로 색슨 인종은 없고 라틴계 1명, 흑인과 백인의 혼혈 1명, 인디오와 백인혼혈 1명이었다.

데리고 온 통역의 한국말도 교포 3세인지 한국어 발음이 혀 꼬부라진 소리를 했다.

"한국에서 같이 협력할 일이 있을 것 같은데 우리가 도와주겠다."

"무엇을 어떻게 도와준다는거냐?"

대마왕이 당당하게 물어보았다.

"경호사업, 회사 기업합병 하는데 우리가 잘 할 수 있다."

"그런거 필요 없다. 우리도 잘 한다."

"우리는 합법적으로 해."

"그럼 너희 나라에 가서 해. 뭐 하러 멀리 물 건너 왔어?"

나는 이렇게 말하고 싶었다. 하지만 대마왕은 그들과 연계하여 이득을 취하고 싶어 하는 눈치였다.

"너희들이 미국에 오면 저 밑에 일개 분파도 안 돼. 우리가 놀아줄 때 고맙다고 해."

마피아 분파는 재차 자신의 우월감을 강조했다.

"긴 말 하지 말고 꺼져."

내가 직격탄을 날리자 대마왕이 나를 저지했다.

"가만있어. 몽도. 마피아 똘마니라도 미국은 무서운 놈들이야."

우리가 뻣뻣하게 나가자 우두머리로 보이는 가운데 앉은 라틴계가 상의 양복 안에서 슬며시 권총을 보여주었다.

나는 바로 맞받아쳤다.

"여기서 그걸로 쏘려고?"

"그럴 수도 있어."

"그럼 한 번 쏴 봐."

나는 벌떡 일어나 라틴계에게 다가가 가슴을 들이밀었다. 나는 이미 알고 있었다. 그들은 쏘지 못할 거라는 것을. 그들은 한국이 어떤 곳이라는 것을 이미 다 듣고 왔을 것이다. 한국에서 환한 대낮에 총을 쏘았다가는 바로 연행되고 인생 끝장난다는 것을 알고 있을 것이다.

그래서 나는 일부러 호기를 부려본 것이다.

라틴계는 다급히 일어서서 마지막 말을 남기고 사라졌다.

"다시 한 번 잘 생각해 봐. 언제든 우리가 필요할거야. 그리고 오늘 이후로 무슨 일이 생길지 몰라."

나는 기분이 나빴다. 하지만 나는 단호하게 말했다.

"그래 필요하면 그 때 같이 하자. 지금은 아니야."

그때 캡장이 겁을 먹었는지 다급히 말하며 통역에게 빨리 통역하라고 했다. 통역은 부드럽게 말했다.

"너무 기분 나쁘게 생각하지 말고 오늘은 이만 헤어지고 다음에 또 만나자."

그들이 가고 나서 대마왕과 캡장과 나는 의견 차이를 보였다.

"형님, 우리가 못하는 거 그 놈들이 해 줄 수 있고 필요한 부분이 있을 겁니다. 가끔씩 손잡고 일을 하는 것도 좋지 않습니까?"

캡장은 대마왕에게 자신 있게 요리할 수 있다고 큰소리 쳤다.

캡장은 현실주의자이고 전형적인 반도의 특성을 가진 한국인인 것을 부인할 수 없는 것이 확실하다.

"그렇게 하다보면 점차 주도권을 놈들에게 뺏기게 되어 있어. 야만인 같은 놈들인데 어떻게 해서든 우리를 박살낼 거야. 일정하게 거리를 두는 것이 좋아."

대마왕은 대학을 중퇴했지만 똑똑하고 예지력이 있고 머리 회전이 빠른 사람이었다.

"알겠습니다, 형님."

캡장은 대마왕 앞에서는 말은 그렇게 했지만 나에게는 다른 말을 했다.

"강한 자에게는 덤비는 게 아냐. 현실적으로 지금 부딪히면 우리가 박살나. 우리가 저 놈들 밑으로 들어가지 않으려면 저 놈들 영역을 인정해 주면서 우리 세력도 보장받는 협력이 필요해."

"이제 슬슬 무기를 쓸 때가 되어가네. 그리고 무기를 더 구입해야겠어."

"뭐? 넌 시가 무기잖아."

"교과서 집필자 같은 소리 하고 있네. 넌 꿈만 집어먹고 살아라."

"모르겠다. 마음대로 해라."

"이태원으로 갈까 부산으로 갈까? 마약으로 할까, 돈으로 할까?"

러시아제 권총들은 오래되어 한물 갔고, 필리핀 세부에서 직접 밀링머신으로 만든 사제 총들은 쓰다가 터질 것 같아 불안했고, 중국에서 들여오는 미국산 총들이 쓸 만했다.

무기 밀수를 하다 보니 이 분야도 재미있었다.

아예 이쪽으로 나설까, 이런 유혹도 생겼다. 랭보도 무기 밀매했었잖아.

1달 후에는 야쿠자 조직 중 하나에서도 만나자고 연락이 왔다.

"도대체 왜들 이렇게 우리와 친하게 지내자고 하는지 알 수가 없어. 우리를 뭘로 보는 거야? 핫바지로 보는 거야? 조용히 찌그러져 있는 아침의 나라로 보는 거야?"

이번에 접근해 온 야쿠자는 일본에서 단속을 피하기 위해 쫓기다가 한국으로 도피하려는 조직이었다. 활발하게 활동하던 큰 조직의 하부조직으로 무슨 제안을 하려고 하는지 만나보았다.

야쿠자 한국지부 오야붕은 일본이 한국에 많이 진출해 있는 대출사업에 대해 이야기 했다.

"대출사업, 한국에서 하면 대박이야."

"어떤 내용인지 알 것 같으니까 말 꺼내지 말고 가라."

"일본의 최고 대출 이자가 20%인데 한국은 40% 후반대니까 2배 장사야. 바지사장을 너희가 세워주면 일부를 줄게."

그들의 수법을 우리는 이미 알고 있었다. 돈을 못 갚으면 대출자에게 돌려막기 하라며 다른 대출업체를 소개시켜 주지만 그 업체 또한 자기들과 같은 패거리이다.

"우리는 말려드는 장사는 안 해."

야쿠자에 대해서는 우리 3명 모두 거리를 두자는 것으로 의견 일치를 보았다.

일본 조폭이 물러가고 중국의 흑사회까지 연락와서 한국에서의 활동을 자기들이 도와주겠다고 하자 대마왕은 귀찮은 표정과 동시에 조금은 겁을 먹은 표정이었다.

말이 협조지 실질적으로는 그들의 앞잡이가 되어 한국에서 순조롭게 자기들의 일을 하라는 것이나 다름없었다. 그러나 흑사회의 조직은 상상을 초월한다.

"왜 좁은 땅덩어리에서 뭐 먹을 게 있다고 다를 하이에나 떼들처럼 와서 지랄발광들이야."

"흑사회가 어떤 놈들이냐 하면 환한 대낮에 총으로 무장을 하고 거리를 나대는 놈들이야. 아무도 못 건드려."

대마왕은 우리 둘을 부르더니 다른 어느 때보다 더 진지하게 말했다.

"어느 놈들과 손잡을 때 유리할까 머리 좀 굴려봐."

결국 보스인 대마왕이 최종 결정해야 할 일이지만 캡장은 사실 마피아와 연계하기를 바랐다. 왜냐하면 캡장은 이미 마피아의 일부와 연이 닿아 훨씬 쉽게 일을 진행할 수 있기 때문이다. 어차피 실무적인 것은 캡장이 해야 할 일이므로 흑사회와 일을 시작하려면 처음 보는 녀석들과 시간도 걸리고 노력도 더 들기 때문이었다.

사실은 그것보다 다른 이유가 있었다. 캡장은 이미 마피아와 연계하여 몰래 이권을 챙기고 있었던 것이다. 나는 알고도 모르는 척 해 주고 있었다.

"법을 무서워하지 않지만 중국은 무서워한다. 흑사회에게 먹히고 싶어?"

대마왕은 흑사회 쪽에 강하게 기울었지만 나는 이들과 또 다른 의견을 내었다. 나는 계속 말했다.

"이 놈들과 연계하면 결국 우리만 손해 봅니다, 형님. 차라리 우리가 해외로 나가 국제적으로 활동하는 겁니다."

"의도는 좋은데 현실이 개털이잖아. 고독하면 살아남기 힘들어. 놈들을 이용하면 되는 거야."

"강한 놈이 이기는 거지. 어떻게 우리가 놈들을 이용합니까? 이용당하지 않으려면 자체적으로 힘을 길러야 합니다."

"혼자 힘으로는 할 수 없는 것도 있잖아."

야쿠자, 마피아와 흑사회는 목적이 다 달랐다.

말로 하다가 안 되면 습관대로 때려 부수겠지만 그나마 말이 통했는지 요란한 소리는 들리지 않았다.

이들도 서로 만나 협상한 것 같은데 궁금한 것은 이들은 무슨 언어로 대화했을까? 영어? 중국어? 일본어?

아마도 통역이 무척이나 바빴을 것이다. 그리고 통역 하는 사람도 많이 필요했을 것이다. 적어도 3명의 통역사가 필요할 테니까.

이들의 속셈은 서로 싸우지 말고 지역을 할당하여 나눠먹자는 것이다.

"이 새끼들이 누구 마음대로 우리 땅에서 나눠먹어?"

나는 캡장과 단둘이 만나 물었다.

"꼭 마피아 밑으로 들어가야겠어?"

내가 먼저 선수를 쳤다.

"밑으로 들어가는 거 아냐. 협력하는 거지."

"그게 그거지. 노예처럼 살아라. 난 자유인으로 살거다."

"공생이라니까?"

"악어와 악어새 관계 아냐?"

"미국 시장으로 진출을 할 수 있어."

"놈들도 거꾸로 국내 진출 목표가 있잖아. 누가 이길 거 같아? 돈 많고 힘세고 쪽 수 많은 놈이 이기는 거야."

마피아와 흑사회가 한 판 붙을 거라는 소문에 팽팽한 긴장감이 흐르고 있었다. 아니나 다를까 도박장 운영권을 놓고 드디어 마피아와 흑사회가 전쟁이 일어났는데 그러나 김이 새고 말았다. 정작 서로 눈치만 보느라 싸움을 시작했지만 싱겁게 끝났던 것이다.

한국 경찰의 눈에 띄면 좋을 게 없기 때문에 굳이 소란을 피울 이유가 없었다.

조직원들이 약간의 타박상만 입고 각자 다시 집으로 돌아갔다.

대마왕이 캡장을 부르더니 심각한 이야기를 한 모양이었다. 나만 빼고 이야기한 것에 대해 질투심은 없었다. 그 둘만이 필요한 이야기이기 때문에 나를 부르지 않은 것이라고 생각했다.

캡장은 나에게 와서 회의 결과를 통보했다.

"이번에 흑사회와 손잡고 마약 펀드에 참여하기로 했어."

"네가 산타냐?"

마약을 나눠주는 사람을 이 세계에서는 산타라고 불렀다. 선물 나눠주듯이 마약을 나눠준다고 산타라니 참 낭만적이다.

"그래, 내가 우는 아이에게는 선물을 주지 않는 산타다."

"욕망의 폭주기관차를 탔구나. 어떻게 네가 그 큰 조직을 감당하려고?"

"내가 직접 하는 건 아니고 부산에서 온 것을 쬐금 받는 거야. 전국 조직들이 다 참여하는 거니까 괜찮아. 북한산 마약 끝내주잖아. 그걸로 한 건 해서 딴살림 차려야지."

"누워서 떡 먹기면 누구나 하지."

캡장은 더 이상 말하지 말라는 듯 말을 끊고 황급히 사라졌다.

"나 바쁘다. 테스트 해 볼 약쟁이 좀 찾아야 해."

"망해서 오면 내가 받아주고 잘되면 너 칠거야."

 나는 여기서 결단을 내려야 했다.

 이들을 제거하고 혁명을 일으키느냐, 독립하여 나오느냐. 이것이 문제로다.

 혁명을 일으키려면 동조세력이 필요하다. 하지만 나는 조직 내에서 충실한 부하들의 숫자가 부족했다. 전쟁을 일으키면 질 것이 눈에 보였다.

 캡장은 마피아에 이어 흑사회와도 친하게 지내며 별다른 사고 없이 한동안 순탄하게 달렸다.

 나는 더 많은 총기를 구입하기 위해 루트를 알아보았다. 양다리를 걸치는 것은 불길한 느낌이 들었기 때문이다.

 소말리아 해적이 쓰던 RPG-7 바주카포의 조상인 대전차 로켓포까지 구입해서 지하 벙커에 모셔놓고 나서 큰 안도의 한숨을 쉬었다.

"왜 이게 장난감처럼 보이지?"

 나의 질문에 오른팔인 애쓰라가 대답했다.

"미국 서부영화에서 보면 장난처럼 사람을 죽이지 않습니까? 그 생각이 떠올라서 그렇지 않습니까? 형님."

"형님이라고 부르지 말라고 했지?"

"아참, 네 알겠습니다. 대장님."

 나는 형님이라고 부르지 말고 그렇다고 시인이라고 부르지도 말고 대장이라고 부르라고 지시했다. 우리는 독립하는 순간부터 조폭이 아니고 군대의 성격을 지닌 테러리스트로 가기로 결정했기 때문이다.

시인, 이라는 이름도 좋은 호칭이다. 시인이 되기 위해 열정의 시간을 바치고 시인이라는 이름이 그 어느 이름보다 위대하지만 지금은 대장이라고 불리우고 싶었다.

그리고 내가 테러리스트가 되기로 결심한 이유는 캡장이 외국 조폭들과 협력하여 뭔가를 꾸미려고 했기 때문이었다. 그렇게 된다면 한국의 정치권이나 경제는 무력해지고 저들의 손으로 넘어가는 것이다.

"정의는 총구에서 나온다. 누가 더 빠르고 정확하게 방아쇠를 당기느냐 문제지."

"네. 권력도 총구에서 나오죠. 대장님."

캡장을 다시 만났다. 캡장은 현실적이고 처세의 달인처럼 말했지만 순진한 생각이었다.

"흑사회와 연계해서 얻을게 있고 마피와와 협력하여 얻을 게 있어. 그게 생존의 길이야."

"그 놈들은 우리를 이용만 할 뿐이고 한국을 전쟁터로 만들려고 하고 있어. 바보라서 모르는 거야, 진짜 바보야? 이 순진한 척 아부쟁이야."

이렇게 강하게 말했음에도 불구하고 캡장이 미국 3류 마피아와 만나서 도박장 일부를 보여주고 기념사진을 찍었다는 정보를 들은 날 바로 나를 따르는 20여명을 데리고 야유회라는 이름으로 훈련을 가기 위해 군산으로 떠났다.

버스 한 대로 가지 않았다. 5명씩 나누어 차를 타고 집합 장소에 모였다. 미행하는 차가 있을 거라 생각했는데 다행히 없었다.

도착하여 오전에 시낭송을 했다.

체 게바라의 시를 하나씩 암송하여 발표하기로 했다.

핀셋. 역사는
망설이는 것을 허용하지 않는다.
무엇을 해야 할 것인가?
우리가 할 수 있는 대답은 이것뿐이다.
폭력은 착취자들만의 전유물이 아니다.
피착취 자들 역시
폭력을 행사할 수 있다.
단지 적절한 경우에만 사용해야 한다.
마르티는 이렇게 말했다.
싸움을 피할 수 있는 데도
싸움을 하는 자는 범죄자다.
그런 자는 피해서는 안 될 싸움에는
꼭 피한다.

이 시를 읽고 순간 떠오른 짧은 글을 하나 메모했다.

한국에서 강자의 폭력은 정당하게 여겨지고 약자의 폭력은 엄벌에 처한다.

서정, 그 이름

다시 서정 생각이다. 너는 보들레르의 애인 잔느 뒤발이냐, 시 한 줄과 자신의 재산을 바꾸겠다던 백석의 애인 자야냐?

결론을 내리지 못하고 있을 때 서정에게서 연락이 온 것은 눈이 아주 많이 내린 다음날이었다. 서정에게서 전화가 온 것은 아주 큰 눈이 온 것처럼 아주 큰 사건이었다.

서정은 안부 전화라고 하며 끊으려고 하는 것을 내가 붙잡았다. 뭔가 나에게 할 말이 있는 것이 분명했다.

껄떡쇠 회만과의 소문은 이미 들어서 알고 있었다. 껄떡쇠 회만과 서정은 사이가 안 좋아 별거를 하고 있다고 했다.

내가 만나자고 하자 서정은 다음에 전화하겠다고 하고 끊었다.

일주일 후에 다시 전화가 와서 내가 만나자고 자꾸 조르자 서정은 그때서야 마지못해 수락했다.

서정과 만나기로 하고 저녁이 되니 불안해 지기 시작했다. 심약한 지식인에서 강인한 전사가 되었지만 서정의 모습을 상상하고 데이트라고 생각하니 수험생처럼 긴장되기 시작했다.

다음날, 서울로 올라가 막상 서정을 본 순간, 다른 사람이 나온 것이 아닌지 의심이 들 정도였다. 살이 많이 빠졌고 무척 지쳐보였고 초췌해 보였다.

마지막으로 서정을 본 기억이 생생하다.

20여 년 전, 노란 은행잎이 마구 떨어져 거리가 온통 노란 가을이었다. 서정도 연한 노란 원피스를 입고 있었다. 서정이 은행잎인지 은행잎이 서정인지 분간하기 어려운 가을이었다.

"시 100편이야. 네 생각만 하면서 썼어."

내가 내미는 노트를 보자 서정은 놀라는 표정이었다. 기쁨과 동시에 불안한 얼굴, 이런 표정을 애써 감추며 가만히 노트를 펼쳐 보았다.

"고마워. 나..............결혼해."

나는 앞이 노랗다. 그렇지 않아도 노란 나뭇잎이 지천에 깔려 노란데 노란 세상이 빙글빙글 돌았다.

그 때 그랬던 서정이 20년 만에 내 앞에서 고해성사 같은 말을 했다.

"네가 보낸 시를 다 가지고 있어."

나는 서정의 그 한마디에 가슴이 다시 두근거리기 시작했다. 내 시를 가지고 있다는 그 한마디에.

서정은 가방에서 편지 봉투를 한 뭉치 꺼냈다. 내 글씨체로 된 편지봉투를 보자 이상한 기분이 들었고 왈칵 눈물이 나오려는 것을 억지로 참았다.

"그동안 어떻게 지냈니?"

내 질문에 서정은 그동안 있었던 많은 사건들을 이야기했다.

서정은 껄떡쇠 회만과 결혼하고 껄떡쇠 회만은 서정에게 하녀가 되기를 요구했으나 서정은 공주처럼 자라왔기에 그렇게 할 수 없었다. 서로 맞지 않았다.

"내 옷을 거칠게 잡아 찢었어. 단추가 다 뜯어져 나가고 땅바닥에 내동댕이치고 몽둥이를 들고 날 때렸어. 미친 사람 같았어. 피하려 했지만 피할 수도 없었고 입술, 얼굴이 터져 멍이 들었어. 내옷을 발기발기 찢었어. 난...... 알몸으로..... 알몸으로 쫓겨났어."

나는 눈물을 보이지 않으려 했는데 이 말을 듣자 눈물이 쏟아져 뒤돌아 서야했다.

결정적으로 껄떡쇠 회만은 미국에 자주 나간 적이 있었는데 거기서 있었던 일 때문에 큰 싸움을 했다 한다. 껄떡쇠 회만은 미국에서 다른 여자와 사귀었다. 그 여자와 정신적 관계를 맺었는지 안 맺었는지는 모르겠지만 육체적으로 관계를 맺은 것은 분명하다. 그리고 그 여자는 죽었다. 여자는 껄떡쇠 회만을 도와주는 비서였는데 그 사건은 쉬쉬 하게 되어 현지에서도 크게 이슈화되지 못했다.

이 이야기는 T. S. 엘리엇의 시 '여인의 초상'의 첫 대목 에피그라프의 내용과 똑같았다.

너는 범했다. 간통을. 그러나 외국에서의 일이다. 게다가 계집애는 죽었다. (말타 섬의 유대인)

첫 구절에 나오는 이 대사는 수도승이 유태인 바라바에게 간통을 했다고 비난하는 말이다. 껄떡쇠 회만도 이 시를 알고 있을 것이다. 원시림 선배가 읽어준 적이 있기 때문이다.

껄떡쇠 회만은 천천히 서정에게서 뒷걸음질 치기 시작했다. 그리고 떠났다.

"난 버림받았어."

서정이 고정관념에 사로잡혀있는 것 같아 나는 그것을 깨고 싶어 말했다.

"사람은 버릴 수도, 버림받을 수도 없는 거야."

"그래도 난 버림받았다니까."

버림받은 게 아니라고 말했지만 끝까지 서정은 버림받았다고 했다. 나는 서정에게 끝까지 내 사상을 밀어붙이거나 반박하지 않았다. 서정이 그렇게 표현하니 그렇게 들을 수밖에.

서정은 나에게 미안하다고 덧붙였는데 눈가에 판다 곰처럼 검은 띠가 도드라져 보였다.

"서정아."

참으로 오랜만에 불러보는 이름이었다. 아니 언제 그 이름을 불러보았던가. 처음으로 불러보는 이름이었는지도 몰랐다.

자세히 보니 서정은 몸이 뻣뻣한 상태였다. 그렇게 발랄하던 모습이 이렇게 처참하게 변하리라고는 상상도 못했다.

한동안 나를 쳐다보던 서정이 고개를 숙이더니 촛농처럼 뚝뚝 눈물을 떨어뜨렸다.

서정을 바라보는 나도 애잔하고 서럽고, 반갑고 만감이 교차했다.

"그동안 찾아가지 못해서 미안하다. 널 한 시도 잊은 적 없어."

"근데 왜 바보같이 날 놓쳤어?"

"결국 부메랑처럼 돌아왔잖아."

"예상했어? 그럼 대단해."

나는 서정에게 신경정신과 다니냐고 물어보지 않았다. 서정이 먼저 1달에 1번 신경정신과 약을 타러 간다고 했을 때 나는 담담한 척 말했다.

"난 변하지 않았어. 난 계속 너에게 가고 있는데 그 이유를 아니?"

"몰라."

"내가 너에게 가는 이유는 너의 허물까지 다 감싸 안을 수 있다는 의미야."

서정은 이 말에 심장이 덜컹 움직였던 것 같았다. 영롱한 눈이 더 영롱하게 되더니 금방 눈망울이 촉촉이 젖었다.

나는 내친 김에 더 강하게 평소에 생각하고 있는 것을 말했다.

"내가 바다에 가는 것은 빠질 수 있는 위험을 알지만 물과 내가 하나 되어 내가 영원히 물이 되어도 좋다는 의미야."

마치 시처럼 들렸을 것이다. 당연하지. 나는 평소에 늘 시를 생각하고 있으니까.

시간이 순간 정지한 것처럼 서정은 미동도 하지 않았다.

"남산에 한 번 가보고 싶어. 서울 시내를 다 보고 싶어."

서정은 어색한 순간을 피해보려는 듯 동문서답으로 답했다.

"그래 내일 남산에 가자."

다음 날 남산에 올라가서 서울 시내를 구경하며 소소한 이야기를 하며 시간을 보냈다.

그리고 한 달 후 다시 만났을 때 나는 말했다.

"시로 정신치료를 할 수 있어. 약물치료는 부작용이 있지만 시치료는 부작용 없어."

나는 평소 관심 있게 읽은 책에서 생각나는 대로 말해 주었다.

"꽃으로 너를 때려주고 싶다. 왜 너는 너의 마음을 보여주지 않니. 아름다운 꽃으로 너를 때리면 너는 꽃의 잎을 따서 버리고 꽃잎들은 떨어지며 너를 원한다 원한다. 너는 꽃잎에게 다가가 미안하다고 해야 한다. 미안하고 고맙다고……."

"시시해."

서정은 흐느끼며 말했다. 그리고 계속 이어서 말했다.

"난 공부만 했어. 밤낮 공부만 했어. 진짜 하기 싫었는데..... 흑흑..... 공부만 했어. 나 즐거운 시간이 한 번도 없었어. 하기 싫어도 공부만 하고 결혼도 부모님의 권유대로 하고..... 하지만 이게 뭐야."

"이제부터 공부는 절대 하지 말고 많이 놀아."

"노는 법 좀 가르쳐 줘."

어디 가서 놀까 고민하다가 우리는 다음날 동물원에 가서 원숭이를 구경했다. 암컷 둘에 수컷 하나. 질투하고 싸우는 암컷 원숭이, 두 암컷 사이에서 왔다가 갔다 하는 수컷 원숭이.

"나이트 가자니까 웬 동물원?"

"동물원 가자고 했잖아."

서정은 가고 싶은 곳이 많은 것 같았고 계속 바뀌었다.

"나이트 가기 전에 동물원 코스 한 바퀴 돌자. 저 애니믈들 좀 봐. 가끔은 애니믈처럼 살고 싶을 때가 있어. 저 동물들은 정말 순수하지. 그런데 사회에 애니믈들이 많아서 어지러울 때가 있지만 너 같은 경우는 조금은 직설적이어야 해. 참지 말고, 감정표현을 많이 하면 좋아져."

서정은 내가 말하는 것을 진지하게 들었다.

"수동적인 태도로 자기 생각을 표현 못하고 그저 참고 순종하는 게 미덕이라고 생각했지. 그게 쌓여서 병이 된 거야. 이제부터 너 자신을 찾아봐. 네가 진정 원하는 게 무엇인지 너 스스로에게 물어봐."

"나도 시 써보고 싶어. 그런데 어려워."

"시는 어려운 게 아냐. 그냥 생각나는 대로 말하는 게 시가 될 수도 있어. 자 지금부터 내가 암송하는 시를 절실히 느껴봐. 그럼 기분이 좋아질 거야. 남자 화장실에 가면 이런 글이 있어."

서정은 궁금해서 견딜 수 없다는 표정으로 나의 다음 말을 기다렸다.

"남자가 흘리지 말아야 할 것은 눈물만이 아닙니다. 이런 게 바로 시야."

하하하 순례의 끝으로 나이트클럽에 갔다. 서정은 평생 한 번도 가보지 못한 곳이라고 하며 긴장하고 흥분된 것 같았다. 집에서 살림만 하느라 못 가본 곳이 많다고 했다.

요란한 음악이 귀를 찢을 듯 한 공간에서 격렬하게 춤을 추는 서정을 보자 내가 아는 서정인가 의구심이 들었다. 서정은 온몸에 땀이 비 오듯 했지만 계속 춤을 추었다. 깔깔깔깔 웃다가 캬악 소리를 지르며 그동안 쌓였던 스트레스를 풀기라도 하듯 힘차게 발산했다. 이윽고 부르스 음악이 나오자 내 목에 매달리며 축 늘어져 온몸을 나에게 맡겼다.

그렇게 데이트를 하는 동안 나도 서정과 함께 행복감을 느꼈다. 서정의 상태를 알고 나서 나는 서정을 위해 무슨 일을 할 수 있을

지 생각했다.

　서정의 병은 무엇이고 어떻게 고칠 수 있는지 책을 보며 공부했다. 나는 시도 독학으로 공부했고 컴퓨터도 독학으로 공부했고 무엇이든 독학으로 공부를 했다. 그래서 임상심리학을 독학으로 공부했다.

　"서정아, 고마웠어. 너 때문에 시를 계속 쓸 수 있었고 시 때문에 나의 절망이 자살로 이어지지 않았어. 아니 시가 나를 구원했고 네가 나에게 살아가는 의미를 주었어. 서정아, 내가 약 끊게 해줄게."

　"어떻게?"

　"나, 심리학 공부했어."

　서정은 마음이 움직였는지 아니면 다른 생각을 하는지 가만히 나를 쳐다보았다.

　병원에 가서 서정의 담당 의사를 만난 것은 그로부터 일주일 후였다.

　"많이 좋아졌어요. 하지만 아직 약은 계속 먹어야 합니다. 재발 가능성이 높으니 평생 약 먹을 생각을 하세요."

　"선생님, 선생님의 말 한마디가 중요합니다. 저희에게 희망을 줄 수 있잖아요. 약 끊을 수 있다는 말씀 한마디만 해주세요."

　"약은 평생 먹어야 합니다."

　"제발 한마디만 해주세요. 희망을 가질 수 있도록 말에요."

　"약은 만약의 사태에 대비해서 먹는 겁니다."

　"그건 알아요. 하지만 환자에게 용기를 줄 수 있잖아요."

　"약은 계속 먹어야 해요."

"저도 심리학, 정신병리학, 상담심리 공부 많이 했어요. 약 말고 다른 방법도 많잖아요."

"약은 아주 현실적으로 반응이 빨리 오기에 먹어야 해요."

"그건 알겠는데 평생이라뇨?"

"재발을 방지하기 위해서예요."

"알아요. 차츰차츰 끊을 수 있잖아요."

"하지만 안전을 위해 평생 먹어야 해요."

의사는 계속 같은 말만 반복해서 말했다. 나는 서정을 잡아끌었다.

"서정아 가자. 앞 뒤 꽉 막혔네. 약장사야, 약장사."

나는 책상을 세게 치며 일어났고 큰소리로 의사를 비난했다.

"의사 면허 있다고 다 의사는 아니야."

그 자리에서 같이 소리 지르고 화내는 서정을 의사는 뚫어지게 쳐다보았다.

의사의 의도된 상담과 진료 때문인지 서정은 그로부터 1주일 후에 병원에 입원을 하게 되었다. 외상 후 스트레스 장애라고 하는데 조금 과격할 뿐 이상한 행동은 없었다. 하지만 회만과 그의 가족들은 서정을 정신병원에 입원시켰다.

입원하기 싫다고 울부짖는 서정의 괴성과 몸부림이 눈에 선했다.

서정을 이렇게 만든 장본인 회만에게 언젠가 복수하겠다고 다짐했다.

"서정아, 조금만 참아. 괴물을 처단해 줄게."

나의 시는 법보다 위

고등학교 졸업한지 30년이 되었다. 고등학교 3년은 30년처럼 길었고 졸업 후 30년 세월은 3년처럼 금방 지나갔다.

30년 동안 가장 많이 변한 것은 정보통신이고 변하지 않은 것은 권력, 재산, 학벌이 아직도 강한 무기라는 것이다. 그리고 이해가 안 되는 나라의 시스템이었다.

2014년 세월호가 무참하게 바다에 침몰할 때 나는 나라가 침몰하는 모습을 보았다. TV에서 배는 침몰하고 있는데 경비정 몇 척만 배 주위를 돌며 아무것도 하지 않는, 하지 못하는 해경들의 모습이 마치 예술가들의 현실 같았다. 그 2년 전에는 어느 시나리오 작가가 먹을 것이 없어서 죽었다.

[부고] 예로수 본인 상. 빈소 : 서울병원 장례식장. 발인 1월 27일(토)

문자는 용건만 간단하게 찍혔다. 아마 로수의 유족들이 보낸 것 같았다.

로수의 부고 문자를 받았을 때 충격과 함께 한편으로는 불안한 것이 드디어 터졌구나, 하는 생각이 들었다.

오랜만에 보지 못한 친구들을 만나는 장소는 누군가 떠나는 장소이다.

친구들 대부분이 왔지만 원시림 선배, 회만은 오지 않았다.

우리는 자리에 없는 사람의 이야기를 하며 그들에게 로수에 대한 슬픈 마음을 덧씌우려 했다. 없는 사람의 뒷담화를 하면 로수에게 조금이나마 위안을 줄 수 있을 것 같았다.

"시림 선배, 고고한 것도 좋지만 한 때 같이 했던 후배가 죽었는데 오지 않는 건 너무 외곬수 아냐?"

"둘은 문학이라는 공통점은 있지만 상극이니까."

"극과 극은 통한다고 누가 그랬어? 욕망을 노골적으로 드러낸 자와 숨긴 자. 이게 지금 우리 사회의 갈등의 핵심이지."

"강한 자기 철학이 있거나 도를 닦는 사람이 정신적 조폭이라고 누가 그러더라."

"난 시림 선배가 베스트셀러 책을 낼 줄은 생각도 못했다니까."

"시림 선배가 난해한 시를 쓰다가 대중적인 쪽으로 돌아선 이유가 무엇일까?"

"아마도 부질없음, 허무, 외로움이겠지. 나도 요즘 혼자 시 써놓고 이걸 누가 읽을까 생각될 때가 있어. 혼자 쾌감 느끼는 마스터베이션은 너무 고혹해."

로수의 소설에 음란물이라는 덫이 씌어져 로수는 감옥까지 가서 고생하다가 교수직에서도 밀려나고 왕따를 당했다.

나도 선배들로부터 왕따를 당해 홀로 글을 쓰다가 폭력의 세계로 넘어온 것이다. 언젠가 한 선배에게 모두 시림 선배의 아류작을 쓴다고 말했다가 인연을 끊겠다는 말을 들었다.

검찰로부터 고발된 로수의 소설 '나는 뒤에서 빠는 것이 좋다'에 대한 법정의 간섭에 나는 강력하게 항의하는 서명을 주도한 적이 있었다.

친구들과 나는 로수가 자살했다는 것이 실감이 나지 않았다. 1주일 전에 마지막 만남에서도 로수는 쓰고 싶은 글을 말하며 활기에 차 있었다.

"얼마나 힘들었으면 스스로 목숨을 끊을까?"

"자살은 나쁜 거라고 하지만 그 고통은 당사자 아니면 느끼지 못하니까 함부로 욕할 수가 없다."

굳세게 버티고 싸우는 모습이 좋았는데, 조금만 더 싸우면 이길 수 있는 날도 올 거였는데... 문학은 싸움이라고 간파한 캡장의 말을 계속 들려주었더라면…….

"10년만 앞서 갔더라면 괜찮았을 텐데 50년을 앞서가서 고생했다."

"로수가 앞서간 게 아니고 우리 사회가 뒤쳐진 거지."

언젠가 로수와 술 한 잔 마시면서 나에게 털어놓은 일이 생각난다.

"괴롭다. 외롭다. 혼자 싸우는 것이 너무 힘들어."

"그 정도 예상 못하고 글을 썼어?"

"예상한 것과 실제는 달라."

"외국으로 가는 건 어때?"

"그건 싸우는 것이 아니고 도망치는 거잖아?"

"조금만 견뎌보자. 좋은 날이 오겠지."

"무서워. 법이 이렇게 무서운 건지는 이제야 알았어. 그래서 요즘은 이런 생각까지 한다니까. 나이는 들었지만 법 공부해서 지금이라도 법관이 되는 것은 어떨까 하고."

"나도 가끔은 그런 생각을 했어."

"글 쓸 의욕이 없어. 또 당할까 봐 겁난다. 모순덩어리야. 헌법에 분명 '표현의 자유'가 있는데도, 한국에서는 성(性)에 대한 표현의 자유는 없어. 표현하면 처벌하는 미친 나라야."

"잘못된 건데... 하루아침에 바뀌긴 힘들 거야. 네가 외로운 투사처럼 홀로 가는 모습이 위대하다."

"이젠 지쳤어."

"로수, 예전에 네가 한 말이 생각난다. 예술가는 조폭 같아야 한다고. 조폭 정신으로 글을 써야 한다고."

"내가 그랬어?"

"그래."

"옛날 얘기군."

로수가 그랬다.

"우리나라 시인 소설가들은 양처럼 나약해. 그런 정신으로 자기 세계를 펼칠 수 있겠어? 조폭처럼 글을 써야 해. 칼이 들어와도 쓰던 펜은 놓지 말아야 해."

로수는 나름대로 끝까지 싸우다가 갔다.

그를 떠나보내고 우리끼리 그의 희생에 대해 평가를 했다.

"예로수는 모난 돌이 정 맞은 권력의 희생자야."

예로수의 영정 사진 앞에서 나는 소리 낮게 중얼거렸다.

"네가 바로 테러리스트이고 진정한 조폭정신 투철한 선구자였는데 자살하다니... 더 살아서 지속적인 힘만 있었다면 좋았으련만 나는 다른 방법으로 버텨보련다."

그가 총이라도 들고 끝까지 싸웠으면 싶었다.

"그런 의미에서 예로수 문학상 제정과 예로수 문학관 건립은 어때?"

나는 친구들에게 물었다.

"아직은 시기상조야. 언론에서 뭐라고 하겠어?"

"살아있는 문인 이름으로 문학관과 문학상도 있는데... 그게 무슨 상관이야?"

"이미지도 아직은 개선되지 않았고…….'

"문학상과 문학관이 로수를 영원히 살게 하는 방법이야."

회만은 끝내 나타나지 않았다. 세월이 흘러 다른 세계에 살더라도 치열했던 문학반에서 같이 추억을 나누었던 친구가 마지막 가는 길인데 끝내 아무런 인사도 하지 않았다.

로수가 음란물이라는 오명으로 어려움에 처했을 때 도와주지 못한 죄책감인지, 아니면 이제는 관심사 밖이라는 것인지, 주변 시선을 의식했기 때문인지, 무엇인지는 잘 모르겠다.

로수의 작품을 보고 역겹고 입덧하는 것 같다고 한 작가와 같은 당에 소속이 되어 이미지 때문에 공식적으로 오지는 못한 것이라고 생각하자.

시조테

나나는 형기를 다 채우고 출소하여 유일한 여자 조직원으로 나와 같이 일하게 되었다.

"이번에 시범으로 경찰들이 칠거라는 정보가 올라왔습니다."

우리 정보담당 핑거맨인 '미어캣'이 수집한 정보를 보고했다.

"대상이 누구야?"

"우리와 대마왕파입니다."

나는 배후에 회만이 있다는 것을 알 수 있었다. 그러지 않고서는 우리와 대마왕파를 동시에 칠 수는 없는 것이었다. 그리고 회만이 무엇을 원하는지도 잘 알고 있었다.

캡장은 회만이 원하는 대로 걸려든 것이다.

캡장은 경찰과 정면으로 대치하면 현실적으로 힘들 것을 알고 자존심을 버리고 회만을 찾아간 것이다. 정말 가기 싫은데 딸린 식구들 때문에 비굴함을 택하기로 했다지만 권력 앞에 무릎 꿇을 놈이 될거라는 것은 이미 짐작을 했다.

'미어캣'의 도청 정보에 의하면 회만은 캡장의 부탁을 의외로 흔쾌히 승낙했다. 그리고 이런 말을 했다.

"캡장, 나중에 네가 나를 도와줄 일이 있을 거야."

대통령 비서관을 거쳐 어느새 거물 정치인으로 자란 회만은 서울 시장 출마를 염두에 둔 것이다.

그렇게 되니 나는 순식간에 적이 둘이 되었다.

"가장 큰 적은 의외로 가장 가까운 곳에 있다. 친구처럼 위장하거나 친구였거나."

나는 먼저 기습 공격하는 대마왕파들을 피했으나 합법을 가장한 고학력자인 배운 조폭의 자금줄 지원을 받은 캡장의 기습은 미처 피하기 어려웠다.

부하들에게 조심하라고 했건만 결국 우리 조직원들이 환한 대낮에 캡장파의 칼침을 맞아 1명이 중상을 입었고 3명이 상처를 입고 급하게 피신했다.

부하들을 봐서라도 캡장에게 복수를 하려고 준비하고 있는데 회만이 전화를 걸어왔다.

"시인은 시를 써야지. 폭력은 왜 써? 단속 한 번 나가줄까?"

회만이 이런 말을 전화로 한 다음날 바로 룸살롱 세무조사가 들어왔다.

나는 회만에게 바로 전화를 걸어 조롱하듯 말했다.

"레퍼토리가 왜 이리 진부해? 다른 방법 없어?"

"기다려. 불법 성매매 단속도 갈 거야."

"우리는 모두 법을 지키지 않지. 너도 안 지키고 나도 안 지키고. 법을 지키면 아무것도 할 수 없는 나라야. 다만 어떻게 빠져나가느냐 이게 문젠데 법을 집행하는 자가 공권력으로 때려잡는다면 약자인 우리는 당하고 있을 수 없지. 어떻게 할 거 같아? 폭력이 아닌 폭로를 하는 거지. 가두는 것과 세상에 알리는 것. 해볼 만한 게임이야. 나만큼 너에 대해 아는 사람은 없어. 세상에 너의 실체를 까발릴까?"

녀석은 갑자기 허를 찔렸는지 허, 하고 한숨을 쉬는 소리를 내었다.

"네가 가장 무서워하는 것이 무엇인지 알고 있어. 무서워하는 것은 조폭도 아니고 검찰도 아니고 바로 언론이지. 외국에서 간통하고 살인죄, 하라 강간죄. 서정 폭행죄, 흑사회와 마피아에게 돈 받음. 야쿠자와 지분 50%."

"증거 있어?"

"증거 없이 말하면 공허하지."

"뛰어봤자 벼룩이야. 워워. 말 잘못하면 명예훼손 알지?"

"벼룩 맛 한 번 보여줄까?"

녀석은 지금 겁을 먹고 있는 것이 분명하다. 그렇지 않다면 더 강하게 나왔을 텐데 명예훼손 운운 하는 것은 겁을 먹고 한 발 뒤로 빼는 것이다.

녀석은 더 이상 압박하며 다가오지 않을 것이다. 물러간 것이나 다름없다. 휴전하자는 말은 안 했지만 이것은 휴전이나 마찬가지고 꼬리를 밑으로 내린다는 표현인 것이다.

녀석이 휴전을 제안한 이유는 분명 흑사회와 긴밀한 연관이 있고 그 사실을 내가 흑사회에서 탈출하여 우리 조직으로 넘어온 녀석에게 들었기 때문이다.

"흑사회는 중국에서는 도박장 설립이 어려워 해외로 나가서 해야 하는데 한국이 가장 좋은 나라입니다. 거리도 가깝지, 도박장 설립에 관대한 나라가 한국이기 때문이죠."

한국에서 카지노 설립을 하기 위해 한국의 조폭과 손을 잡으려하는데 한국 조폭은 정치권과 연계해야 원활한 진행이 되는 것이다.

그러니까 이미 회만은 흑사회 카지노의 뒤를 봐주며 이권을 챙기고 있었던 것이다. 그리고 캡장에게 이를 추천하며 같이 하자고 했던 것이다.

저번에 셋이 만났을 때 이미 둘의 관계가 바로 이런 관계라는 것이 퍼즐처럼 맞춰지고 있는 것이다.

"무기 버리고 항복하지 않으면 무기고 폭파 시킬 거야."

생각과 달리 흑사회에서 직접 압박이 들어왔다.

"무기 건드리면 진짜 전쟁이다."

우리는 결사 항전으로 들어가야 하는 시기라고 생각했다. 어느 시인의 말처럼 항상 죽음을 생각하고 오늘이 마지막 날이라고 생각하며 살아야 한다.

"검찰과 조폭은 같은 동네 사람이야."

부하들에게 한 이 말은 조금만 생각해 보면 깨달을 수 있는 통찰이다.

나는 껄떡쇠 회만을 만나면 해주고 싶은 말을 노트에 적었다.

"법은 팔아도 하나 남은 양심은 팔지 말자."

"나의 시가 곧 법이야."

그러나 예상과 달리 성매매 단속으로 우리 룸살롱이 걸려 재판에 회부되었다.

나도 검사의 조사를 받고 법정에 서게 되었다.

우리 측 변호사는, 성매매는 명백한 현행법 위반이기 때문에 반성하는 모습을 보여 형을 줄여보자고 했다. 이는 자신 없는 변호사들이 항상 하는 말인데 한두 번 당해 본 것이 아니다.

판사는 왜 직업을 물어보는지 그 이유를 모르겠다.

"기몽도 피고인, 직업이 무엇입니까?"

"시인입니다."

"시인도 직업입니까?"

"네. 전직 시인입니다."

"현직은 무엇인가요?"

"시조테입니다."

욕처럼 들렸는지 사람들이 동요했고 판사가 되물었다.

"뭐? 시좆? 시조테가 뭐예요?"

"시인, 조폭, 테러리스트."

관중석에서 간헐적으로 웃음이 터졌다.

나는 피고인 진술에서 평소 나의 지론을 당당하게 말했다.

"한국에서 가장 모순된 법이 성매매입니다. 일상처럼 많이 이루어지고 가장 법이 무색한 것이 성매매이고 교통 위반처럼 가장 많이 일어나는 것이 성매매입니다. 결국 성매매는 누구나 하는데 순경놀이 연극입니다. 물고 물리고 아주 묘하게 돌아가는 척 하지만 결국 기브 앤 테이크죠. 대기업도 법을 다 지키면 경영을 못한다고 하죠. 왜 성매매가 합법화 되지 않냐하면 합법화 되면 포주들이 새로운 자본가가 되어 경쟁자가 되기에 기득권자들이 싫어합니다. 상위층들은 새로 올라오는 무식한 천민들과 경쟁자가 되는 것이 싫은 거죠. OECD 국가들 대부분이 성매매가 합법입니다. 그러므로 성매매금지법은 악법입니다."

"뭔가 잘못 알고 있는데 유럽 국가들 성매매는 합법이 대부분이지만 성매매 알선은 불법입니다."

"전 성매매 알선을 하지 않았습니다. 강요도 하지 않았고 그들 스스로 한겁니다."

"피고는 끝까지 잘했다는 겁니까?"

판사가 책상을 크게 내려치며 말했다. 나도 물러서지 않고 끝까지 말을 이어나갔다.

"조선시대 양반처럼 지들은 여러 첩을 두고 노예들을 부려도 아무도 도전할 수 없거든요. 그리고 성매매가 합법화 되면 결혼이 줄어들어요. 그럼 부동산이 침체되고 부동산을 많이 가진 기득권자들은 어려워지죠. 그러니까 신혼부부가 계속 나와서 부동산을 필요로 해야 경기가 살아나는 거죠. 물가가 오르면 기득권자들이 제일 좋은 겁니다. 그래서 성매매는 현행법 위반이지만 절대악은 아니라는 것입니다. 오히려 성매매 금지법은 아주 쓸데없는 법이라는 것을 권력관계 측면에서 파악해야 합니다. 그리고 자기 몸을 자기가 마음대로 하는데 이것을 막으면 헌법에도 위배됩니다."

괘씸죄라는 형법에 있지도 않은 '엿장수 마음대로' 기상천외한 죄에 걸려 나는 벌금으로 끝날 것을 징역 6개월을 살고 나왔다.

시 쓰는 캡장

'미어캣'이 새 소식을 전해 왔다.

대마왕파 두목은 참고 참았던 것이 폭발했다는 것이다.

"마피아와 몰래 거래해서 자금을 빼돌린 캡장을 대마왕이 잡았답니다."

대마왕은 캡장을 죽이지는 않고 손만 자르고 풀어주었다는 것이다. '미어캣'이 영화를 보듯 생생하게 설명을 했다.

안개꽃이 만개한 무덤가에 캡장이 많이 맞았는지 피를 흘리고 누워 있다.

대마왕 부하 둘이 캡장을 강제로 일으켜 세우며 대마왕 앞에 엎드리도록 양 옆에서 누른다.

대마왕이 추궁한다.

"몰래 빼돌린 거 또 얼마나 있어?"

"그게 전부입니다. 정말입니다. 형님."

"그게 정말이든 아니든 얻은 게 있으면 잃기도 해야지."

대마왕이 도끼를 들어 캡장의 손목을 잡고 내리친다.

캡장은 외마디 비명을 지른다.

"그게 대마왕과 캡장 둘만의 문제일까?"

"네? 그럼?"

"차라리 죽이지. 손만 자른 것이 더 비참한 일이다. 죽이지 않은 이유가 있어."

"그럼?"

"중간에 누가 끼었어."

캡장과는 서로 생각이 달라 나와 다른 길을 갔지만 고등학교 때부터 30년 이상을 알고 지냈고 우정과 애증을 나눈 놈이다. 나는 내면의 떨림을 들키지 않으려고 애써 침착하게 물었다.

"그래서 어떻게... 어디 있냐?"

"집에서 나오지 않고 은둔하고 있답니다."

"짜식! 손 하나 잘렸다고 기죽기는……."

나는 갑자기 캡장의 목소리를 듣고 싶어 전화를 했다. 벨이 한참을 울려도 받지 않았다.

"자식, 손이 없나?"

이 말을 한 순간, 손 잘린 놈에게 이상하게 우스운 농담처럼 되어버려 아차, 하며 혼자 픽 웃었다. 그 순간 캡장이 전화를 받았다.

"나야. 몽도. 어떻게 받았냐?"

"발로 받았다 새끼야."

나도 모르게 물어본 말에 낯선 형태의 행동을 쉽게 말하자 이상하게 웃음이 터져 나오려고 했으나 겨우 참았다.

캡장은 삶의 의욕이 넘쳐 보여 나는 더 할 말이 없어 간단하게 안부만 전하고 끊으려 했다. 그러자 녀석이 의외의 말을 했다.

"야, 몽도야 나 시간이 많으니까 시를 쓰고 있다. 언제 한 번 시 좀 봐주라."

"야, 새끼야 솔직히 말해 봐. 껄떡쇠가 그런 거지?"

"아냐, 그런 거 아냐."

"새끼, 성격 되게 착해졌다."

"나 원래 착했어."

남의 말을 들을 때는 말의 의미를 그대로 해석하면 안 된다. 말의 내용보다 억양, 감정, 호흡을 봐야 진실을 알 수 있다.

왜 그런지 모르지만 캡장은 회만을 보호하고 있다. 난 더 이상 묻지 않고 시 이야기를 했다.

"그래. 나는 요즘 시 못 쓰니까 네가 대신 써라."

"넌 어느 시인 좋아하냐?"

"아무도 안 좋아해."

"그럼 가장 인상 깊은 시는 뭐냐?"

"지금까지 같이 지내왔으니 잘 알텐데... 랭보부터 네루다까지."

"윤동주보다 이육사가 더 좋지 않냐? 공부해 보니까 그렇더라. 몽도야. 나 지금 시 쓰고 있으니까 내가 멋진 시 써서 읽어줄게. 시 낭송회 한 번 할까?"

녀석의 목소리가 묘하게 떨려오는 것이 유치하게 생각되었다.

"그래, 하자. 난 행동으로 시 쓸게."

"몽도야. 너 기억나니? 내가 돌 던져서 교장 겁먹고 쫄던 얼굴. 난 생생하게 기억난다. 내 일생에 제일 가슴 떨렸던 순간이 바로 그 때였어. 몽도야, 난 시 쓸 거야. 시가 나에게 맞는 거 같아. 가슴 떨렸던 순간을 시로 쓸 거야."

캡장은 무슨 감격스러운 순간인지 미세하게 떨리는 목소리로 흥분을 억누르며 숨을 헐떡거리며 말했다.

"십센치, 센치해지긴. 야 캡장! 주소를 문자로 찍어봐. 보내줄게 있어."

주소가 문자로 찍히자 나는 택배로 내가 읽었던 시집 모두를 캡장에게 보내주었다. 30년간 모은 시집은 라면박스로 20개가 되었다.

나는 당분간 시를 못 읽고 시를 쓸 수 없을 것 같은 생각이 들었다. 캡장 녀석이 시를 쓰다니. 나도 시에게 구원을 받았지만 캡장 녀석도 시에게 구원을 받았으면 싶었다.

캡장이 한 번 당하더니 조금 나약한 말을 했다.

"요즘은 점차 좋아져서 예술가들을 정부에서 많이 지원하던데..."

"아직 멀었어. 푼돈 쥐어주고 조용히 입 다물라고 하잖아. 예술가들을 탄압했던 꼴통들을 없애야 해."

"예술가는 예술로 말해야 하지 않아?"

"이 놈이 돌았네. 조폭에서 순수예술가로 돌았어. 예술가들이 권력을 잡아야 해. 그래서 난 시는 뒤로 미루고 무기를 든거야."

필리핀으로 떠나며

핑거맨 '미어캣'이 급하게 지하벙커로 들어오더니 흥분된 어조로 빠르게 말을 했다.

"지금 흑사회가 우리를 타겟으로 대대적인 전쟁을 준비하고 있다고 합니다. 저번에 흑사회 조직원 피습을 우리가 했다고 우기고 있습니다."

"우리가 할 일도 많은데... 왜 이유 없이 그래?"

"억지 주장 하면서 공격 구실을 만드는 겁니다."

드디어 올 것이 온 것인가. 우리는 의지는 있지만 현실은 미약하다. 중과부적이라는 사자성어가 떠오른다. 싸우면 분명 우리는 패배한다. 아무리 이상주의자라 하더라도 이러한 상황에서는 고민에 빠지지 않을 수 없다. 이때까지는 다른 방법이 떠오르지 않았다.

"싸우다 죽을래?"

나는 오른팔인 '애쓰라'와 왼팔인 '최거바'를 불러다 놓고 물었다.

녀석들은 나의 강권으로 시를 꽤 읽어 시에 대해서는 거의 나만큼이나 안목이 있었다.

"잭 런던이 쓴 옛날이야기가 떠오릅니다. 죽음에 임박한 주인공이 마음속으로 차가운 알래스카의 황야에서 혼자 나무에 기댄 채 외로이 죽어가기로 결심한다는 이야기입니다. 그것이 내가 생각한 유일한 죽음의 모습입니다. 싸우다 죽겠습니다."

'최거바'가 '나의 삶' 이라는 시를 인용하며 결사 항전을 내비쳤다. 역시 '최거바'다운 말이다.

"골리앗을 다윗이 돌파매질로 이겼다지만 우리에겐 지금 돌이 없습니다."

이어서 '애쓰라'가 말했다. '애쓰라'는 겁이 나는 모양이었다.

그 때 나는 번뜩 하나 떠오르는 아이디어가 있었다.

"정면으로 붙으면 힘들어. 여기서 죽을 순 없지. 외국으로 가는 건 어때?"

"외국이요?"

뜻밖의 제안이었는지 둘은 동시에 서로를 바라보며 순간 말을 잃었다.

"어디로요?"

"필리핀이나 베트남으로."

둘은 나의 다음 말을 기다리며 가만히 있었다.

"베트남은 미국을 이긴 유일한 나라라서 어떤 면이 그렇게 강한가 알아보고 싶다."

"그런데 베트남은 총기 사용이 힘들어 우리 조직이 유지 되겠습니까?"

"그래? 그럼 필리핀으로 가자. 그래, 필리핀. 필리핀으로 가는 거야. 사병조직이 가능하니 정예인원으로 특공조직을 만들고 게릴라식으로 대항하면 승산 있어."

아무래도 이 제안이 돌파구처럼 들렸는지 둘은 반대를 하지 않았다. 암담하고 불안했겠지만 가장 최선책으로 보였는지 바로 준비에 들어갔다.

막상 떠나려고 하니 여러 사람의 얼굴이 떠올랐다. 서정, 하라, 부모님, 형제들.

지금까지 내가 하고 싶은 대로 해왔고 실패해도 내가 책임질 일이라고 생각했다. 아무도 내 인생을 대신 살아줄 사람은 없었다.

이 사람들은 나중에라도 죽지 않으면 다시 볼 수 있다. 하지만 지금 해야 할 일을 하지 않으면 나는 살아갈 가치가 없다.

서정에게 전화를 했다. 그녀를 직접 만나고 싶지는 않았다. 직접 만나면 떠나지 못할 것 같았다.

"급하게 결정되었어. 해외로 가서 공부하기로 했어. 1주일에 한 번씩 편지 쓸게. 편지 쓰는 거 중단하려면 시작하지도 않았어. 나에게 있어서 편지 쓰는 것은 곧 사랑한다는 거야. 사랑을 버리고 문학을 택한 게 아니라 나는 사랑으로 문학을 키우고 있는 중이야."

"가지 마, 가지 마, 다 떠나면 어떡해?"

서정은 울며 매달렸지만 마음이 아리는 것을 겨우겨우 참아가며 전화를 끊었다.

하라와는 싸우더라도 거쳐야 할 절차였다.

"아이 잘 키우고 있어. 언제 돌아올지 모르지만 절망적인 시는 아이에게 가르치지 마."

하라가 깜짝 놀라 큰 소리로 말했다.

"같이 가야지. 왜 혼자 떠나려고 해."

"넌 아이를 키워야지. 누가 키워?"

하라가 특유의 목소리로 소리 질렀다.

"니가 키워 !"

"너는 한국에서 할 일이 있어."

"개 같은 이별이 왔다. 왜 떠나는데?"

"사는 일은 시이소와 같아. 아무리 난해한 사랑도 반딧불처럼 환하게 나타날 수 있어."

"무슨 개소리야. 지금 시 쓸 타임이야?"

하라는 나의 은유적인 말에 직접적인 말로 응수했다. 이 새끼, 저 새끼, 소 새끼, 말 새끼 했지만 마지막에는 나를 놓아 주었다.

"살아서 돌아와. 난 당신이 필요해."

"필리핀으로 떠나기 전에 할 일이 있어. '한 손에 시, 한 손에 권총을' 반성하지 않는 자는 법으로 할 필요가 없어."

"그건 내가 할게."

"나나랑 같이 해."

처단은 해야 해

 필리핀으로 떠나기 전에 할 일이 있었다. 바로 나를 고문하고 기소, 판결한 놈들을 처단하는 것이었다. 그들이 어디 사는지도 알고 뭐하는지도 다 안다. 나는 무죄로 밝혀졌지만 높은 자리에 오른 그들은 사과도 하지 않고 권력의 중심에 서서 계속 영화를 누리고 있다.

 말로 할 것이 있고 행동으로 옮길 것이 있다.

 놈들을 처단하는 것은 어려운 일이 아니다. 반성하지 않는 자는 법으로 할 필요가 없다.

 "목사가 되어 설교하는 고문기술자를 먼저 처벌하자."

 "지금은 교단에서 파면되어 목사가 아니래."

 그의 목소리가 들여오는 듯하다.

 "애국할 기회가 오면 기꺼이 해야 합니다. 예수가 십자가에 못 박혀 죽었듯이 누군가 희생이 필요한 것입니다. 지금 그때로 돌아간다고 해도 나는 똑같이 했을 것입니다."

 하루 종일 그의 집에서 나오기를 기다리다가 드디어 그를 따라 갔다. 고문기술자가 장미넝쿨 담벼락을 걸어가는데 뒤에서 밧줄을 던져 목을 졸랐다.

지하실로 고문기술자를 끌고 가 내가 당했던 고문과 똑같이 고문을 하기 시작했다.

자기가 직접 당해보기 전에는 그것이 얼마나 고통스러운 것인지 모르는 사람들에게는 직접 보여주어야 한다.

노령이라 힘이 없어 거의 죽어가는 그를 두고 지하실을 떠났다.

이것이 꿈이 아니길 바랐다.

다음날, 고급 주택 앞에서 나, 그리고 하라와 나나는 커다란 악기 케이스를 들고 걸어갔다. 하라와 나나는 핫팬츠 차림이었다.

바리케이드 친 고급 주택가를 지키는 경호원들이 하라와 나나를 보고 오라고 손짓했다. 하라와 나나는 섹시한 걸음으로 걸어갔다.

경호원이 나나에게 말했다.

"콜라 마시고 싶은데 포장 좀 벗겨줄래요?"

"뭐?"

"하체가 튼튼한데 내 위에 올라타서 땀을 흘리라구."

"씨발, 니 바나나 껍질 벗기고 싶은데 먼저 구멍 좀 뚫어줄까?"

하라는 이 말을 함과 동시에 권총을 꺼내 경호원을 그 자리에서 쏴 버렸다.

마치 영화 '델마와 루이스'에 나오는 한 장면과 같았다.

총소리를 듣고 다른 경호원들이 몰려오자 악기케이스를 열고 기관단총으로 모조리 쓰러뜨리며 앞으로 전진 했다. 대문을 총으로 쏘자 구멍이 숭숭 뚫렸다.

정원을 지키는 상대방 보디가드도 만만치 않았다.

한동안 격렬한 총격전이 벌어졌다.

나나가 갑자기 총을 맞고 쓰러졌다. 나는 다급하게 나나를 일으켜 앉히고 흔들어 깨웠다.

"하라! 나나가 총에 맞았어."

하라는 뒤를 돌아보더니 잠시 망설이더니 한 마디 했다.

"그 정도 각오는 하고 왔어야지."

하라는 쿨한 척하며 아랑곳 하지 않고 전진하며 기관단총을 발사했다.

나는 전진할 수 없었다. 그 자리에서 주저앉아 슬픔이 복받쳐 목 놓아 울었다. 총소리를 뚫고 내 울음소리가 내 귀에 들렸다.

잠시 후 나는 일어나 기관단총을 강하게 난사하며 전진했다. 집 안으로 들어가 신나게 쏘는 총에 경호원들도 하나씩 쓰러지고 마지막 방에서 떨고 있는 노인과 부인을 가차 없이 총으로 쏘아 죽였다.

나는 축 늘어진 나나를 어깨에 메고 아수라장이 된 방을 나왔다.

며칠 후, 녹조 현상이 일어나는 남한강의 강가에서 나나와 마지막을 고했다.

나는 뼛가루를 강물에 뿌리며 나나를 애도했다.

이 강물에 아직 어딘가에서 구차한 목숨을 이어갈 그 놈들을 잡아다가 강물에 처박으며 고문하고 싶었다.

"죽음이 우리를 놀라게 할 때마다 우리의 함성을 들어주는 귀가 하나라도 있다면, 그리고 우리의 팔을 들어주려고 뻗치는 또 다른 손이 있다면 죽음을 환영하라. 체 게바라."

꿈결에서 일어난 일 같았다. 이것이 결코 꿈이 아니길 바랐다.

이 순간에도 살인 사건은 일어나고 있을 것이다. 뉴스에 나오는 것과 나오지 않는 것은 어떤 차이가 있을까? 신문사 데스크 마음대로이다. 어떤 특정 의도에 의해 기사를 편집하고 선별하는 것이다.

우리 조직원이 대마왕파 조직원 하나를 죽였다는 기사가 크게 보도되었다.

혹시나 잡히면 감방에서 썩을 게 뻔 하니 나는 바보처럼 잡히지 않을 것이다.

밤의 해변에 서있으니 멀리 어두운 바닷가에서 배 2 척이 서서히 다가왔다. 나를 비롯하여 10여명이 배를 타자 스르르 어둠 속으로 미끄러져 갔다.

너는 범했다 간통을

미리 치밀하게 탈출 계획을 세우고 나는 필리핀 민다나오 섬으로 어려움을 헤치고 도착했다.

민다나오는 슬픈 섬이다. 남한과 비슷한 것은 국토면적 뿐 아니라 침략과 식민의 역사가 비슷하여 슬픈 섬이다.

저항과 침략의 역사가 현재까지 이어지고 독립을 위해 총을 들고 투쟁하는 섬이 바로 민다나오다.

우리는 3~4명씩 무리지어 한국을 떠나 민다나오의 다바오 외곽에 집결했다.

다바오의 바다는 이곳이 분쟁지역이라는 것을 믿을 수 없을 정도로 평화롭고 아름다웠다.

이곳에서 현지 조직원을 충원할 계획을 세웠다.

현지인을 미리 섭외하여 사설사병 양성소(세큐리티 가드 에이전시)를 합법적으로 만들고 조직원 모집광고를 냈다. 그러자 지원자들이 많이 모였다.

주로 모인 사람들은 출생신고를 하지 않아서 조회를 해도 뜨지 않는 사람들이 많았다.

한 명씩 면접을 보았다.

"한국어는 할 줄 아나?"

"조금."

나는 종이를 건네며 말했다.

"그럼 다른 건 몰라도 이 시를 암송해 봐."

지원자들은 종이에 적힌 글자를 떠듬떠듬 읽었다.

"가난한 내가 / 아름다운 나타샤를 사랑해서 / 오늘밤은 푹푹 눈이 나린다."

"한국어를 더 열심히 배울 거야?"

"네."

자신 있게 대답하는 사람만 합격을 시켰다.

이것도 힘 있는 자의 횡포라고 하면 어쩔 수 없지만 나는 모국어를 사랑해서 이런식으로 표현한 것이다.

"할 일은 보디가드와 해결사다. 해 본 적 있어?"

통역이 말하면 그들은 자신들의 언어와 영어로 섞어 말했다.

"우리는 14세기부터 살았던 원래 땅주인입니다. 이슬람교도들의 후예입니다. 스페인의 식민지배로 필리핀 정부가 가톨릭계 주민들을 민다나오로 이주시켰어요. 민다나오 원주민들은 하루아침에 밀려나고 우리는 이들과 맞서 땅을 찾기 위해 총을 들고 싸우기 시작했습니다. 천상 우리는 보디가드입니다."

"역사의식이 있어. 합격. 다음"

"저는 아버지가 한국 사람입니다. 엄마가 대학 2학년 때 아버지를 만나 나를 낳았어요. 아버지를 만나고 싶은데 얼굴은 사진에서만 보고 못 봤어요. 아버지를 찾고 싶어요."

"합격. 우리가 할 일이 바로 그거야. 내일 필리핀 여자를 등 처먹은 한국 양아치를 습격한다."

"해결사 일 하나 생겼다."

우리는 말 나온 김에 바로 일을 하러 갔다.

조잡한 문신으로 몸을 도화지처럼 사용한 한국인 동네 양아치들을 직접 찾아가 총으로 위협하자 벌벌 떨면서 사기 친 돈을 즉시 내놓고 여자에게는 얼씬도 하지 않았다.

한국인 양아치에게 총을 겨누며 말했다.

"자스민에게 접근하면 죽는다."

그러자 그는 비굴하게 두 손을 싹싹 빌며 살려달라고 했다.

약한 사람에게만 무자비하게 대하고 강한 자에게는 벌벌 기는 한국인은 정말 보고 싶지 않았다.

나는 동네 힘쓰는 사람과 사귀기 위해 마작을 배웠다. 이들과 우호적으로 지내서 나쁠 게 없고 지역의 민심을 얻어 조직원을 확보하기 위해서도 필요했다.

여기서 새롭게 안 사실은 필리핀 반군(NPA)에 대해 잘못 알고 있었던 것이다. 이들은 공산 반란군이 아니라 농민 저항군이었다. 마치 외세에 맞서 동학 혁명에 참여했던 우리 농민군과 같은 사람들이었다.

필리핀 토지를 소수의 가문들이 소유하고 있어서 농민들은 아무리 일해도 평생 가난한 소작농을 벗어날 수 없어 참다못해 일어난 것이다. 이들은 필리핀의 토지개혁을 요구하는 농민들로 조직된 농민 저항군인 것이다.

광산에서 일하는 사람들과 안전하고 친하게 지내는 방법은 경계하면서 총으로 무장하는 것이 아니라 이들의 일을 도와주면서 친해지는 것이다. 한국의 농촌에서처럼 일손을 거들어주며 마찰 없이 지냈다.

해외에서 싸우는 방법은 인터넷으로 가능한 시대가 되었다.

사실상 마피아의 한국 지부장이라고 할 수 있는 회만에게 타격을 가해 정치적 입지를 줄이는 것이 내가 조국을 위해 할 수 있는 일이라고 생각했다.

이런 생각을 갖게 된 것은 백범 일지와 체 게바라의 책을 읽고 나서부터였다. 사실 그 전까지는 하루하루 그냥 행복하게 살자는 것이 가치관이었는데 책이 스승이었고 나를 이끌어주는 거룩한 안내자였다.

마피아가 국내 정치인의 배후조정자가 된다면 심각한 일이다. 회만을 정치에서 퇴출시키려면 비리를 폭로하는 수밖에 없다.

회만이 해외에서 간통하고 살인한 것을 유력한 방송사에 제보를 하는 방법을 택했다.

앵커는 우리가 보낸 원고를 그대로 읽고 있었다.

"너는 범했다. 간통을. 그러나 계집애는 죽었다. 더구나 타국에서의 일이다. 미국의 유명 시인 엘리엇의 시에서 표현한 일이 실제로 벌어져 충격을 주고 있습니다. 현재 지지율 1위를 달리고 있는 서울시장 후보 한회만 전 장관은……."

빅뉴스다. 연일 언론들은 이 이야기를 토해내며 국민들의 눈과 귀를 자극시키며 그들의 고유한 생산 활동을 하고 있었다.

그 와중에 이런 생각이 들었다.

왜 한국에서는 현재 신분을 이야기 하지 않고 전 장관, 전 국무총리, 전 대통령 등 과거 화려했던 직함을 현재에 사용하는 것일까? 지금은 일개 시민인데 ~씨, 라고 붙이면 예우를 안 해 주는 것으로 생각하기 때문일까. 항상 과거를 생각하는 한국인은 언제 과거에서 벗어날까.

회만도 전 장관으로 계속 유지되기를 바라며 한국에서 들려오는 소식에 귀를 기울였다.

한국은 온통 비리 투성이다. 방산비리, 교육비리, 건설비리, 문화비리…….

"지금 내 꿈이 뭔지 아니?"

부하들을 불러놓고 물었다. 부하들은 잘 모르겠다는 표정이었다.

"대통령에게 시를 가르치는 게 내 꿈이다."

시를 읊는 테러리스트

인터넷으로 보는 한국 TV에서 내 이름과 사진이 뜨고 있었다. 전혀 예상하지 못한 일이었다.

"중견 시인 기몽도 시인이 폭력조직 대마왕파에서 부두목으로 활동하며 룸살롱을 운영하고 성매매 알선, 성폭행, 미성년자 성폭행한 것으로 폭로가 나와 충격을 주고 있습니다. 김 시인은 학창 시절 친구 한회만 전 장관의 범죄 사실을 폭로한 인물인데 한 전 장관 측은 사실이 아니며 오히려 김 시인이 살인교사 등 중범죄를 저질렀다고 주장하고 있습니다. 김 시인은 현재 독립하여 부하들과 필리핀으로 도주하여 현지에서 또 다른 범죄를 모의하는 것으로 알려져 있습니다."

뉴스를 본 최거바가 말했다.
"한 사람을 나쁜 놈으로 몰아가는 거 참 쉽네요. 아무 것도 모르는 국민들은 그대로 믿을 거 아닙니까?"
"나 나쁜 놈 맞다. 얼마나 나쁜 놈이면 하지 말라는 총질을 하고 매춘 알선을 하고 밀항을 할까?"

그러나 뉴스 내용은 실제 내용보다 부풀려져 있었고 왜곡되어 있었다. 한 사람을 나쁜 놈으로 몰아가면 아무 것도 모르는 국민들은 그대로 믿게 된다.

같은 사건을 어떻게 바라보고 어떻게 표현하느냐에 따라 전혀 다른 사건이 된다.

이 사건을 이렇게 표현하면 미담이 되는 것이다.

"시인 기봉도는 성해방을 꿈꾸며 악법은 법이 아니라는 가치관으로 불가피하게 실정법을 위반하였지만 현재 흑사회의 위협을 피해 필리핀으로 건너가 있는데 독립을 꿈꾸는 농민저항군 인근에서 힘없는 사람들의 지킴이가 되어주고 있습니다."

회만은 여론전을 펴면서 한 편으로는 흑사회 암살단을 필리핀으로 보냈다. 이 사실은 뉴스에 나지 않았다. 물론 나를 죽이기 위해서 암살단을 보냈는데 이곳에 있다는 것을 어떻게 알았을까.

나에게 현상금이 1억원 걸려있다는 것을 알았을 때 나는 이렇게 말했다.

"아 자존심 상해. 1억이 뭐야? 적어도 100억은 되야지. 김구선생은 현상금이 200억이었는데..."

암살단이 왔다는 사실을 안 것은 느낌만으로도 가능하다. 마을의 공기가 심상치 않았다. 무력으로 자신을 지키는 사람들은 동물적인 육감만으로 위협을 감지한다.

나는 암살에 대비하기 위해 김구 선생이 했던 것처럼, 한 곳에 거처를 정하지 않고 거처를 20곳을 마련해 놓고 제비뽑기로 해서 나온 방향으로 가서 잠을 잤다. 오른손에는 권총을 쥐고 잤다.

한바탕 스펙터클이 벌어질 거라 생각하니 나는 가슴이 100미터 달리기를 한 것처럼 마구 뛰었다.

매일 미행당하는 것 같았다. 시간이 흐를수록 거처는 거의 다 밝혀지게 되었고 점차 조여오기 시작했다.

베르톨트 브레히트는 자신이 사랑하는 사람이 "당신이 필요해요" 하고 말하자 빗방울에 맞아 죽을까봐 정신 차리고 길을 걷는다고 했다지.

문 밖으로 나갔다가 브레히트가 걱정했던 것처럼 빗방울에라도 맞아 죽을 것 같아 외출을 전혀 못하게 되자 답답했다.

답이 2개라서 답답했다. 총 맞아 죽더라도 암살단을 잡기 위해 나서는 답과 다른 지방으로 거처를 옮기는 답. 항상 인생의 고민은 둘 중 하나를 선택해야 할 때 가장 크게 온다.

다른 곳으로 옮기더라도 배신자가 있다면 또 쫓아올 것이다.

암살단의 실체를 알기 위해서는 조심스럽게 밖으로 나가봐야 한다.

그날 저녁 필리핀 지역 방송에서 테러사건을 보도했는데 한국인 기몽도의 피습 사건을 나 기몽도가 보고 있었다.

이 체험은 미리 예상했던 것이지만 그래도 나와 복제인간처럼 같은 사람의 죽음을 보니 묘한 느낌이었다.

사실은 암살을 대비해 만든 나와 닮은꼴이 죽은 것이었다. 나는 이 방법을 끝까지 반대했다.

"누구 하나라도 희생하면 안 돼. 3류 드라마 같은 작전은 하지 않는게 좋아."

하지만 나 몰래 부하들이 이렇게 하고 말았다. 나를 위해 스스로 희생한 녀석은 평소에 내 말투를 따라하고 행동도 따라하는 코믹한 녀석이었다.

화가 났다.

"너희들은 내가 무엇이라고 생각하니?"

내가 무엇이기에 한 사람을 희생시켜야 하는지 부하들에게 물었다.

"형님은 무너지면 안 되는 기둥입니다."

한편으로는 나는 죽으면 안 된다는 부하들의 생각이 내 책임과 역할을 더 크게 만들어주고 있었다.

나는 예수를 흉내 내며 말했다.

"너희들은 안전하게 될 거야."

고비를 넘기고 우리는 지역에서 무장을 하여 새로운 일을 하나 더 시작했는데 마약범죄인을 잡는 일을 했다.

필리핀에서는 마약이 흔하여 10명에 한 명꼴로 필로폰 중독자이다. 마치 한국의 알코올 중독자처럼 평범한 사람들도 마약에 찌들었는데 어쩌다 이렇게 되었는지.

샤브 1g이 100달러이기에 가난한 사람이 마약을 구하려면 또 다른 범죄를 저지르게 된다.

"그래서 도둑, 강도 같은 2차 범죄가 일어나는군."

"심지어는 단돈 100만원에 청부살인까지 한답니다."

"악순환이군."

"또 다른 문제는 단속해야 할 경찰이나 정치인들이 마약을 거래한다는 겁니다."

"사업 확장 되었네. 이놈들에게서 한국인을 지키는 일. 연락 많이 올 거야."

한국인 피살 사건이 일어나자 우리는 사명감을 가지고 해야 할 일이 생긴 것이다.

이런 사건들을 잘 해결하고 사업이 순조롭게 되고 조직이 커지고 우리 조직원의 대우가 좋다는 소문이 나자 각지에서 조직에 입단하려는 사람들이 줄을 섰다.

너무 한꺼번에 몰려 심사기준을 만들었다. 시를 쓰고 암송해야 한다. 어떤 언어든, 어떤 시든 상관없다.

지원자들은 대부분 스페인으로부터 식민지 개혁을 통한 독립을 외치다가 공개 처형된 필리핀의 호세 리살의 시를 암송했다.

"사랑하는 나의 조국
 필리핀에 모두 두고 나는 떠나가네
 나의 부모와 사랑하던 사람들이여!
 나는 떠나가네.
 노예도, 독재자도, 사형집행자도 없는 곳으로
 아무도 신앙을 죽일 수 없고
 오로지 신이 다스리는 곳으로."

대통령이 되면 안 돼

회만에게서 직접 연락이 온 것은 카카오톡을 통해서였다. 카카오톡은 감정까지 읽을 수 없어서 열어놓은 문 같기도 하고 생각할 시간이 많기에 묵상록 같기도 하다.

"한국으로 돌아와라. 죄 값을 받는다면 내가 도와줄게."

회만은 증거로 활용되는 것을 방지하기 위해 시처럼 고도의 상징과 은유로 썼는데 결국 해석해 보면 이런 말이다.

"네가 잡혀주면 화제가 되어 나는 국민적 영웅으로 대통령 후보가 될 수 있다. 나중에 대통령이 된 후 풀어주고 평생을 보장한다고 약속한다."

그러나 나는 타협할 생각이 없었다. 한국으로 돌아갈 생각이 없었다. 낯설고 생소한, 하루하루 새롭게 배워가는 것이 많은 필리핀이 좋았다. 나는 답장을 보냈다.

"나를 잡아서 죄 값 좀 치르게 해 주라. 너라면 할 수 있을 거야."

이 말은 실력으로 잡으라는 뜻이다. 나는 큰 소리를 친 것이다.

회만에게서 아무런 소식이 없었다. 회만의 소식을 접하는 것은 TV를 통하는 것이 더 빠르다.

한국에서 큰 사건이 발생했다.

진보진영의 차기 대통령 후보가 암살당한 것이다. 한국에서는 충격에 빠진 듯 유세 중에 총으로 저격당하는 장면이 TV에 반복해서 계속 나왔다.

그래서 회만이 독주 체제가 되고 서울 시장 당선이 유력해 진 것이다.

뉴스 기사들은 이 사건의 배후에 대해 많은 추측을 했다.

"극단적인 진보주의 후보를 누가 죽였을까요. 강력한 경쟁자인 후보가 죽으면 누가 가장 좋을까요?"

당연히 경쟁 후보였던 회만에 대한 의심이 팽배해 있었다. 그리고 또 한편으로는 죽은 후보가 강도 높여 미국을 비난했기에 미국 CIA에서 암살 했을 거라는 추측도 있었다. 누구나 상식적으로 생각할 수 있는 추측이다. 하지만 물증이 없다. 그리고 미국 CIA를 공식적으로 수사 선상에 올릴 수도 없고 강력히 의심하며 규탄하는 언론도 없다.

"쿠바의 대통령 카스트로도 미국 CIA가 그렇게 많이 암살 시도를 했지만 90살까지 살았지."

"마피아도 카스트로 암살 작전에 가담했지. CIA가 전면에 나서

지 않고 마피아를 앞세워 조종을 한 거지."

언론은 회만 측의 소행으로 방향을 잡아 회만에게 위기가 오는 듯 했으나 갑자기 범인을 잡았다고 발표하였다. 범인은 '민족을 사랑하는 동지회' 단체의 소행으로 밝혀졌으나 암살 동기도 충분하지 않고 졸속으로 사건을 처리한 느낌이었다.

"암살자의 배후까지 밝혀야 하는거 아냐?"

"한국은 감추고 덮는 것은 아주 잘하고 또 이런 거에 대해 관대해."

나는 밀림 아지트에서 긴급회의를 열었다.

"회만이 나중에 대통령 되는 한국은 아주 위험해. 그 이유는 알지?"

모두들 말을 하지 않아도 알고 있다는 듯 아무 말도 하지 않았다. 내가 이심전심을 말로 확인하는 천박함을 보였다.

"그래. 야쿠자 지분을 회만이 50% 갖고 있고 서로 같은 몸이다. 대한민국이 야쿠자 손으로 넘어갈 수도 있어. 회만이 대한민국을 팔아넘길 수도 있다는 얘기야."

"그렇게 되면……."

"맞아. 제2의 경술국치가 일어날 수도 있다는 말이야. 경술국치가 뭔지 알지?"

외국인은 물론 모를 수도 있는데 한국 부하들도 분위기 때문인지 아무 말이 없었다.

"나라가 넘어간 거지. 1942년 일본이 필리핀을 점령한 것과 같은 거야."

학력수준이 낮아 몇몇 진짜 몰랐던 녀석들은 새로운 사실을 배웠다는 듯 고개를 끄덕였다.

"민중들은 그 시대의 진실을 보지 못해. 숲 속에 있으면 숲의 실체를 보지 못하지. 1905년 을사조약을 맺기 위해 우리나라에 온 이토 히로부미를 조선인들이 환영했다나 뭐라나. 왜 그런 일이 벌어졌을까? 이토는 동양 평화를 내세워 사기를 친 거지. 속뜻을 읽어야 해. 그때는 순진하게 그 말을 철석같이 믿고 일본이 우리를 삼킬 줄은 몰랐지. 그래서 시를 배워야 해."

"당대에는 당대의 진실을 보지 못하네요."

"그렇지 자존심을 팔아 안위를 누린다면 누구에게 지배를 당하는지도 모르고 그것이 순리인지 알지. 마치 가축은 주인이 주는 먹이만 먹는 것이 행복인지 아는 것과 같지. 야생으로 나가면 죽는 거라고 생각해."

말을 마치자 갑자기 태풍이 불려는 듯 갑자기 날씨가 을씨년스러워졌다.

을씨년, 이라는 단어의 어원은 을사년에 을사보호조약이 이루어져 어수선하고 쓸쓸하여 생긴 말이라는 것은 나중에 알았다.

암살의 계절

회만이 시장이 되고 최종적으로 대통령이 된다면 그때는 회만을 처단하기가 더 어려워진다.

남은 시간은 15일.

"오늘 중대한 결정을 알려주도록 하겠다. 회만을 암살하기로 한다."

예상한 대로 부하들 모두 놀라는 모습이었다.

"그건 너무 위험한 일입니다. 대장님."

"배부른 돼지가 될래, 배고픈 소크라테스가 될래?"

한동안 조용하더니 최거바가 말했다.

"암살단을 선발하죠."

이어서 애쓰라를 위시한 부하들이 동의했지만 나는 단호하게 말했다.

"이번엔 내가 직접 한다."

"위험합니다. 이미 대장님은 유명인사가 되었고 입국도 힘듭니다."

"배는 타라고 만들었고 한반도가 삼면이 바다인 이유는 뭐야? 밀항하라는 이유다."

"대장님은 김구 선생처럼 끝까지 살아남아서 싸워야 하지 않겠습니까?"

"김구 선생과 비교해 줘서 고마운데 한국이 야쿠자 손에 넘어간다면 내가 살아도 의미가 없다."

먼저 위조여권을 만들고 외모도 긴 머리가 눈에 띄니 평범한 머리로 자르고 안경도 착용하고 전혀 다르게 변신했다.

밀항 전문조직 사두, 라는 조직을 만나 선불로 2,000만원을 주었다. 이들이 조선족들에게 가끔 사기 친다는 이야기가 있어서 나는 만나자 마자 강하게 말했다.

"우리는 사람 죽이는 일을 하니까 딴 생각하지 마."

그리고 총을 보여주며 무서운 사람들임을 강조했다.

"비행기로 일본으로 갔다가 후쿠오카에서 마산 진동 항으로 간다. 최거바만 같이 하고 애쓰라는 여기 남아서 후일을 대비한다."

암살 방법도 여러 가지 생각해 보았다.

"펜 모양으로 생긴 독침은 어떨까요, 대장님."

"그건 안 돼."

"간편하고 좋은데 왜요?"

"펜으로는 다시는 사람을 해하지 않기로 다짐했거든."

자폭, 드론 폭탄 등 의견도 나왔지만 유세현장에서 저격하는 것이 가장 좋은 방법으로 결론 내렸다.

시내의 대규모 유세 때보다는 변두리의 소규모 유세가 더 정확하게 쏠 수 있을 것 같았다. 하지만 한산한 거리 때문에 쉽게 잡힐 수 있는 단점이 있다. 시내의 번잡한 고층빌딩은 저격 거리는 멀지만 탈출이 더 쉽다.

사전에 시청 근처 빌딩을 다 조사하여 옥상으로 올라갈 수 있는 빌딩을 미리 점찍었고 도주 방법도 생각했다. 빌딩에서 총격전을 벌일 가능성까지 생각했다.

"역사적으로 암살자는 다 붙잡혔는데 나는 결코 잡히지 않을 거야."

무사히 밀항하여 기차를 타고 서울로 가서 먼저 만난 사람은 서정이다. 서정을 만난 곳은 정신병원이 아니고 구치소였다.

주변의 이야기를 들은 결과 서정은 방화범으로 구속되어 징역 2년 실형을 받은 것이었다.

서정은 병원에서 퇴원을 해서 아파트에 살았는데 환청이 들려 엘리베이터 광고 모니터를 불태웠다는 것이다. 광고모니터에서 자기를 협박하는 소리가 들려 저것을 없애야겠다고 마음먹고 새벽에 불을 질렀는데 다행히 인명 피해는 없고 엘리베이터 천정이 검게 그을렸다.

연기를 보고 즉시 경비원이 불을 꺼 5분 만에 진화되었기에 다행이지 불이 더 번졌으면 큰 화재로 이어질 뻔 했다.

구멍 몇 개만 숭숭 뚫린 방탄유리 칸막이를 사이에 두고 구치소 접견실에서 만난 서정은 창백한 얼굴로 허공만 바라보고 있을 뿐이었다. 그 모습을 보니 가슴이 터질 듯 울화가 치밀었다.

"오랜만이다. 잘 지냈어?"

"보면 몰라? 잘 지내는 거 같아? 어디 갔다 왔어?"

"난 필리핀에 있다가 왔어."

단기 기억상실증인지 떠날 때 만난 기억을 못하는 것 같았다.

"필리핀은 열대 몬순기후에 속하며 6000개의 섬으로 이루어졌지. 아시아에서 유일한 가톨릭 국가고 영어를 공용어로 사용하고 있지."

서정은 갑자기 동문서답 같은 말을 했지만 학창 시절 외웠던 것을 정확히 기억하고 있었다.

"회만이 안 만난 지 10년 됐지?"

"회만이 나쁜 놈. 그 인간 얘기는 하지 마."

"회만이 더 이상 미워하지 마. 이젠 더 이상 보지 않게 될 거야."

"가끔은 보고 싶다. 나쁜 놈도 가끔은 보고 싶어. 나쁜 놈은 어떻게 되었어?"

"아직 어떻게 된 건 아니고... 그냥 어딘가에 있다고 생각해."

"그럼 어딘가 있겠지. 죽었겠어? 죽었으면 좋겠어?"

갑자기 태도가 돌변해 회만을 보호하는 듯 한 말을 했다.

"만난 지 오래 되었고 앞으로도 안 만날 건데... 그냥 어딘가에 있으면 어떻고 없으면 어때?"

"그래도 한 번 더 회만씨에게 매 맞고 싶어. 그 놈에게 한 대 더 맞고 싶어. 회만씨에게 무슨 일 생기면 죽을줄 알아."

그 때 나는 보았다. 서정의 눈을. 분노로 이글거리던 눈빛이 차츰 연민으로 바뀌면서 슬픔과 안타까움으로 바뀌었다.

서정을 보면서 한 시인이 생각났다.

군사정권에서 사형선고를 받고 독방에서 고생하다가 훗날 풀려났고 세상은 바뀌었으나 독재자의 딸을 찬양한 시인이 생각났다. 그는 왜 '변절'이라고 불리울 정도로 극단적으로 생각을 바꾸었을까?

　나는 나름대로 정신분석을 한 결과 스톡홀름 증후군 아닐까? 결론 내렸다. 자신에게 고통을 준 공포심으로 인해 자신에게 위협을 한 사람을 사랑하는 증후군 말이다.

　"내가 복수해 줄게."

　서정이 이유 없이 발악을 했다. 눈에 살기가 돌고 입에는 거품이 물려있었다.

　나는 서정에게 소리 높여 말했다.

　"너의 광기마저 사랑해."

　"뭐? 나보고 미쳤다고?"

　"아니, 사랑해."

　"총이라도 있으면 쏘고 싶어."

　누구를 쏘고 싶냐고 물어보지는 않았다.

　짧은 면회시간이 금방 지나갔다. 어쩌면 이것이 서정과 마지막일지 모른다고 생각하니 발이 떨어지지 않았지만 그것을 이겨내느라 온 몸이 부서지는 것 같았다.

　회만 녀석은 서정의 감형에 노력은 했나?

　내가 항소이유서를 써야 할 것 같았다.

겨울이 전하는 시

내일 암살 할 것이다. 과거 동창이었지만 지금은 처단해야할 적을.

쉼보르스카의 '암살자들'이라는 시처럼 평상시와 똑같이 일과를 마쳤다.

주어진 음식을 맛있게 먹어치웠고, 발을 씻었고, 겨드랑이를 벅벅 긁으며 전화통화를 했고, 부하들과 농담을 했고, 냉장고에서 감귤 주스를 꺼내 마셨다.

그리고 칼릴 지브란의 글을 읽었다.

'예언자'라는 책에서 '죄와 벌에 대하여'를 자세히 읽어보았다.

살해된 사람은 자신의 살해에 대해 책임이 없다고 할 수 없고

도둑맞은 사람은 자신의 도난에 대해 잘못이 없다고 할 수 없고

의로운 사람은 악한 사람의 행동과 관련하여 완전히 결백하다고 할 수 없고

정직한 사람도 무거운 죄에 대해서 완전히 깨끗하지 않으니

죄지은 자의 유죄란 때로는 피해자의 희생물에 불과한 것이기 때문이다.

나는 번역본을 읽고 나서 도대체 원본이 어떻게 생겨 먹었길래 번역을 이렇게 했는지 궁금하여 원본을 보았다.

The murdered is not unaccountable for his own murder,
And the robbed is not blameless in being robbed.
The righteous is not innocent of the deeds of the wicked,
And the white-handed is not clean in the doings of the felon.
Yea, the guilty is oftentimes the victim of the injured,

그리고 또 다른 번역본을 보았다.

피살된 사람은 자기에게 책임이 전혀 없는 것은 아니며
도둑맞은 사람은 자신의 잘못이 전혀 없는 것은 아니며
의로운 사람이라도 완전히 결백하지 않을 수 있으며
정직한 사람도 죄에서 완전히 깨끗하지 않고
그렇다, 죄는 때로는 피해자의 희생물이다.

최거바와 애쓰라를 불렀다.
"같은 원문으로 이렇게 다른 한글이 될 수 있다는 것이 새삼 경이롭네. 첫 번째 번역은 고답적인 수필식 번역이고 두 번째 번역은 현대적인 시 같다."
한글의 뉘앙스가 번역에 따라 많이 다르다는 것을 알고 있었지만 직접 겪어보니 이것은 신천지를 발견한 것 같았다.

나도 영문으로 그것들과 다르게 번역해 보았다. 쉬운 문장이라 금방 해낼 수 있었다.

그러다가 문득 든 생각은 한글을 영어로 옮기는데 있어서 세계에서 뉘앙스를 가장 잘 아는 사람이 되고 싶다는 생각이 들었다. 그리고 나는 영어로 한국의 정서를 표현하는 시를 써서 서양인에게 영시를 가르치고 싶었다.

김종삼의 '시인학교'를 읽었을 때 서양인이 한국인에게 예술을 가르치는 것이 못마땅했는데 그 생각이 사라지지 않았다. 에즈라 파운드가 일본과, 중국의 한시 등 동양의 시에 관심을 가졌으니 아마 서양인들 중 많은 사람들이 동양의 시에 관심을 가질 것이다.

한글은 지구상 언어의 1%의 인구가 쓰는 언어이다. 내가 쓰는 언어를 알아듣는 사람은 지구상에서 1%에 불과하다. 글을 영어로 쓴다면 더 많은 사람이 읽을 것 아닌가. 물론 한글을 영어로 번역하면 되지만 한글의 느낌을 제대로 살릴 수 없다. 나는 이 세상 사람을 다 만나고 싶었다. 그렇다. 나는 뉘앙스를 더 많이 나누기 위해 더 많은 사람과 만나야겠다.

한글을 확장하면서 한글을 대표적 언어로 만들려면 많이 쓰는 언어로 번역해야 하고 번역을 잘 해야 한다고 생각했다.

그렇다면 많은 사람들이 쓰는 언어인 영어나 중국어, 인도어를 배워야한다. 세계 인구의 15% 가까이 쓰는 인도어를 배울 수도 있겠지만 중학교 때부터 배웠던 영어가 그나마 가장 친근하고 쉽다.

"한국에서 배우기보다 영어를 쓰는 나라에 가서 배우는 것은 어떨까?"

"영어를 쓰는 나라라면 호주, 영국, 캐나다, 남아공화국이 있는데……."

"미국 비자받기는 태양을 직접 보는 것처럼 힘든 일이니 영어를 쓰는 다른 나라에 가서 영어로 시를 쓰는 공부를 하면 되겠네요?"

"그래, 예수 선생처럼 서른까지만 개인을 위해 살고 이후부터는 사회를 위해 공적인 일을 하리라 결심하지는 못했지만 영어로 시를 쓰고자 결심한 것은 그것보다 더 위대한 일이라고 생각해."

나는 부하들을 보내고 헤드폰을 낀 채 잔잔한 음악을 들었고, 먼동이 틀 때까지 단잠을 잤다.

다음날 아침에 일어나니 기분이 몹시 안 좋았다. 어젯밤 꿈에 특공대에 쫓기는 꿈을 꾸었기 때문이었다. 나는 다시 한 번 깊이 생각해 보았다. 암살을 해야 하는 것이 맞는지.

그때 아주 오래전 원시림 선배가 했던 말이 떠오른 까닭은 무엇이었을까?

"내면으로 들어가라."

나는 가만히 앉아서 나의 내면을 보기 위해 명상을 시작했다. 나의 내면에서 회만 뿐만 아니라 자기만 살기 위해 모두를 배신하는 사람을 저격하고 있었다. 회만이 암살되자 나는 큰 고통으로 뒹굴었다.

인간은 선과 악을 모두 행할 수 있는 존재이고 살인은 가장 큰 죄악이라는 말도 들려오는 듯 했다.

그래 암살보다 더 급한 것은 서정의 항소이유서이고 영어로 시를 쓰는 것이다.

부하들을 모아놓고 말을 하기 시작했다.

"암살 작전은 취소되었다. 암살보다 더 중요한 일이 생겼다. 암살은 나중에 해야겠다."

예상대로 부하들이 동요를 하기 시작했다. 그때 최거바가 총을 꺼내더니 나를 겨누었다. 다른 부하들이 총을 꺼내려 했지만 최거바는 나의 목을 잡고 인질로 삼아 다른 부하들에게 말했다

"총 버려."

부하들은 하는 수 없이 총을 버렸다. 애쓰라도 총을 버렸다.

최거바는 부하들에게 거침없이 말하기 시작했다.

"난 진정 의미 있는 일을 하기 위해 돈과 명예도 버리고 오직 대장님을 따랐다. 대장님이 약해지셨으니 우리가 강해져야 한다. 난 이해한다. 친구를 죽여야 하는 입장 충분히 안다. 하지만 개인의 일이 아니고 이것은 이제 공적인 일이다. 계획대로 작전을 수행한다. 나를 믿고 따라올 사람은 총을 높이 들어라."

대다수가 총을 높이 치켜들었다.

"가자."

최거바가 재빨리 밖으로 나가자 대부분의 부하들이 따라갔다.

나는 복잡한 심정으로 얼굴이 화끈거려 부하들 앞에 서 있을 수 없었다.

최거바의 아버지는 젊은 시절 친일파에 의해 목숨을 잃었다. 최거바는 어린 시절, 홀어머니 밑에서 자랐는데 청소년기에 일진을 하다가 자연히 우리 조직에 들어왔다. 최거바는 처음부터 강한 사상이 있지 않았다. 체 게바라의 시를 읽으면서 혁명가의 삶에 매

혹을 느꼈고 이름도 '최거바'로 바꾸고 그처럼 살기로 마음을 먹은 것이다.

내가 뿌린 씨앗이니 이것도 내 책임이다. 마음의 갈등을 내 사상의 파편이라 할 수 있는 제자가 많이 해소해 주었고 괴로움을 무마시킬 수 있었다.

나는 훌륭한 제자를 키운 것인가. 반란이 일어난 것인가?

"회만을 암살하지 말고 생포하자. 그리하여 그에게 깨닫게 하자."

나는 남아있는 부하들에게 말했다.

사실 암살보다 생포가 더 어려운 것이다. 암살은 멀리서도 가능하지만 생포는 가까이 접근해야 한다.

낮에는 활동이 많고 사람들에게 노출이 쉬우니 밤에 하기로 했다. 회만의 집 주변을 미리 탐사하여 가장 좋은 작전을 세웠다.

CCTV를 장치하여 집 비밀번호를 알아내고 미리 잠복하고 있다가 회만을 생포했는데 이렇게 짧게 쓰니 쉬운 것처럼 생각되지만 그 과정은 매우 어려웠다. 이미 뉴스에도 납치 사실이 보도되었고 우리가 잡힐 수도 있었다.

포승줄에 묶여 비밀 아지트로 잡혀온 회만의 모습은 10년은 늙은 것처럼 초라했고 당당하고 깔끔한 모습은 온데 간데 사라지고 추레한 중년의 얼굴만 있을 뿐이었다.

회만을 죽이는 것만이 회만에게 복수하는 것은 아니다. 회만이 한 일과 똑같은 벌을 내리고 반성과 용서를 받도록 하는 것이 더 좋을 것이다.

아니 그보다 용서하라는 이야기도 있었다. 하지만 용서만이 능사가 아니다. 역사에서는 용서라는 이름으로 저들끼리 딜을 하지 않았던 가. 그리고 죄가 없어도 벌을 받는 억울한 사람을 생각해 보면 죄가 있는데도 벌을 받지 않는다는 것은 있을 수 없는 일이다.

먼저 하라와 회만, 그리고 내가 3자 대면 했다.

질문할 게 너무 많았다.

"30년 전 왜 나를 납치해서 고문 받게 했어?"

"잘못 알고 있는 거야? 난 아냐?"

"너랑 약속해서 서울대 갔는데 너는 안 나오고 경찰들이 나를 잡아갔어."

"너무 옛날 일이라 기억이 안 나."

"난 3년 전 일처럼 또렷하게 기억하는데 왜 기억이 안나?"

"난 모르겠어."

"그 소중한 물과 전기로 고문을 하다니. 생명을 살리고 어둠을 밝히는 전기를 나쁘게 쓰다니... 내가 재판관이라면 나는 너에게 누구 대신 맞는 벌을 내리고 싶다."

나는 최대한 기억을 살려 내가 당했던 것과 똑같이 고문을 했다. 회만은 물고문에서 그만 정신을 잃어버렸다.

"이렇게 나약한 놈이 그렇게 독한 짓을 해?"

시간이 흐르고 다시 회만이 정신이 들자 다른 것을 물어보았다.

"왜 무책임하게 하라를 유희의 도구로 삼았나?"

"난 몰랐어, 정말 몰랐어."

"뭘 몰랐다는 거야? 그게 어떤 행동인지 몰랐다는 거야?"

"하라가 그렇게 된 줄은 몰랐어."

"하라가 거짓말이라도 한다는 거야? 유전자 검사라도 해야 하겠어?"

나는 미리 준비한 장미꽃을 꺼내 보여주며 말했다.

"꽃으로 너를 때려주겠어."

나는 날카롭게 가시가 돋아난 장미꽃을 회초리처럼 잡고 회만에게 휘둘렀다. 회만은 가시가 살에 박힐 때마다 비명을 지르며 나뒹굴었다. 회만은 과장된 비명과 엄살로 위기를 모면하려 했지만 뻔한 속임수로 마음을 움직일 수는 없었다.

"이번엔 시편을 읽어주겠다. 그 수명을 단축케 해 주시고 그 직분을 타인이 취하게 하시며 그 자녀는 고아가 되고 그 아내는 과부가 되며 그 자녀가 유리 구걸하며 그 황폐한 집을 떠나 빌어먹게 하소서 시편109편 8절."

성경에 나오는 저주의 시였다. 성경에 좋은 말만 있는 것은 아니다. 이 시를 녹음하여 계속 들려주며 장미꽃으로 때렸다.

회만은 괴로워했지만 견딜 만한지 그다지 큰 동요는 없었다.

조금 차분해졌을 때 품에서 며칠 전에 캡장이 써서 준 시를 꺼내 읊기 시작했다.

겨울이 전하는 시

마음이 가난한 이여
그대가 짊어지고 있는
먼지 같은 생애마저
가난하게 하지는 말라
사는 일이란

솟아오르고 가라앉는
놀이터의 시이소와 같나니
아무리 난해한 사랑도
반딧불처럼 나타날 수 있다

아담의 옷자락이여, 뱀의 허물이여
비 내리는 날 마음을 지탱할 수 없을 때
훌훌 벗어 수채 구멍에 버리라
인상 구기지 않으면 바라볼 수 없지
표지 없는 정류장
숨겨진 종착점
가슴 텅텅 비워 놓고
그대 마음이 가난하여
배고프지 않은 이여
단 몇 줄이라도
열 길 마음속의 종이쪽 남겨 두고 가라

시는 같은 내용이 무한 반복되고 있었다.

"그만 해."

회만은 소리쳤다. 저주시를 읽을 때는 가만히 있더니 축복시를
읽으니 왜 거부하는지 알 수 없었다.

"졸작이지만 좋은 시라고 생각하는데 왜 그래?"

"이제 그만 해. 차라리 나를 죽여. 그런 거 잊은 지 오래야."

"너는 이게 고문으로 들리니? 시가 아무리 시시하다고 해도 시

는 좋은 거잖아. 어쩌다가 이렇게 변했어? 아무리 그럴싸한 변명을 해도 넌 변한거야."

그 때 갑자기 들이닥친 무리들은 최거바가 이끄는 부하들이었다.

"대장님, 이 자는 죽여야 합니다. 그래야 과업을 완성할 수 있습니다."

탕! 탕! 탕!

갑자기 밖에서 총소리가 들렸다.

"누구야?"

밖을 살펴본 부하가 깜짝 놀라며 소리쳤다.

"특공대가 쳐들어왔습니다."

말하는 와중에도 총소리가 들려 말소리가 희미했다.

현장은 아수라장이 되었다.

탕!

회만은 누군가의 총에 맞아 쓰러지고 최후를 맞이하고 있었다.

다시 한 번 쏘려는 부하를 때려눕히고 회만의 마지막 말을 들어보려 했다. 하지만 끝내 아무 말도 하지 않고 쓰러졌다.

나는 시의 후반부를 미리 녹음한 시낭송 파일을 틀었다.

시를 쓴 사람도 낭송의 목소리도 캡장이었다. 서라운드로 소리가 들려 메아리처럼 시낭송이 울려 퍼졌다.

    몸이 가난한 이여
    가장 조용히 제소미나를 떠올려 보라
    그대 깊은 허울의 속살까지

태양은 문드러지게 하고
낯선 거적에서 하룻밤 자고
뜨내기처럼 한없이 떠나고 싶을지라도
비겁함과 어깨 걸지 말라
진정 맑은 얼음빛을 닮고 싶은 이여
그대 쉴 곳 없는 몸은 춥다

살아 있는 날이 슬프고
죽어 있는 날이 외롭더라도
낮이 밤 같고 밤이 노래 같고
노래가 그대 목소리 같은
별 하나 떠오를 때 진정 아름다운지고
눈물과 사랑은 인내 속에서 피는 것
내 진정 사랑하노니
따뜻하게 채색된 마음 위로
수묵화처럼 살아야 할 일이기에
눈 감고도 죽지 말아야 할 일이기에
아, 무덤가에 가득 핀 안개꽃

회만은 완전히 숨이 끊어지지 않은 것 같았다.
시낭송의 내용에 따라 표정과 눈동자가 움직이고 있었다.
마지막 구절 '무덤가에 가득 핀 안개꽃' 이라고 낭송하자 잔잔
한 미소를 지었다.
엄호하다가 밀려나기 시작해 소총을 케이스 넣고 총격전에 대비
한 권총을 만지작거리며 바로 비상계단으로 내려왔다.

이제 남은 일은 마피아의 무기고를 폭파하는 일이다.

나는 테러리스트로 탄생되는 순간임을 확신하며 이 순간을 영원히 기억하기 위해 들고 있는 카메라로 주변을 찍기 시작했다. 그리고 아지트에서 터널로 연결되어 있는 비밀통로로 빠져나왔다.

다음날, 항소심 재판 결과 집행유예로 풀려나는 서정의 겨울옷을 사기 위해 변장을 하고 백화점에 들렀다.

여름에 구치소에 들어갔다가 6개월 만에 나오는데 여름옷 입고 그대로 나오면 안 되니 겨울옷이 필요한 것이다.

혹시나 걱정이 되어 전화해 보니 교도관은 겨울옷을 입혀 내보내겠다고 했지만 예전에도 나나가 출소할 때 한겨울에 슬리퍼와 여름옷을 입혀 내보낸 적이 있기에 교도관 말을 믿을 수 없었다.

백화점에서 겨울 외투를 2벌 샀다. 하나는 서정에게 주고 하나는 하라에게 줄 계획이다.

끝

시인, 조폭

지 은 이 김율도
펴 낸 이 김홍열
디 자 인 김예나, 윤덕순

초판발행 2018년 10월 31일
펴 낸 곳 율도국
주   소 서울시 도봉구 도봉동 609-32 (3층)
출판등록 2008년 07월 31일
전   화 02) 3297-2027
팩   스 0505-868-6565
홈페이지 http://www.uldo.co.kr
메   일 uldokim@hanmail.net
가   격 15,000원
I S B N 979-11-87911-29-6